신마협도

권용찬 신무협 장편 소설
ORIENTAL FANTASY STORY & ADVENTURE

dream
books
드림북스

신마협도 7
자두연두기(煮豆燃豆萁)

초판 1쇄 인쇄 / 2010년 5월 25일
초판 1쇄 발행 / 2010년 6월 5일

지은이 / 권용찬

발행인 / 오영배
편집장 / 김경인, 지영훈
편집/ 윤대호, 김재영, 김유경
펴낸 곳 / (주)삼양출판사 · 드림북스

주소 / 서울특별시 강북구 미아8동 322-10호
대표 전화 / 02-980-2112 팩스 / 02-983-0660
편집부 전화 / 02-980-2116 팩스 / 02-983-8201
블로그 / blog.naver.com/dreambookss

등록번호 / 제9-00046호
등록일자 / 1999년 3월 11일

ⓒ 권용찬, 2010

값 8,000원

ISBN 978-89-542-3761-1 04810
ISBN 978-89-542-3561-7 (세트)

* 지은이와 협의하에 인지는 생략합니다.
* 잘못된 책은 구입한 곳에서 바꾸어 드립니다.

신마협도

7 자두연두기(煮豆燃豆萁)

권용찬 신무협 장편 소설

ORIENTAL FANTASY STORY & ADVENTURE

자두연두기(煮豆燃豆萁)
콩을 삶는 데 콩깍지를 태운다는 뜻으로,
형제간에 서로 다투고 서로 죽이려 하는 것을 비유하는 말

第三十章

　　당주 하총평의 첫째 제자인 소장삼으로부터 적룡무사 수십 명이 려강으로 이동 중에 있다는 첩보를 전해 들은 반악은 곧바로 견일 등과 함께 려강으로 떠났고, 상황이 심각하다 판단한 당주의 명령을 받은 본거지의 당원들도 뒤를 이어 려강으로 출발했다.

*　　　*　　　*

　　동성현 패왕보의 장원.
　　보주의 집무실을 지키는 호위무사는 정문에서 급히 달려

온 경비무사의 말을 전해 듣고 서둘러 안으로 뛰어 들어갔다.

"보주님."

산하 표국의 지원 문제로 중진들과 이야기를 나누고 있던 보주 간명은 눈살을 찌푸렸다.

매우 중요한 일이 아니면 방해하지 말라고 명을 내려놨기 때문이었다.

"들어와라."

허락을 받은 호위무사는 문을 열고 들어와 경비무사에게 들은 말을 전했다.

"거룡성의 무사들이 정문에 나타나 보주님을 뵙길 청한다고 합니다."

"……!"

간명과 중진들은 깜짝 놀라 일어났다.

저 북쪽에 있는 거룡성의 무사들이 아무런 기별도 없이 이렇듯 갑자기 방문한 것은 결코 좋은 일이라 생각할 수 없기 때문이었다.

"그들을 이끌고 있는 자가 누구냐?"

"눈빛이 날카로운 장년인이었는데, 신분을 밝히라는 요구에도 응하지 않았습니다."

일개 경비무사와는 상대하지 않겠다는 뜻일 것이다.

"그럼 숫자는 몇 명이나 되더냐?"

"오십 명이 넘는다고 합니다."

"복장은?"

"모두 피풍의를 걸치고 있어서 그것까지는……."

간명의 표정이 굳어졌다.

'안휘에서 거리낄 게 없는 거룡성의 무사들이 피풍의를? 그렇다면 오는 동안 정체를 드러내지 않기 위해 복장까지 신경 썼다는 건데…….'

혹시 거룡성에서 그와 반룡복고당의 관계를 알아챈 것이 아닌가 해서 불안해지기 시작했다.

지난번 강학청으로부터 신분을 숨긴 채 침투해 있던 간자와 접선자들을 찾아내 제거했다는 서신을 받았기에 더욱 신경이 쓰였다.

'하지만…….'

지난번 천왕대 대주를 팔공산에 파견해 부친과 형님의 갑작스런 죽음 때문에 개파식에 참여할 수 없었다는 내용의 서신과 함께 값비싼 선물을 들려 보냈고, 조의를 표한다는 답장 외에는 거룡성으로부터 크게 문제될 반응이 없었다.

'그들이 알고 있을 리가 없다.'

어쩌면 저 아래 지역 구화산에 분타가 있으니 근방을 지나가다가 들른 것일지도 몰랐다.

피풍의를 입고 정체를 숨긴 것은 이동하다가 귀찮은 일이 생기길 원하지 않아서일 수 있는 것이다.

'침착하자. 담담한 태도로 그들을 맞이하고 융숭하게 대접한 뒤에 돌려보내면 아무런 문제가 없을 것이다.'

"곧 나가겠다고 전해라."

"존명."

냉정을 찾고 무사에게 하명한 간명은 중진들에게 침착하게 행동하라고 단단히 주의를 준 뒤 모두 함께 집무실을 나섰다.

*   *   *

'적룡무사들이다.'

중진들과 함께 정문에 당도한 간명은 칼집에 써진 붉은 글씨를 보고 무사들의 정체를 유추해냈다.

앞에 나와 선 장년인을 적룡대 대주라고 단정 지은 것은 당연지사.

'적룡대 대주라면 가볍게 대할 수 없지.'

적룡대는 거룡성에서 서열이 중급 정도라 평가를 받는 무력대.

오십 명 정도라고 하지만 패왕보 전체 전력과 맞붙어도 밀리지 않을 만큼 강력했다. 그리고 그런 무력대의 수장이라 하면 함부로 무시할 수 없는 실력자인 것이다.

간명은 포권을 취하며 먼저 인사를 건넸다.

"본인이 패왕보 보주 간명이오. 내 짐작이 맞는다면 그대는 적룡대의 대주인 듯한데, 거룡성의 귀인께서 어인 일로 동성현까지 왕림하셨소?"

하지만 장년인은 대구 없이 뒤쪽을 돌아보았다. 그러자 무사들 사이로 장년인 네 명이 머리꼭대기까지 뒤집어쓴 피풍의를 뒤로 젖히며 앞으로 나섰다.

그중 외모가 수려하면서도 살짝 딱딱한 인상의 장년인이 간명을 향해 포권을 하며 말했다.

"천문당 당주 홍문한입니다."

"……!"

간명은 내심 깜짝 놀랐다.

거룡성의 이인자가 있을 거라고는 전혀 상상도 하지 못했으니까.

'좋지 않다.'

적룡대가 온 것도 놀랄 일인데, 홍문한이 직접 이끌고 있었다니.

'이들의 목적이 결코 가볍지 않다는 뜻이 아닌가.'

게다가 그의 옆에 선 세 명의 장년인이 하북삼귀라는 말을 들었을 땐 심장이 덜컥 내려앉는 줄 알았다.

명성은 잔혹마에 비해 떨어지지만 언제나 세 명이 함께라는 장점을 가졌고, 실력과 잔혹한 손속에 있어서도 무시할 수 없는 고수들이 바로 그들이었으니까.

간명은 정중히 포권을 취하며 인사했다.

"세 분의 명성은 익히 들어 왔습니다. 이렇게 직접 대면하게 되어 영광입니다."

간명이 일문의 수장이라 하기에는 너무 젊고 그 태도가 매우 정중하고 조심스러웠기에 우쭐해진 하북삼귀는 고개만 살짝 끄덕였다.

하지만 패왕보 이상으로 커다란 위명을 가진 그들의 건방진 태도에 화를 내는 사람은 아무도 없었다.

물론, 간명을 포함한 중진들은 내심 기분이 나빴지만 겉으로 드러내지 않았다. 무림에서 오만함이란 결국 실력과 명성에 비례하기 때문이었다.

간명은 자신이 긴장하고 있다는 걸 드러내지 않기 위해 노력하며 말했다.

"먼 길을 오셨으니 피곤하실 테지요. 곧 쉬실 곳을 마련하도록 할 테니, 우선 안으로 드십시오."

"간 보주님, 먼저 고인이 되신 부친과 형님께 명복을 빌어 드리고 싶으니 사당으로 안내해 주십시오."

"아, 그러실 것까지는……."

"아닙니다. 패왕보와 거룡성은 한 배를 탄 동료이니 가장 먼저 고인께 명복을 비는 건 너무도 당연합니다. 그렇지 않다면 무림 동도들은 내게 예의와 도리도 지키지 않는다며 비난을 하겠지요. 그러니 지금 당장 찾아뵙고 싶습니다."

간명은 혹 부친과 형님의 죽음에 관련하여 꼬치꼬치 캐물을까 싶어 사양하려고 했으나, 홍문한이 단호하게 요구하자 더는 반대할 수가 없었다.

무리하게 사양을 하면 의심을 사게 될 수도 있지 않겠는가.

"날 따라오십시오."

홍문한은 적룡무사들을 데리고 간명을 쫓아 안으로 들어갔다.

하북삼귀는 얼굴도 모르고 관심도 없던 자의 명복을 비는 것 따위는 하고 싶은 생각이 전혀 없었으나, 이럴 때 빠지면 홍문한을 무시하는 게 되기 때문에 그들도 어쩔 수 없이 뒤를 따랐다.

*　　　*　　　*

사당에는 홍문한 혼자만 간명과 함께 들어갔다.

향을 피우고 절을 한 그는 짐짓 안타깝다는 듯 한숨을 내쉬었다.

"큰일을 많이 하셔야 하는 분이 너무 일찍 돌아가셨습니다. 성주님께서도 소식을 듣고 좋은 동료를 잃었다며 매우 슬퍼하셨답니다."

간명은 그 말을 믿지 않았지만 성주의 말씀에 감사드린다고 화답했다.

"무공이 고강하셨던 분이 사냥을 나가셨다가 독초로 인해 중독되실 줄은 상상도 하지 못했습니다. 더구나 형님께서도 같이 중독되어 유명을 달리하셨으니 참으로 안타까운 일입니다. 어찌 그런 괴이하고, 믿기 힘든 일이 있을 수 있는지 모르겠군요."

간명은 내심 움찔했다.

위패에서 돌아서며 그를 바라보는 홍문한의 시선은 마치 부자가 동시에 중독되어 죽었다는 게 말이 되느냐고 따지는 것만 같았기 때문이었다.

하지만 이미 지난번 보낸 서신에 그렇게 내용을 써 버린 마당이었으니, 설사 억지스럽더라도 말을 바꿀 수는 없는 일이 아닌가.

"그래서 저를 비롯한 모든 패왕보의 식구들이 무척이나 당황하고 슬퍼했던 것입니다. 허나 인명은 제천이라고 하니 받아들일 수밖에 없지 않겠습니까."

홍문한은 동감이라는 듯 고개를 끄덕였다.

하지만 그의 눈빛은 의심을 완전히 떨쳐내지 않은 듯 보여서 간명을 더욱 긴장케 했다.

두 사람이 밖으로 나오자 하북삼귀가 쉬고 싶다며 어서 방으로 안내해달라고 말했다.

"여독을 생각하면 빨리 쉬시는 게 좋겠지만, 귀인들을 대접하기 위해 술상이 마련되어 있으니 먼저 그쪽으로 가는 게 어떠하시겠습니까?"

정문으로 가는 중에 준비하도록 지시해두었던 것이다.

내내 지루하고, 시큰둥한 표정이었던 하북삼귀의 얼굴이 환하게 밝아졌다. 워낙에 주색을 즐기는 이들인지라 술이란 소리만 듣고도 표정이 달라지는 것이다.

삼귀 송노칠이 군침을 삼키며 물었다.

"괜찮은 술이 있소?"

"귀한 손님이 방문하실 것에 대비하여 준비해둔 것들이 좀 있습니다. 일단 맛을 보면 동성현의 술이 얼마나 뛰어난지를 알게 될 겁니다. 술맛을 돋우는 안주 또한 푸짐하게 준비하도록 했지요."

"그거 참 기대가 되는구려. 그런데 술과 안주 말고 뭔가 부족한 느낌이……."

송노칠이 말하고자 하는 바를 알아챈 간명은 내심 욕을 하면서도 싱긋 웃으며 은근한 음성으로 말했다.

"원하신다면 당장 미색이 뛰어난 기녀들을 데려올 수도 있습니다."

"하하하! 간 보주와 우리는 마음이 잘 맞을 거 같소. 자, 어서 갑시다."

마지못해 따라다니던 하북삼귀는 간명의 옆에 딱 붙어 앞장섰고, 무슨 생각인지 홍문한은 꼴사나운 그들의 행태에도 별 말 없이 뒤를 따랐다.

* * *

밖에서 대기하고 있던 천왕대 대주는 간명이 왁자지껄한 연회실을 나오자 얼른 그에게 다가갔다.

"지금 곧 려강으로 사람을 보내 이곳의 상황을 강 당두에게 알려라. 혹시 모르니 최대한 신중하게 주위를 살펴서 가고, 뒤를 쫓는 자들이 없다는 걸 확인한 뒤에 접선하라고 주의를 줘야 할 것이다."

"단단히 일러둘 것이니 염려 마십시오."

"화급을 다투는 일이니 서둘러라."

천왕대 대주는 급히 사라졌고, 간명은 다시 연회실로 들어갔다.

"간 보주, 어딜 갔다 온 게요. 자, 어서 이리로 와서 내 술한 잔 받으시오."

일귀 하봉이 간명을 손짓해 불렀다.

아무리 나이가 많고 위명이 높다 하나 손님으로 찾아와 일문의 수장인 사람을 손짓해 불러 술을 받으라 하는 것은 오만하고 예의 없는 짓이었다.

허나 간명은 아무렇지도 않은 듯 웃음을 지으며 걸어가 술을 받았고, 상조면과 송노칠의 손짓에도 두말 않고 가서 술을 주고받았다.

'고분고분한 녀석이군.'

상석에 앉아 조용히 술잔을 기울이고 있던 홍문한은 하북 삼귀의 비위를 열심히 맞추고 있는 간명을 보며 내심 비웃음을 지었다.

물론, 간명이 무슨 일에든 마냥 좋다고 고개를 끄덕이는 호인이라서 저런다고는 생각하지 않았다.

'부친과 형을 제거하고 보주가 되었으니 보통 녀석은 아니겠지.'

사실 그가 려강으로 곧장 가지 않고 패왕보를 찾은 것은 두 가지 이유 때문이었다.

하나는 먼저 려강의 동태를 살펴 반룡복고당의 움직임을 확실하게 포착해 실수 없이 처리하기 위함이고, 또 하나는 간명이 부친과 형을 죽이고 패왕보를 손에 넣었다고 생각해 그가 어떠한 인물인지를 알아보기 위해서였다.

패왕보는 규모와 전력은 크게 신경 쓸 정도는 아니었지만, 근거지의 위치와 성장 가능성으로 볼 때 무시해 버릴 만한 문파가 아닌 것이다.

'크게 자라날 가능성은 있다. 하지만 강자에게 머리를 숙이는 버릇이 들면 최고가 될 수 없지.'

홍문한은 간명에 대해서 그렇게 결론을 내렸다.

시기를 읽고 상대를 가려서 머리를 굽히는 것은 좋으나,

일파의 수장인 만큼 그에 맞는 무게감과 자존심 정도는 지
녀야 한다고 말이다.

아무리 상대가 위명이 대단한 하북삼귀라고 해도 저렇듯
가볍게 움직이며 비위를 맞춰서는 안 된다는 게 홍문한의
생각인 것이다.

"홍 당주, 어딜 가시오?"

홍문한이 자리에서 일어나 문 쪽으로 걸어가자 송노칠이
물었다.

'눈치 없는 녀석.'

"소피 좀 봐야겠습니다."

"아, 그럼 가야지. 얼른 갔다 오시오."

홍문한은 괜히 물었군, 하는 표정을 지으며 옆에 앉은 기
녀와 다시 노닥거리는 송노칠을 한 번 노려보고는 연회실을
빠져나왔다.

밖으로 나온 홍문한은 잠시 주위를 두리번거리고는 뒷간
이 있는 방향으로 걸어갔다. 하지만 중간에서 방향을 꺾어
오른쪽 건물과 건물 사이 아래쪽, 달빛도 닿지 않는 어둑한
곳 옆으로 가서 멈춰 섰다.

그는 누굴 기다리고 있기라도 한 것일까?

그렇게 가만히 서서 기다린 지 반 각쯤이 지난 듯했다. 갑
자기 어둑한 곳에서 사내의 음성이 나직하게 흘러나왔다.

"놈들의 동태가 파악되었습니다."

홍문한은 사내가 천문당 당원 일호라는 걸 알고 있기에
전혀 놀라지 않고 물었다.

"일조장은?"

"없었습니다. 그 전에 점소이로 있던 자가 다관의 새로운
주인이 되었습니다."

"역시 정체가 발각되어 제거되었다는 거군."

"그런 듯 보입니다. 이전에 파악되었던 자들도 보이지 않
아서 다시 살펴봐야 했고, 추가적으로 조사할 것도 있어서
시간이 좀 걸렸습니다."

"추가적으로?"

"그들을 금전적으로 지원하는 곳이 있었습니다."

홍문한은 내심 고개를 갸웃했다.

그가 알기로 려강에는 무림문파가 없었기 때문이었다.

"어떤 곳을 말하는 것이냐?"

"려강을 좌지우지할 만큼의 재력을 보유한 진가장이란 호
족가문인데 무림과는 연관이 없는 곳입니다. 최근 여러 사
건이 생기면서 장주와 소장주, 그리고 왕모가 죽고, 장주의
부인인 부용설이란 여자가 새로운 장주가 되었는데, 그 여
자가 진가장을 손에 넣는 과정에서 반룡복고당의 도움을 받
은 것 같습니다."

"반룡복고당이란 걸 알고 도움을 받은 것이냐?"

"그건 아닌 듯합니다. 자세히는 파악하지 못했지만, 반룡

복고당의 무리가 열혈당이라고 하는 하오문을 만들어 하오배 행세를 하고 있는 것으로 보입니다."

"하오문?"

홍문한은 어리둥절한 표정을 지었다.

대부분 정파문 출신들로 구성되었을 반룡복고당이 스스로 하오배를 자처하고 있다는 뜻이었으니, 선뜻 이해가 가지 않았던 것이다.

'무슨 속셈인지를 모르겠군. 아니면 그냥 단순하게 생각해야 하는 건가?'

자신들에게 발각되었으니 잠시 동안 존재감을 감추기 위해 하오문이란 껍질을 뒤집어쓰고 있는 거라고 말이다.

자존심이 강해서 자신들에게 패해 멸문한 것도 인정하지 않고 반룡복고당을 만들어 저항하고 있는 자들이 스스로를 저급한 무리로 내세우고 있다는 건, 그러한 이유라고밖에 생각할 수 없지 않겠는가.

'하오문으로 위장까지 한 걸 보면 여러 가지로 절박하다는 뜻이겠지. 설사 다른 의도가 있다고 해도 모두 제거해 버리면 되는 것이니 신경 쓸 필요는 없다.'

"현령과 포쾌들에게 손을 써 두었겠지?"

"어떤 일이 일어나더라도 절대 개입하지 못하도록 확답을 받아두었어요."

이번에 대답한 것은 사내가 아니라 여인이었다.

어둠 속에 숨어서 홍문한에게 보고를 하는 이들은 천문일호와 천문이호로 불리는 이란성 쌍둥이였다.

그들은 당원들 중에서도 특별히 선발되어 홍문한을 보좌하는 역할을 맡고 있었다.

"하지만 처음엔 거절을 하더군요. 진가장의 장주가 열혈당을 밀어주고 있기 때문인 것 같았어요. 이번엔 뇌물과 협박으로 현령을 설득하긴 했지만, 그 여자를 미리 제거해 버리는 게 좋다고 봐요. 이곳의 당원들을 제거한다고 해도, 혹시 본거지의 당원들과 접촉할 수도 있는 일이니까요."

"글쎄, 그 여자는 자신의 이득을 위해서 놈들이 하오배들이라 생각하고 손을 잡은 걸로 보이는데, 위험을 자초하면서까지 반룡복고당과 계속 손을 잡을 거라고는 생각되지 않는다. 하지만 그 여자가 반룡복고당이란 걸 모르고 도왔다고 해도 거슬리기는 하군."

"지금 가서 처리할까요?"

가만히 생각하던 홍문한은 고개를 내저었다.

"됐어. 그 일은 나중에 해도 늦지 않다. 일호는 대기하고 있다가 파악해둔 놈들에게 적룡대를 안내하고, 이호는 먼저 가서 내가 여기 일을 처리하고 구화산에 도착하기 전에 분타의 회계장부들을 비롯해서 모든 자료를 미리 확보해둬라."

"알겠습니다."

일호와 이호가 자릴 떠나고 홍문한은 곧바로 연회실에 들어갔다.

"홍 당주, 왜 이리 오래 걸렸소! 자, 이리로 오시오."

하봉이 취기로 인해 붉어진 얼굴로 크게 웃으며 손짓했다.

하지만 홍문한은 그의 말을 무시하고 한쪽 끝에서 조용히 술잔을 기울이고 있는 적룡대 대주 손패를 향해 말했다.

"손 대주, 지금 려강으로 가야겠습니다. 출발 준비를 하십시오."

"알겠습니다."

손패는 마치 기다렸다는 듯 벌떡 일어나 바로 옆방에서 식사를 하며 대기하고 있는 적룡무사들을 부르기 위해 연회실을 나갔다.

"진짜 지금 려강으로 가겠다는 거요?"

하북삼귀는 황당하다는 표정을 지으며 물었다.

홍문한은 문제될 것이 뭐가 있냐는 듯 무심한 얼굴로 고개를 끄덕였다.

"놈들의 동태가 파악되었으니, 지체할 시간이 없습니다."

하북삼귀는 인상을 찡그리면서도 자리에서 일어났다.

쉽게 구하기 힘든 상급의 술과 음식, 그리고 기녀들이 있는 자리를 떠나고 싶지 않았으나 홍문한의 말을 무시할 수는 없기 때문이었다.

"홍 당주님, 려강으로 가다니요? 도대체 이게 무슨 일입니까?"

내심 당황한 간명은 겉으로 어리둥절한 표정을 지으면서 물었다.

"아, 내가 간 보주에게 설명을 하지 않았군요. 려강에 반룡복고당의 무리가 있다는 정보가 입수되었습니다. 난 그들을 처리하기 위해 온 것입니다."

"그게 정말입니까? 하지만 모두 취한 몸으……."

가장 많이 취한 하북삼귀를 돌아보던 간명은 말을 끝맺지 못하고 입을 다물었다.

하북삼귀의 몸에서 허연 김이 올라오며 독한 주향이 풍겨왔기 때문이었다. 하북삼귀는 공력을 일으켜 몸에 쌓인 주기를 배출하고 있었던 것이다.

'역시 함부로 대할 수 없는 고수들이구나.'

몸에 쌓인 주기를 배출하는 것은 단순히 공력을 지녔다고 가능한 것이 아니었으니까.

간명은 얼른 말을 바꿔 물었다.

"왜 미리 기별을 해주지 않으신 겁니까? 진작 알고 있었다면 홍 당주님이 여기까지 오실 필요도 없이 우리가 알아서 처리할 수도 있었을 텐데요."

"반룡복고당은 노골적으로 우리 거룡성을 무너트리겠다고 말하는 자들입니다. 감히 우리에게 칼을 꺼내든 자들에겐 단호히 철퇴를 날릴 것이며, 그러한 적들은 우리 손으로 직접 처리한다는 게 성주님의 뜻입니다."

홍문한의 눈동자는 차갑게 일렁였고, 간명은 저도 모르게 마른침을 삼켰다.

'이대로 있으면 안 되겠다.'

간명은 잠시 고민하다가 패왕보도 돕게 해달라고 말했다.

'그냥 방관하고만 있어선 안 된다. 돕는 시늉이라도 해야만 해. 그리고 상황을 살펴보고 내가 반룡복고당과 손을 잡았다는 걸 알 수 없도록 강 당두를 도와야겠지. 그러나 가능성이 없다고 한다면……'

그들을 배신하고 홍문한을 적극 지원하게 될 수도 있었다.

어쨌든, 넋놓고 지켜만 보다간 아무 것도 못해보고 낭패를 당할 가능성이 높은 것이다.

"적룡대가 나선다면 분명 놈들을 처리하는 데 아무런 문제가 없을 것이나, 근방에 불온한 자들이 있는데도 알지 못한 우리의 책임도 있으니 돕게 해주십시오."

가만히 침묵하던 홍문한은 그렇게까지 생각하고 있다면 도움을 받겠다고 말했다.

"호의를 거절하는 것도 예의가 아니겠지요. 그럼 패왕보는 려강 밖을 차단해 놈들이 도망치지 못하도록 막는 역할을 맡아주십시오. 내부에서 놈들을 처리하는 건 우리만으로

도 충분하니까요."

간명은 그렇게 하겠다고 대답했다.

려강현 안쪽까지 같이 들어가면 좋겠지만, 이보다 더 깊
이 개입하게 해달라고 요구하면 이상하게 생각할 것 같았기
때문이었다.

"우린 먼저 출발할 테니, 간 보주님은 준비를 마치는 대로
뒤따라오십시오."

"알겠습니다."

간명은 급히 밖으로 뛰어나갔고, 홍문한과 하북삼귀는 밖
에서 대기하고 있던 적룡대와 함께 마구간으로 가서 말을
끌고 나와 곧장 려강으로 향했다.

*　　　*　　　*

려강.

봉조장원은 짙은 어둠에 휩싸여 존재감 없이 잠들어 있는
듯 보였다. 하지만 그 안에선 이십여 명의 당원들이 조용하
지만 급하고, 빠르게 움직이고 있었다.

강학청은 패왕보로부터 소식을 전해 듣고 적룡대가 자신
들을 섬멸할 의도를 가지고 온 것이라고 판단, 잠시 려강을
떠나 있기로 결정한 것이다.

고변책과 접선자들이 사라졌으니 거룡성에서 뭔가 후속

조치를 취할 거라 예상했으면서도, 이러한 상황에 대해 미리 조치를 취해두지 않은 것에 대해 깊은 후회가 일었지만 이미 늦어 버린 걸 후회만 하면 무엇하겠는가.

지금은 그런 것보다 어떻게 이 위기를 벗어나느냐에 집중하는 게 더 중요했다.

"강 당두님, 모두 모인 것 같습니다."

강학청은 중요 문서를 챙겨 들고 나오다가 금장거의 보고를 받았다.

하지만 그는 보다 확실히 하기 위해 장원 내에 있지 않았던 당원들과 영문도 모르고 모여야 했던 백당원들까지, 한 명도 빠지지 않았는지를 다시금 파악했다.

단 한 명이라도 이곳에 남겨두었다가 적룡대에 붙잡히기라도 하면 안 되기 때문이었다.

"이제 출발합시다."

강학청을 선두로 한 무리는 봉조장원의 뒷문을 통해 밖으로 나갔고, 골목을 이용해 북쪽으로 달려갔다.

육중포와 조카들이 마을 북쪽 외곽에 마차를 준비해둔 채 기다리고 있는 것이다.

삐익—

"……!"

강학청은 갑작스럽게 그들의 뒤쪽에서 들려오는 괴음에 깜짝 놀랐다.

그리고 얼마 있지 않아서 미세하게 땅이 울리는 느낌과 저 멀리서 다수의 말이 달려오는 소리를 듣고, 어찌 된 일인지는 알 수 없었지만 적룡대가 이미 려강에 당도해 그들을 찾고 있으며, 방금 전의 괴음이 봉조장원 쪽으로 길을 안내하는 소리라는 걸 깨달았다.

'젠장!'

"모두 이쪽으로!"

강학청은 더욱 좁은 골목 쪽으로 방향을 바꿔 달렸다.

육중포가 기다리고 있는 곳으로 가기까지 시간이 더 지체되겠지만, 혹시라도 말을 이용하고 있는 적룡대에 종적이 들키지 않으려면 다른 방법이 없는 것이다.

그의 판단이 옳았던지 그들의 뒤를 쫓는 말발굽 소리와 길을 안내하는 괴음은 들려오지 않았고, 더욱 힘껏 달린 끝에 저 앞으로 육중포가 제등(提燈; 자루가 있어 들고 다닐 수 있는 등)을 좌우로 흔들고 있는 걸 발견할 수 있었다.

세 대의 마차는 지붕이 없었으나 각기 네 마리의 말이 끌고 있어서, 빨리 려강을 벗어나야 한다는 목적에 부합할 만큼 실용적으로 보였다.

히히힝.

이십여 명의 무리가 셋으로 나눠 마차에 오르고 곧장 서쪽을 향해 달리기 시작했다.

'우선 동성현으로 피해 있다가 적룡대가 사라지면……'

선두 마차에 타고 있던 강학청은 그의 어깨를 흔드는 손길 때문에 상념에서 깨어났고, 그를 흔든 육중포의 시선을 따라 뒤를 돌아봤다.

"......!"

세 번째 마차의 저 뒤쪽에서 어둑하게 모여 있는 뭔가가 맹렬한 속도로 달려오고 있었다.

흘러가는 구름이 잠시 달을 가리고 있어서 제대로 볼 수가 없었지만, 어둑한 무리가 적룡대라는 걸 예상하지 못하는 사람은 아무도 없었다.

스릉.

따로 지시를 받지 않았지만, 모두 각자의 무기를 빼들었다.

적룡대의 속도로 볼 때 얼마 있지 않아서 따라잡힐 게 분명했기 때문이었다.

"이제 어떻게 합니까?"

마차를 모는 금장거가 걱정 어린 표정으로 뒤를 돌아보며 물었다.

강학청은 어둑한 주변을 빠르게 둘러보고 말했다.

"왼쪽으로!"

금장거는 고삐를 틀어 왼쪽으로 말 머리의 방향을 틀었고, 뒤쪽 두 대의 마차도 급히 방향을 바꿔 뒤를 따랐다.

마차는 넓은 관도를 벗어나 왼쪽으로 숲이 있고 오른쪽으로 강물이 흐르는 좁은 길로 접어 들어갔다. 그 사이 적룡대는 오 장여의 거리까지 간격을 좁힌 상태였고, 금방이라도 따라잡을 듯 더욱 빠르고 맹렬하게 질주해왔다.

강학청은 긴장감 어린 얼굴로 뒤를 돌아보고, 좌우를 살피다가 크게 외쳤다.

"멈춰!"

히히힝!

외침에 즉각 반응한 금장거가 고삐를 끌어당기자 네 마리의 말들이 저항하듯 머리를 좌우로 흔들며 속도를 줄였고, 뒤쪽의 마차들도 영문도 모른 채 다급히 속도를 줄여 부딪치기 직전에 멈춰 섰다.

먼저 마차에서 뛰어내린 그는 뒤를 향해 외쳤다.

"모두 이쪽으로 와서 방어 진형을 구축하시오!"

강학청은 계속 도망친다고 해도 결국 따라잡혀 포위당하게 될 것이니, 차라리 마차를 방패막이로 삼아서 정면승부를 펼쳐 대응하기로 한 것이다.

마차에서 내린 당원들은 모두 강학청의 주변으로 모여들었다.

"우리에게 남은 길은 결사항전밖에 없습니다! 서로를 믿고 싸워야만 합니다!"

당원들은 강학청의 말에 눈동자 가득 투지를 불태웠다.

하지만 백당원들은 아무것도 모르고 쫓아왔기에 그러한

분위기에 동조하지 못했다. 거의 모두가 혼란과 두려움 때문에 덜덜 떨고 있었다.

강학청은 그런 백당원들에게 미안한 표정을 지으며 말했다.

"자네들은 모두 뒤쪽으로 빠져 있게. 그리고 틈이 보인다 싶으면 주저하지 말고 도망쳐야 하네."

그들이 열혈당의 진정한 정체를 알건 모르건 간에 결국 적룡대에게 발각되면 제거당할 것을 알고 있기에 데리고 왔지만, 이런 상황에서 죽기를 각오하고 같이 싸우자고 할 생각은 조금도 없었으니까.

그리고 얼마 전에야 무공을 배우기 시작한, 그것도 기초를 배우기 시작한 그들의 실력으로는 싸움에 별다른 도움이 되지 못할 것이었다.

"무엇보다 명심할 건 지금은 려강으로 돌아갈 생각을 하지 말고 서성이나 동성, 아니면 회녕으로 가되, 나중에 려강으로 돌아가고 싶더라도 최소 석 달 이상은 참았다가 가야 할 것이네. 내 말을 알아들었으면 어서 뒤로 빠져 있도록 하게."

백당원들은 어찌해야 할지 모르겠다는 듯 주위 눈치를 살피면서도 강학청의 말을 따라 뒤로 물러나기 시작했다.

하지만 한 사람은 달랐다.

"전 같이 싸우겠습니다!"

모정배였다.

그는 다른 당원들과 달리 물러나지 않고 자신의 자리를 지키고 있었다.

"이곳에 있는 누구도 자네를 지켜줄 여력이 없네. 그냥 뒤로 물러나 있게."

"제 몸은 제가 책임집니다."

"……."

어찌 된 내막인지는 전혀 모르고 있지만, 지금 상황이 얼마나 위급한지에 대해선 잘 알고 있으면서도 모정배의 표정과 눈빛은 흔들림이 없었다.

'육 주인으로부터 백당원들 중 무공을 배우는 자세가 가장 성실하고, 열정적이라는 평가를 받을 만하군.'

모정배를 매우 마음에 들어 한 육중포는 그가 원하기만 한다면 흑우동의 제자로 받아들일 생각까지 하고 있었다.

'여기서 살아남는다면 자네가 열혈당의 첫 번째 은당원이 될 걸세.'

강학청은 더는 물러나라 말하지 않았다.

그저 모정배에게 믿음 어린 시선을 보내고서, 차단막처럼 세워둔 마차 뒤쪽에 이제 막 당도한 적룡대의 무리를 긴장감 가득한 표정으로 바라봤다.

"모두 준비하시오!"

마차 때문에 길이 막혀 버리자 조금도 지체 않고 말에서 뛰어내린 적룡무사들은 대주의 명령에 따라 절반은 마차를 타넘고, 절반은 왼쪽 숲 쪽으로 우회하기 시작했다.

'진짜 싸움이다.'

강학청은 겁이 났다.

그는 당두로서 무리를 이끌고 있고, 앞장서 싸워야 하지만 실전을 제대로 경험하지 못했기에 두려움을 느끼는 건 너무도 당연했다.

허나 그는 싸워야 했고, 이곳에서 죽고 싶은 마음이 조금도 없었다.

그래서 가장 먼저 마차를 넘어서 난간을 박차고 뛰어오른 적룡무사가 그를 향해 떨어져 내릴 때 물러나지 않고 칼을 치켜들며 있는 힘껏 고함을 질렀다.

"으아─!"

*   *   *

"홍 당주, 진짜 저놈들 때문에 여길 온 것이오?"

일귀 하봉은 인상을 찡그리며 홍문한에게 물었다.

그들의 힘이 필요하다고 해서 강한 자들이 많을 거라고 생각했는데, 몇 명을 제외하고는 적룡무사들을 상대로 호각을 이루거나 방어에 급급한 자들뿐이지 않은가.

숫자에서도 적룡대가 압도하고 있으니, 승패가 어찌 갈릴

지는 너무도 뻔한 것이었다.

솔직히 하봉은 지금 상황에 불쾌감을 느끼고 있었다.

'우리가 저런 약해빠진 놈들 때문에 호위무사 노릇을 하고 있다니. 이래 가지고는 명성을 드높이고 어쩌고 할 만한 게 아무것도 없잖아. 염병, 홍 당주가 우릴 우습게보는 건가?'

하지만 홍문한은 그가 느끼는 불쾌감에 조금도 관심이 없는 듯했다.

그는 오히려 기분이 상한 듯 신경질적으로 반응했다.

"저들 정도로는 세 분이 나설 가치조차 없다고 말하는 겁니까?"

"솔직히 그런 생각이 드는 게 사실이오. 척 봐도 우리까지 필요하지는 않아 보이잖소."

적룡대만으로도 충분한 줄 알았다면 자신들은 그냥 패왕보에 남아서 술자리를 즐겼어도 되지 않았느냐고 항의를 하는 것이었다.

홍문한의 표정이 싸늘해졌다.

"세 분은 성주님이 심사숙고하시어 내리신 임무를 가볍게 보는 것 같군요. 그렇다면 지금이라도 돌아가십시오. 상대가 너무 약해서 움직일 마음도 생기지 않는다는데, 싸우라고 등을 떠밀 수는 없는 일이지요."

하북삼귀의 표정이 굳어졌다.

'어라, 이 자식 너무 민감하게 반응하는데?'

홍문한이 원래부터 사교적이지 않다는 건 알았지만, 지금 껏 이런 식으로 비아냥거린 적은 한 번도 없었다.

즉, 지금 홍문한의 기분은 매우 좋지 않은 상태인 것이다.

'이러면 안 되는데……'

홍문한과 사이가 나빠지면 앞으로 거룡성을 대표하여 크 나큰 명성을 누리고자 하는 자신들의 계획에 차질이 생길 수 있었다.

그들에겐 거룡성의 대소사를 좌지우지할 정도로 막강한 권력을 가진 홍문한의 지원이 반드시 필요했다.

"허허, 홍 당주가 내 말을 오해한 것 같소이다. 내가 그리 말을 한 것은 적룡대가 워낙 강하니까 우리가 나서면 오히 려 거룡성의 체면이……"

"됐습니다."

하봉은 진짜 당황스러웠다.

홍문한은 그의 말을 들을 생각도 하지 않고 중간에 잘라 버릴 만큼 기분이 틀어져 버린 것이다.

하지만 지금껏 이런 반응을 보인 적이 없는지라 너무나 이상했다.

'도대체 왜 이리 갑자기 신경질적으로 변한 거야?'

아무래도 조금 전 자신들의 투덜거림 때문에 이러는 건 아닌 것 같았다.

뭔가 다른 이유가 있어 보이는 것이다.

'염병, 하북에서 두려울 것이 없던 이 몸이 남의 기분이나 살펴야 하다니!'

기분이 더러웠다.

솔직히 홍문한의 얼굴에 주먹을 날리고 싶은 마음이었다.

하지만 현실적으로 그럴 수가 없었고, 무슨 방도를 쓰든 홍문한의 기분을 풀어줘야 했다. 홍문한과 좋은 관계를 유지하는 건 단순히 자존심의 문제가 아니라, 자신들의 앞날이 걸린 일이기 때문이었다.

'하지만⋯⋯.'

무엇이 홍문한의 기분을 저렇게 만들었는지 알 길이 없으니, 아무 말도 못하고 눈치만 볼 수밖에 없었다.

'도대체 왜 그러냐고? 도대체 뭐라고 해야 기분이 풀리는 거야?'

홍문한의 속내를 알아내기 위해 하봉은 셋 중에서 가장 똑똑하다고 자부하는 자신의 머리를 있는 힘껏 굴리기 시작했다.

＊　　　＊　　　＊

홍문한은 정면과 오른쪽을 따라 크게 포위망을 구축하며 몰아치는 적룡대를 상대로 힘겹게 싸우고 있는 반룡복고당의 무리를 보며 스스로에게 물었다.

'저놈들이 어찌 알고 미리 도망칠 수 있었던 거지?'

하봉의 짐작대로 홍문한의 기분은 그들이 투덜거리기 이전부터 나빠져 있는 상태였다.

천문일호와 천문이호를 려강에 미리 보내 동태를 살필 때만 해도 아무것도 모르고 있던 자들이, 자신들이 려강에 당도했을 때쯤엔 이미 준비를 마치고 도주 중에 있었다는 점이 그의 기분을 망쳐 놓았던 것이다.

'아무리 생각해도 우리가 려강 근방에 와 있다는 걸 누군가 저들에게 미리 알려줬다고밖에는……'

그리고 그게 누구일까, 라고 자문하니 하나의 이름이 바로 떠올랐다.

'간명.'

패왕보의 보주.

새로운 진가장 장주의 경우처럼 장남을 제치고 권력을 잡기 위해서 반룡복고당과 손을 잡았을 수도 있었다.

'아니면 패왕보에 반룡복고당과 내통하는 자가 있을지도 모르지.'

어쨌든 패왕보가 의심스럽다는 건 분명했다.

가만 생각하니 간명이 돕게 해달라고 했던 점도 의심스러웠다.

'최대한 빨리 진위 여부를 확인해야겠어.'

그러자면 여기 일을 서둘러 마무리해야만 했다.

지금쯤 패왕보의 무리가 가까운 곳에 와 있을 거라 생각하니 마음이 편치 않았던 것이다.

만약 간명이 저들과 손을 잡은 것이라고 한다면 대비할 사이도 없이 자신들의 뒤를 쳐서 합공을 할 수도 있지 않겠는가.

홍무한은 그의 눈치를 보는 하북삼귀를 힐끔 쳐다봤다. 싸움을 빨리 끝내려면 고수들이 나서는 게 가장 효과적이기 때문이었다.

'이들도 많이 달라졌군.'

짐승의 왕인 호랑이도 튼튼한 우리에 가두고, 때마다 밥을 주는 것으로 길들일 수 있다고 한다.

물론, 기본적으로 힘과 흉포함은 남아 있지만, 야성을 잃어버려서 예전처럼 그 존재 자체로 위압감을 주지는 못하고 애완동물로 격하되어 버리는 것이다.

지금 하북삼귀가 딱 그러했다.

처음 식객으로 들어올 때만 해도 길들여지지 않은 짐승의 냄새가 물씬 풍겨 건드리기만 해도 터져 버릴 것처럼 마주하는 이들을 불안케 했는데, 지금의 모습은 혹시 불이익을 당할까 싶어 눈치나 보고 있으니.

'하지만 잔혹마처럼 너무 길들여지지 않아도 곤란하지.'

그리고 이들만큼 이용하기 쉬우면서 무공도 고강한 자들

을 구하기는 매우 어려운 일이었다.

　'하는 꼴이 답답하고, 마음에 들지 않더라도 잘 구슬려 놓을 수밖에.'

　"저들의 저항이 꽤 완강하군요. 시간을 넉넉히 가진다면 모두 처리할 수 있겠지만, 그렇게 시간을 낭비하고 싶지 않습니다. 그리고 긴히 물어볼 말이 있어서 되도록 많은 자들을 생포하고 싶습니다. 그러니까……."

　홍문한은 하북삼귀를 가만히 쳐다보다가 말했다.

　"압도적으로 강한 분들이 나서주면 수월해지겠지요."

　하봉은 너털웃음을 지으며 고개를 끄덕였다.

　"하하하, 홍 당주의 말뜻을 알겠소이다. 지금 당장 가서 저 잡것들을 개구리처럼 패대기쳐 놓도록 하겠소."

　하봉은 두 아우에게 얼른 움직이자고 눈짓을 보내며 말에서 내렸다.

　"잠깐, 기다리십시오."

　"……?"

　"한 분은 다른 일을 해주셔야겠습니다."

　"무슨 일을 말이오?"

　"내 수하들이 조사한 바로 려강에서 저자들에게 자금 지원을 한 자가 있다고 합니다."

　패왕보에 대한 의심이 들자, 작은 것 하나도 그냥 방심할 수 없다는 생각이 들었다.

그래서 나중에 처리하려고 했던 진가장 장주를 지금 당장 제거해두기로 마음을 바꾼 것이다. 그것도 만일의 상황에 대비하고자 하북삼귀 정도의 고수를 보내기로 말이다.

"어허, 그런 빌어먹을 놈이 있었단 말이오! 허면, 지금 가서 그자를 죽여 버리면 되는 것이오?"

"그렇습니다."

"막내야, 네가 얼른 가서 그놈의 목을 비틀어놓고 와라."

"알겠습니다, 큰형님. 홍 당주, 그 염병할 자식이 누구요?"

"진가장의 장주입니다."

홍문한은 어둑한 뒤쪽을 향해 손을 들어보였고, 곧바로 천문일호가 모습을 드러내며 그에게 다가왔다.

"천문일호가 진가장이 있는 곳까지 안내해드릴 겁니다. 하지만 소란을 피워서는 안 됩니다. 진가장은 오랫동안 관과 밀접한 관계를 유지해왔기 때문에 아무리 입막음을 해놨다고 하더라도 문제가 생길 여지가 큽니다. 그러니 그녀를 최대한 조용히 처리하도록 하십시오."

"잘 알겠소. 아무 걱정……."

걱정도 하지 말라고 말하려던 송노칠은 어리둥절한 표정을 지으며 물었다.

"진가장 장주가 여자란 말이오?"

대답은 천문일호가 했다.

"삼십 대의 미부라고 합니다."

미부라는 말에 하북삼귀의 얼굴이 달라졌다.

특히 송노칠의 얼굴이 환해지고, 입가에 미소가 지어지는 것이 뭔가 음흉한 생각을 하고 있는 게 분명했다.

이때 하봉이 입을 열었다.

"어험, 다시 생각해보니 이 일은 단순하게 결정하고 처리할 문제가 아닌 거 같소. 무엇보다 은밀함을 우선시해야 한다고 하니, 아무래도 막내보다는 발이 가벼운 내가 직접 나서야 할 듯싶소이다."

갑자기 말을 바꾼 하봉은 송노칠이 반론을 제기할 틈도 주지 않고 말에 올라탔다.

"아우들아, 얼른 끝내고 돌아올 테니 홍 당주를 잘 보필하여 저 잡것들을 정리하고 있어라."

상조면과 송노칠은 하봉을 불만스런 시선으로 쳐다봤다.

아무리 심각하고 진중한 척을 해도 실제 마음은 즐거움과 기대감으로 가득하다는 걸 잘 알고 있기 때문이었다. 진가장의 장주가 삼십 대의 미부라는 말을 듣자마자 돌변한 태도만으로도 그 속내를 빤히 짐작할 수 있었다.

세 사람이 주요 활동지인 하북에서 도망쳐 나와야 했던 것도 결국 음심을 자제하지 못한 결과가 아니던가.

'젠장, 우리도 같이 가고 싶다고.'

그게 상조면과 송노칠의 솔직한 심정이었다.

하지만 홍문한이 그들의 요구를 받아들일 리가 없으니, 첫째라고 재밌는 일만 하려고 하는 하봉을 불만스럽게 쳐다볼 수밖에.

"허험! 이봐, 천문일호. 한시가 급한데 얼른 길을 안내하지 않고 뭘 하고 있는 건가."

아우들의 시선을 애써 외면하며 천문일호를 다그친 하봉은 곧 마을 쪽으로 말을 몰아 사라졌다.

"언제까지 그러고 있을 겁니까?"

입맛을 다시며 하봉이 사라진 마을 쪽을 아쉬움 가득한 표정으로 쳐다보고 있던 상조면과 송노칠은, 홍문한의 질책 어린 말에 살기 어린 표정을 지으며 마차 너머 반룡복고당의 무리와 적룡무사들이 싸우고 있는 곳을 바라봤다.

상조면이 홍문한에게 물었다.

"저 새끼들을 생포해야 한다고 했는데, 몇 명이나 필요한 거요?"

"많으면 많을수록 좋습니다. 허나 실력이 있는 자들일수록 아는 것이 많을 테니, 잔챙이들보다는 움직임이 괜찮은 자들을 위주로 생포해주었으면 합니다."

"어쨌든 죽이지만 않으면 되는 거 아니오?"

"그렇지요."

"잘 알겠소."

두 사람은 하봉과 같이 가지 못한 아쉬움과 짜증스러움,

그리고 욕구불만을 폭력성으로 분출하리라 작심한 듯 칼을
빼들고 마차 위로 뛰어올랐다.

* * *

  '어떻게 해야 하나.'
  천왕대와 지왕대를 합쳐 모두 오십여 명의 수하들을 이끌
고 려강현 외곽에 당도한 간명은 벌써 일각이 넘도록 고민
을 거듭하고 있는 중이었다.
  천왕대 대주의 명을 받고 강학청을 만나 적룡대에 관한
소식을 알리고 마을에 숨어서 대기하고 있다 돌아온 천왕무
사의 보고에 의하면, 강학청과 그 무리가 마차를 타고 도주
를 했지만 비어 있는 봉조장원에 쳐들어간 적룡대가 얼마
있지 않아 도주한 흔적을 찾아내고 뒤쫓아 갔다는 것이다.
  '마차로 도주한 것이라면 아무리 거리를 벌이고, 예측하
기 힘든 길로 갔다고 해도 얼마 가지 못해서 따라잡히고 말
았을 것이다.'
  지금쯤 꼬리가 잡혀 포위를 당한 채 공격을 당하고 있을
가능성이 높았다.
  그래서 고민 중이었다. 그들을 도와 적룡대의 뒤를 쳐야
할지, 아니면 믿고 기다려야 할지에 대해서.
  '물론, 그 반악이란 자가 있으니 쉽게 당하지는 않겠지

만…….'

사실 간명은 반룡복고당이 잘 헤쳐나가리란 쪽에 조금 더 힘을 실어주고 있었다.

이유는 반악 때문이었다. 막강한 위력의 강기를 자유롭게 발출할 수 있을 만큼의 고수라고 한다면 이 정도의 위기는 충분히 벗어날 수 있어야 하지 않겠는가.

그렇지 못하다면 자신이 위험을 감수하고 반룡복고당과 손을 잡은 건 대단히 큰 실수가 될 것이었다.

'하지만…….'

적룡대의 숫자, 홍문한이 직접 이끌고 있다는 점, 그리고 하북삼귀의 존재 또한 무시할 수가 없었다.

'미치겠군.'

간명은 답답한 마음에 한숨을 내쉬었다.

그가 단호하게 결론을 내리고 행동하지 못하는 건 지금의 선택이 패왕보의 존폐 여부를 가릴 만큼 중요한 것이기 때문이었다.

"보주님, 뒤쪽에서 말을 타고 있는 자들이 접근해오고 있습니다."

"행객이나 뭐 그런 사람들이겠지. 안쪽에서 나오는 게 아니면 그냥 무시해라."

어느 쪽에 붙을 것이냐 하는 문제를 떠나서, 일단 자신들의 역할은 마을에서 나와 외부로 도주하는 반룡복고당의 무리를 차단하는 일이었다.

그러니 밖에서 들어오는 사람들을 막을 이유가 없는 것이다.

더구나 많은 사람들이 살고 있는 마을이니 밤이라 해도 드나드는 사람이 있다 해서 이상한 일은 아니고, 자신들이 관군도 아닌 이상에야 일일이 막아서서 확인할 권한도 갖고 있지 않았고 그럴 이유도 없었다.

그러나 수하는 간명의 명령에도 불구하고 말들의 존재를 계속 무시할 수가 없었다.

"보주님, 이상합니다."

"……."

"달려오는 속도가 너무 빠릅니다."

마을 쪽에 시선을 고정시킨 채 계속해서 고민을 거듭하고 있던 간명은 자꾸만 방해를 받자 인상을 찌푸리며 고개를 돌렸다.

"속도가 빠른 게……!"

뭐가 문제냐고 화를 내려고 했던 간명의 입은 다시 다물어졌다.

수하의 말대로 달려오는 속도가 너무나 빨랐기 때문이었다. 분명 수십 명이 길가에 자리를 잡고 있으면 불안해서라도 속도를 줄이기 마련이건만, 달려오고 있는 말들은 그런 기미조차 없었던 것이다.

아무리 밤이고 거리가 멀다 해도 수하들의 숫자가 적지 않은데다, 몇 명이 횃불까지 들고 있어서 기수들이 자신들을 보지 못했을 리가 없는데 말이다.

'저것들은 뭐야?'

"모두 옆으로 물러나라."

이상한 느낌이 들긴 했지만 아무리 사람이 많아도 맹렬하게 달려오는 말들을 막아서기는 어려운 일이었으니까.

'응?'

길가로 물러나 말들이 가까워지는 걸 빤히 쳐다보고 있던 간명은 고개를 갸웃거렸다.

말들은 모두 다섯 마리였다. 그런데 어둡고 아직 거리가 멀어서 확신할 수는 없었지만 선두에서 달려오는 자의 인상이 익숙하다는 느낌이 들었던 것이다.

거리는 순식간에 가까워졌고 흐릿하던 기수들의 얼굴도 명확하게 보였다.

"……!"

순간 간명의 얼굴이 굳어졌다.

인상이 익숙하다 느꼈던 선두의 인물이 이곳에서 보게 될 거라고는 전혀 상상도 못했던 반악이었기 때문이다.

히히힝!

갑자기 속도를 줄여 멈춰 선 반악은 인사도 없이 물었다.

"적룡대는 어디 있소?"

"당신이 왜 여기에 있는 것이오?"

"묻는 말에나 대답하시오. 적룡대는 어디 있소?"

간명은 반룡복고당이 도주했다고 들은 방향을 손가락으로 가리켰다.

"당신 쪽의 사람들이 도주하는 걸 쫓고 있소."

"그게 언제요?"

"일각 정도가 되었소."

반악은 한 발 늦었다는 걸 알고 미간을 찡그렸다.

하지만 지금이라도 서둘러 간다면 피해를 최소화할 수 있을 것이었다.

그는 간명에게 말했다.

"따라오시오."

간명은 인상을 찌푸렸다.

자신이 지금껏 도와야 하는 것인가에 대해 고민을 해왔지만, 반악이 명령하듯 직접적으로 요구하자 반발심이 들고 기분도 나빴던 것이다.

"그게 무슨 말이오? 같이 가면 내가 당신들과 손을 잡은 걸 홍 당주가 알게 되지 않소."

"홍 당주?"

반악은 매서운 시선으로 간명을 쳐다봤다.

"천문당 홍 당주가 여기 와 있소?"

"그 사람뿐만 아니라 하북삼귀도 같이 있소."

반악의 얼굴 가득 득의 어린 미소가 지어졌다.

'놈이 여기에 와 있단 말이지.'

이런 식으로 복수의 주요 대상을 빨리 만나게 될 줄은 생각하지 못했다.

사실 그는 강학청을 비롯한 당원들보다는 부용설의 안위가 걱정이 되어 밤낮을 잊고 달려온 것이었다. 그런데 예상도 못한 대어를 낚게 될 줄 어찌 알았겠는가.

"따라오시오."

"내 말 못 들었소? 같이 가면……."

"홍 당주가 움직였다는 건 천문당이 본격적으로 개입했다는 뜻이오. 그러니까 시간이 문제일 뿐 당신과 우리의 관계는 조만간 드러나게 될 거란 말이오. 냉정하게 생각해보시오. 차라리 지금을 기회로 홍 당주를 제거해서 천문당과 거룡성을 혼란케 하는 게 더 이로울 거 같지 않소?"

"……."

"날 따라와 적룡대를 공격하시오. 그것만이 당신과 패왕보가 살 길이니까."

반악은 그 말을 끝으로 견일 등과 함께 다시 말을 움직여 달려갔다.

'젠장.'

가만 생각해보니 반악의 말이 맞았다.

게다가 적룡대가 도착하기 전에 반룡복고당의 무리가 도

주한 것에 대해서 홍문한이 의구심을 품게 되었을지도 모를 일이었다.

아니, 홍문한이 바보가 아니라면 지금 상황에 대해서 이상하다 생각하는 게 당연하고, 자신과 패왕보를 의심할 수밖에 없는 일이었다.

모든 건 조만간에 드러날 수밖에 없었다.

'빌어먹을! 놈들의 덫에 걸려들어 버렸구나.'

당시엔 어쩔 수 없는 선택이긴 했지만, 처음 반룡복고당과 얽히게 되었을 때부터 결국 이런 수순으로 갈 수밖에 없었던 것이다.

'이젠 돌이킬 수 없게 되어 버렸다.'

결국 거룡성과 노골적으로 적대할 수밖에 없는 처지가 되어 버렸다.

"보주님, 마차가 접근해오고 있습니다."

"……?"

지붕 없는 이두마차가 두 대나 되었다.

그리고 마차에 탄 이들은 대략 이십여 명으로, 모두가 범상치 않은 분위기에다 날카로운 무기를 손에 들고 있었다.

'저 여자는?'

선두 마차에 여자가 한 명 타고 있었는데 예전에 본 적이 있는 얼굴이었다.

그녀는 묵담향이었다.

"간 보주님, 반 소협이 어디로 갔나요?"

마차가 멈춰 서고 묵담향이 급히 물었다.

"저쪽으로 갔소."

마차는 다시 출발해 마을 쪽으로 사라졌고, 그동안 간명과 패왕보 무사들은 멍하니 바라만 봤다.

간명은 뒤늦게 마차에 탄 무리의 정체가 무엇인지를 깨달았다.

'저들은 적룡대가 려강에 온다는 걸 알고 반룡복고당의 본거지에서 지원하기 위해 나온 자들이구나.'

그런데 본거지에서 적룡대가 려강으로 가는 걸 어찌 알았을까?

'그런데 나와 수하들이 여기 있는 이유에 대해서 왜 아무도 묻지 않는 거지?'

동성에 있어야 할 자신과 수하들이 려강으로 들어가는 길목을 막고 있다면 이상하게 생각하고 이유를 물어야 하는 게 이치에 맞는 일이었다.

그런데 반악과 묵담향은 전혀 이상하게 생각하는 얼굴이 아니었다.

마치 모든 내막을 꿰뚫어보고 있다는 듯이 말이다.

'저들은 내가 적룡대를 돕는 척하고 있을 줄 예상하고 있었다는 건가?'

아니면 자신들의 존재를 무시하고 있는 걸 수도 있었다.

"보주님 이제 어찌할 생각이십니까?"

천왕대 대주가 수하들이 혼란스러워하고 불안해하고 있다면서 물었다.

간명의 표정은 어둡고 딱딱해졌다. 이제 그가 선택할 길은 하나뿐이었다.

"저들의 뒤를 쫓는다."

"……."

"그리고 적룡대를 공격한다."

천왕대 대주의 얼굴이 굳어졌다.

몰래 반룡복고당과 손을 잡고 있는 게 아니라, 본격적으로 거룡성에 반기를 들자고 하는 매우 심각하고 위험한 명령이기 때문이었다.

하지만 그는 간명을 충실히 따르는 수하였기에 곧바로 수하들에게 지시를 하달했다.

이제부터 자신들은 적룡대와 싸우게 될 것이라고 말이다.

*   *   *

"덤벼, 새끼들아!"

어둑한 밤하늘로 상조면과 송노칠의 살기 어린 고함이 쩌렁하게 울려 퍼졌다.

그들은 양 떼 속으로 뛰어든 굶주린 늑대들과 같았다. 수

52

적으로 우위에 있는 적룡무사들에게 포위를 당한 상태에서
도 잘 버티고 있던 반룡복고당의 당원들 사이로 뛰어들더니
순식간에 두 명의 팔을 잘라내고, 다시 두 명의 등과 어깨에
치명적인 상처를 입히면서 흉포함을 마음껏 드러내고 있었
기 때문이었다.

　하지만 두 사람으로 인해 혼란을 겪고 있는 건 적룡무사
들도 마찬가지였다. 적의 극렬한 저항을 효과적으로 차단하
기 위해 구축하고 있던 적룡대의 짜임새 있는 포위 진형을
아랑곳 하지 않고 마구 날뛰면서 그들의 견고함을 흩트려놓
고 있었기 때문이었다.

　허나, 어쨌든 두 사람의 합류로 싸움의 양상은 적룡대 쪽
으로 완전히 기울어 버렸고, 이제부터 벌어질 일들은 반룡
복고당의 무리가 일방적이고 처참하게 패배하는 것뿐이었
다.

　'잘 하고 있군.'

　홍문한은 흡족한 시선으로 싸움터를 바라봤다.

　마음에 들지는 않지만 확실히 하북삼귀라는 이름값을 하
고 있는 것이다.

　'여긴 반각 정도면 대충 마무리가 될 것 같고. 그 다음
은……'

　지체 없이 이동하여 간명과 그 무리를 기습해 붙잡을 계
획이었다.

그리고 조금 전까지 그의 마음속에 가득 차 있었던 불쾌감을 완전히 떨쳐내기 위해서 적절하고 효과적인 방법을 이용해 간명과 패왕보가 거룡성을 배반했는지에 대한 진위 여부를 철저하게 조사할 생각이었다.

'응?'

홍문한은 뒤쪽에서 들려오는 급박한 말발굽 소리에 얼른 뒤를 돌아봤다.

혹시라도 간명이 감추고 있던 속내를 드러내고 기습해오는지도 모른다는 생각이 들었기 때문이었다.

하지만 어둑한 저편으로 달빛을 받으며 달려오는 말들은 고작 다섯 마리에 불과했다.

'저것들은 뭐야?'

척 봐도 간명이나 패왕보의 무리는 아니었다.

고작 다섯 명에 불과했으니까.

허나 길이 막혔다는 게 빤히 보이는데도 그들은 조금도 속도를 줄이지 않았고, 간격이 오 장여로 줄어들자 선두에 있던 자가 말 등을 박차고 공중으로 솟구쳐 오르는 걸 보는 순간 뭔가 잘못됐다는 걸 깨달았다.

"홍문한!"

반악은 살기 어린 외침을 터트리며 공중에서 그대로 박도를 휘둘러 새하얀 강기를 날렸다.

"……!"

생전 처음 본 자가 자신의 이름을 외치고 강기까지 날리자 깜짝 놀란 홍문한은 맞설 생각도 못한 채 말 등을 박차고 마차 쪽으로 피했다.

철퍼덕.

강기에 맞아 허리가 두 동강난 말은 피와 창자를 쏟아내며 땅바닥으로 무너졌다.

'도대체 저놈은 뭐야!'

홍문한은 마차 위를 뛰어넘어 적룡무사들 쪽으로 달리면서 뒤를 돌아봤다.

일격에 말을 두 동강내 버린 반악은 땅에 내려서자마자 경악할 만한 도약력으로 뛰어올라 말 그대로 그를 향해 날아오고 있었다.

'엄청난 고수다!'

강기를 날리고, 저 정도의 도약력을 보여줄 수 있다면 직접 맞부딪쳐보지 않아도 알 수 있는 일이 아니겠는가.

문제는 상대는 그를 알고 있는데, 그는 상대가 누구인지 모른다는 점이었다.

"모두 저놈을 막아라!"

이미 반악의 쩌렁한 외침소리와 밤하늘을 가르는 새하얀 강기로 인해 이목을 집중하고 있던 적룡무사들이 급히 좌우로 물러나며 홍문한이 들어올 공간을 만들었다.

허나, 어느새 지척까지 가까워진 반악이 마차 아래쪽으로 뛰어내리고 있는 홍문한의 바로 뒤쪽에 떨어지고 있어 그에게 치명적인 일격을 가하기 직전이었다.

"감히 어딜!"

상조면과 송노칠은 홍문한의 좌우로 뛰어오르며 반악을 향해 동시에 칼을 휘둘렀다.

깡—

"……!"

상조면과 송노칠은 공중에서 몸을 회전하며 다시 땅에 내려섰다.

그들의 얼굴엔 놀란 기색이 가득했다. 스스로의 의지로 물러난 게 아니라 칼을 통해 전해지는 충격을 감당하지 못하고 밀려난 것이기 때문이었다.

특히 송노칠은 상조면과 같이 막는 척하면서 그대로 박도를 흘려 반악의 목을 노리려고 했었는데, 실패한 것이기에 더욱 표정이 굳어 있었다.

'어디서 이런 고수가 나타난 거지?'

그것도 많아 보았자 이십 대 후반이나 될까 싶을 정도로 젊기 때문에 놀라움이 더욱 컸다.

상조면은 적룡무사들에게 둘러싸인 홍문한의 상태를 확인한 뒤 반악을 매섭게 노려보았다.

"네놈은 누구냐!"

마차 위에 서서 홍문한에게만 시선을 고정시키고 있던 반악은 비웃음을 지었다.

"그게 중요하냐?"

상조면의 눈썹이 꿈틀거렸다.

하지만 분노의 외침은 송노칠에게서 나왔다.

"이런 빌어먹을 새끼가!"

송노칠은 금방이라도 다시 뛰어오를 것처럼 욕지거리를 내뱉었다.

하지만 성난 기세와 달리 움직이진 않았다. 범상치 않은 무기를 들고 있는 견일 등과 염서성이 반악의 뒤쪽으로 병풍처럼 둘러섰기 때문이었다.

"반 소협!"

강학청을 비롯한 당원들이 반가움과 안도 어린 표정으로 반악을 불렀다.

이곳을 빠져나갈 수 없다면 최후까지 싸우다 죽자고 작심했던 그들에게 반악의 등장은 사막에서 물을 얻은 것과 다름없이 기쁜 일인 것이다.

가만히 노려보고 있던 홍문한이 말했다.

"네놈도 반룡복고당의 쥐새끼구나!"

반악은 인상을 찌푸렸다.

"내가 제일 듣기 싫은 말을 하는군. 난 세상에서 쥐새끼가 제일 싫어!"

반악은 곧장 몸을 날렸고, 동시에 상조면과 송노칠은 홍문한 쪽으로 가지 못하게 앞을 막아 섰다.

'고작 두 놈으로 날 막겠다고!'

반악은 하북삼귀의 실력을 잘 알고 있었다.

그래서 그들 세 명이 뭉쳐서 덤빈다면 약간 귀찮아질지는 몰라도, 일귀가 빠진 상태에서는 자신의 상대가 될 수 없다고 확신했다.

흥흥흥흥.

반악이 휘두른 박도는 네 개의 도영을 만들어내며 상조면과 송노칠을 향해 떨어졌다.

캉캉 캉캉.

어깨가 흔들릴 만큼 충격을 받기는 했지만, 두 사람은 확실히 도영들을 막아내 흐트러트렸다.

반악은 더욱 앞으로 전진하며 싸늘하게 소리쳤다.

"너희들 따위는 날 막을 수 없다! 꺼져!"

상조면과 송노칠의 관자놀이에 힘줄이 곤두서고, 그들의 얼굴은 분노로 인해 잔뜩 붉어졌다.

"너희들 따위? 감히 우리가 누군 줄 알고 애송이 새끼가 함부로 아가리를 놀리는 거야!"

"오늘 네놈의 포를 뜨지 않으면 우리가 사람이 아니다!"

두 사람은 전신으로 살기를 뿜어내며 반악을 향해 공력으로 충만해진 칼을 마구 휘둘렀다.

　　　　　＊　　　＊　　　＊

　살기충천해진 이귀와 삼귀의 맹렬한 공격을 홀로 막아내
고 있는 반악을 뚫어질 듯 쳐다보던 홍문한의 얼굴엔 믿기
힘들다는 표정이 지어져 있었다.

　'설마……'

　오늘 처음 본 반악의 무공은 그에게 낯설지 않았다.

　지난날 거룡방에 있어 가장 큰 장애물이었던 남궁세가와
싸우며 보았던, 그것도 남궁세가의 가주에게서만 볼 수 있
었던 무공이었으니까.

　그리고 남궁세가를 멸문시키고 나서 다시는 볼 일이 없을
거라 생각했던 무공이었기 때문에 홍문한이 느끼는 당혹감
은 말로 형용할 수 없을 만큼 컸다.

　홍문한은 갑자기 힘이 나서 날뛰는 반룡복고당 무리의 격
렬한 반격을 막아내면서 그를 보호하는 데 여념이 없던 손
패를 돌아보며 말했다.

　"손 대주는 절반을 데리고 잔당을 막아주십시오. 나머지
는 우선적으로 저자들을 처리하는 데 집중해야 할 것 같습
니다."

　손패는 고작 다섯 명을 처리하는 데 하북삼귀 중 두 명과
이십여 명이나 되는 적룡무사들이 필요할까, 하는 의구심이
들었지만 지체 없이 고개를 끄덕였다.

"알겠습니다."

다른 무력단의 대주들이 그러하듯 그는 되도록이면 명령에 의문을 갖지 않고 생각하는 것을 최소화하면서 충실히 따르고자 하는 사람이었으니까.

*　　　*　　　*

"우린 저것들을 맡으면 되겠네."

견일이 강학청의 명령을 받고 상조면과 송노칠의 좌우로 자리 잡으며 반악을 포위하려는 적룡무사들을 눈짓으로 가리켰다.

견이가 고개를 끄덕이며 말했다.

"그래야겠지. 하지만 명심해라. 걸리지 않으려면 예전의 수법은 절대 쓰지 마."

견일과 견삼은 그의 말을 알아들었다.

그들이 천문당원 시절에 익히고 사용했던 움직임과 수법들을 쓴다면 과거 그들의 우두머리였던 천문당 당주 홍문한이 바로 알아볼 것이기 때문이었다.

그리고 그들이 원래는 천문당원이었다는 걸 들키게 되도 문제지만, 반룡복고당의 당원들이 있는 데서 밝혀지는 것은 더더욱 일어나지 말아야 할 일인 것이다.

"뭔 소리들 하는 거야?"

염서성이 이해할 수 없다는 표정을 지으며 물었다.

허나 견일 등은 그의 말을 못 들은 척 적룡무사들을 향해 몸을 날렸다. 염서성은 무시를 당한 것 같아서 기분이 나빴지만 일단 궁금증을 비롯한 개인적인 감정을 잠시 접어두고 그들의 뒤를 쫓았다.

*   *   *

"네놈은 누군데 남궁세가의 무공을 알고 있는 거냐!"

상조면과 송노칠은 반악의 공격을 막으며 소리쳤다.

그들도 홍문한처럼 반악이 펼치는 무공이 남궁세가의 가주만이 익힐 수 있었던 제왕무적검임을 안 것이다.

하지만 반악은 비웃음을 지으며 그들의 외침을 한 귀로 흘려버리면서도, 그의 공격을 제법 잘 막아내고 있는 이귀와 삼귀를 흥미로운 시선으로 바라봤다.

'이놈들도 그동안 놀고만 있었던 건 아닌 모양이군.'

물론, 처음엔 살기충천해서 반악의 몸뚱이를 사분오열시켜 버리겠다고 덤벼들었지만 지금은 막는 데 급급하기만 한 두 사람이 그가 무슨 생각을 하는지 알았다면 침을 튀기며 욕을 했을 것이다.

'하지만……'

반악은 하북삼귀에 막혀 시간을 지체하고 싶은 마음이 조금도 없었다.

　바로 저 앞에 그가 반드시 잡아 죽여야 할 세 사람 중 하나인 홍문한이 있었기 때문이었다.

　"그만 죽어라."

　반악은 얼음처럼 차가운 음성을 내뱉으며 공력을 가득 끌어올렸다.

　화려하고 세밀한 기교를 부리며 수많은 도영을 만들어내던 박도가 갑자기 부드러우면서도 무거워졌다. 손이 보이지 않을 정도로 칼을 휘둘러 방어하면서 반격의 기회를 노리고 있던 상조면과 송노칠의 얼굴에 당혹감이 생겨났다.

　'뭐, 뭐야!'

　일격 일격이 천둥처럼 강력했고, 그들의 칼을 자꾸만 밀어내고 안쪽으로 파고들어오는 움직임은 나무를 타는 뱀처럼 부드러웠다.

　'이놈은 도대체 누구야?'

　그들은 투박함의 상징과 같은 박도를 미끈하게 빠진 검을 다루듯이 능숙하게 다루는 도객을 처음 만나보았다.

　그것도 파괴력만 따지면 무림에서 한 손에 꼽힌다는 제왕무적검을 기반으로 움직임을 만들어내고 있지 않은가.

　더구나 외견상 반악은 애송이에 불과했다. 그런데도 실력은 그들이 만났던 고수들 중에서도 손꼽힐 정도이니 어이가 없을 수밖에.

'염병, 우리 둘로는 이 새끼를 막을 수가 없다.'

두 사람은 너무 자존심이 상했지만 인정할 수밖에 없었다.

칼을 쥔 손은 충격의 여파로 감각을 상실해가고 있고 팔과 어깨는 수천 번을 휘두른 것처럼 욱신거렸으며, 이젠 막는 것도 한계에 이르러 조금만 긴장감을 놓치면 그대로 목이 날아갈 것 같아 온몸이 식은땀으로 흥건해져 가는데, 더 이상 자존심이 문제가 될 수는 없는 것이다.

"젠장, 여기 안 돕고 뭘 하는 거야!"

이귀와 삼귀는 고개를 돌려 주위를 둘러볼 여력도 없어서 눈만 힐끔 움직여 적룡무사들을 찾았다.

하지만 곧 그들을 도와야 할 적룡무사들의 상황도 그리 좋지 않다는 걸 알게 되었다. 싸울 공간이 너무 좁아서 이십여 명의 적룡무사들이 단 네 명에게 막혀 전진하지 못하고 있었던 것이다.

"막내야, 뒤로 빠지자."

상조면은 온 힘을 다해 칼을 휘둘러 반악의 공세를 아주 잠깐 주춤하게 만들고 송노칠에게 소리쳤다.

적룡무사들이 그들을 도우러 가까이 올 수 없다면, 그들이 뒤로 빠져서 합치면 된다고 생각한 것이다. 더불어 고수라고 불릴 만큼의 실력을 갖춘 홍문한의 도움까지 받을 수 있지 않겠는가.

오랫동안 동고동락한 덕분에 의도를 금방 알아챈 송노칠은 바로 반응하여 있는 힘을 다해 칼을 휘두르고 아주 잠시 반악에게서 벗어날 수 있는 촌각의 시간을 벌었다.

"어딜 도망가!"

반악은 유리한 싸움을 위해 자존심을 버리고 후퇴를 선택한 두 사람을 내심 칭찬하면서도 곧장 앞으로 전진했다.

그들의 후퇴는 결국 홍문한을 보호하기 위한 의도였으니, 그냥 물러나도록 할 수는 없었기 때문이었다.

그런데 뒤로 물러나던 삼귀의 말이 갑자기 의구심을 불러일으키며 반악을 주춤하게 만들었다.

"큰형님만 같이 있었다면 너 같은 건 아무것도 아니야!"

둘이서 한 명을 합공했음에도 한 명만 더 있었다면 이길 수 있다고 항변하는 건 참으로 부끄러운 짓이었다.

설사 그들 셋이 함께 어울리기 시작한 후부터 어떤 상대든 단독으로 싸우기보다는 합공으로 맞서면서 지금의 명성을 구축한 것이라고 해도 말이다.

허나, 반악이 신경 쓴 점은 그게 아니었다.

'일귀는 어디 간 거지?'

새삼 의문이 생겼다.

지난날 하북삼귀는 언제 어느 때든 붙어 다녔고, 따로 떨어져 활동하는 걸 한 번도 본 적이 없었으니까.

물론, 무시할 수도 있는 일이었다.

그냥 자존심이 무너지고 목숨이 위태로운 약자들의 비겁한 변명이라고 코웃음 치며 넘기면 되었다. 깊이 생각할 것도 없이 이귀와 삼귀를 죽이고, 홍문한을 붙잡거나 죽이면 되는 것이었다.

　하지만 반악은 갑자기 생겨난 불길함 때문에 의문점을 한쪽으로 치워둘 수가 없었다.

　반악은 간격이 가까워지게 되면서 그를 노리고 칼을 휘두르는 적룡무사들의 공격을 막아내며 물었다.

　"일귀는 어디 있지?"

　대답은 이귀와 삼귀가 아니라 더욱 뒤쪽으로 물러나서 상황을 주시하고 있던 홍문한에게서 나왔다.

　"진가장 장주를 처리하러 갔다!"

　"……!"

　반악은 의문이 들었다.

　반룡복고당의 무리를 처리하는 게 매우 중요하기 때문에 거룡성의 이인자인 홍문한이 수고를 마다 않고 여기까지 온 것이 아닌가.

　그런데 실력이 가장 뛰어난 일귀를 이곳에서 활용하지 않고, 고작 여자 하나 죽이려고 보냈다는 건 상식적으로 이해할 수 없는 일이었다.

　솔직히 반악은 의문 따위에 신경 쓰고 있지 않았다. 단지 걱정이 되었다. 하봉이 죽이겠다고 작정을 했다면 부용설은 절대 살아남을 수 없을 테니까.

'뭔가 있군.'

홍문한은 반악의 반응을 통해 진가장 장주가 생각보다 더욱 중요한 인물임을 알게 되었다.

물론, 정확히 어떻게 중요한 것인지는 알 수가 없었지만, 진가장 장주의 목숨이 위태롭다는 점에 대해 반악이 매우 당황스러워하고 걱정하고 있는 건 확실했다.

그리고 그 점을 잘 이용하면 이 싸움의 승패를 좌지우지할 수 있을 만큼 강한 반악을 흔들어 놓을 수도 있을 것이었다.

우웅.

순간 반악의 박도가 진동을 하며 강렬한 기운을 뿜어냈다.

홍문한은 상조면과 송노칠에게 급히 소리쳤다.

"놈이 강기를 펼치려고 합니다! 정면으로 맞설 생각 하지 말고 방어에 치중하시오! 적룡무사들도 차륜진을 써서 저놈을 막아라!"

이귀와 삼귀는 이미 자존심을 버리기로 작정했기에 두 말 않고 홍문한의 말을 따라 적룡무사들과 공조하여 반악을 둘러쌌다.

'이것들이!'

서둘러 홍문한을 죽이고 진가장으로 가려고 했던 반악의

얼굴이 분노로 굳어졌다.

"네놈들이 날 막을 수 있을 것 같으냐!"

반악은 박도를 직선으로 내리쳐 가장 가까이 있던 적룡무사의 칼과 머리를 동시에 두 쪽으로 갈라 버렸다. 그리고 다시 오른쪽으로 휘둘러 또 다른 적룡무사의 허리를 양단시키고, 허리를 뒤로 젖히며 좌우로 찔러오는 칼을 흘려 버린 뒤 장력을 날리고 박도를 휘둘러 다시 두 명의 적룡무사에게 치명적인 상처를 입혔다.

하지만 순식간에 네 명의 동료가 당했음에도 적룡무사들은 집요하게 덤벼들었고, 홍문한에게 접근할 수 없도록 필사적으로 반악의 전진을 막았다.

이때 기회를 보고 있던 상조면과 송노칠이 반악의 등을 향해 칼을 찔렀다.

적룡무사들과 비교할 수 없이 빠르고 강력한 공격이었기에 반악은 땅을 박차고 공중으로 치솟아 올랐다.

'모두 죽여 버리겠다.'

반악의 의지를 따라 공력으로 가득 찬 박도가 하얗게 물들며 매서운 기운을 발산했다.

이대로 아래를 향해 휘둘러 강기를 날린다면 열 명 이상을 한 번에 끝장내 버릴 수 있었다. 하지만 반악은 끝내 박도를 휘두르지 않았다. 근방에 있던 견일 등과 염서성, 그리고 필사적으로 저항하고, 반격하며 자신과 합류하려고 노력

하는 반룡복고당의 당원들에게까지 강기의 여파가 미칠 수
있었기 때문이었다.

'빌어먹을.'

반악은 공중에서 빙그르르 몸을 회전하며 마차에 내려섰
다.

'저 여우같은 새끼를 죽여야 하는데…….'

그는 묘한 웃음을 짓고 있는 홍문한을 노려보았다.

언제 또 지금과 같은 기회가 생길지 알 수 없었다. 조금만
더 공을 들인다면 분명 홍문한을 죽이고, 적룡대를 괴멸시
킬 수 있을 것이었다.

그러나 반악은 더 이상 이곳에서 시간을 지체할 수 없었
다.

'그녀를 구해야 한다.'

일귀 하봉이 어떤 인간인지 알고 있었다.

그는 부용설을 그냥 죽이지 않을 것이었다. 하북에서 도
망쳐 나와야 했던 전력과 거룡성의 패권싸움에서 가끔씩 보
였던 역겨운 행각들을 감안하면 절대 상상하고 싶지 않은
짓을 저지를 게 분명했다.

반악은 뒤를 돌아보았다. 저 멀리 뒤쪽으로 당원들이 타
고 있는 두 대의 마차가 달려오고 있었다. 아직 보이진 않고
있지만 패왕보의 무리도 곧 당도할 것이 분명했다.

"견이!"

적룡무사들을 상대로 쌍륜을 풍차처럼 돌리며 싸우고 있던 견이가 반악을 돌아봤다.

반악은 홍문한을 눈짓으로 가리키며 목을 긋는 시늉을 해 보였다. 그 손짓만으로도 의미 전달은 충분했기에 반악은 곧장 말을 타고 진가장 쪽으로 달려갔다.

*   *   *

진가장 장원의 내처.

스악.

칼이 휘둘러지고 어둑한 공간에 순간적으로 빛이 번뜩였다가 사라졌다.

"……."

인승은 스스로의 의지와는 상관없이 뒤로 물러났다.

한 걸음, 두 걸음, 그리고 세 걸음 물러났을 때 그의 등은 벽에 닿았고 그 순간 다리에서 힘이 풀려 그대로 바닥에 주저앉았다.

붉은 선혈이 길게 갈라진 가슴에서 꾸역꾸역 뿜어져 나오며 땅바닥으로 넓게 퍼져나갔고, 인승의 호흡은 어느 사이엔가 완전히 끊겨 버렸다.

하봉은 칼을 칼집에 넣고 조금 잘려나간 자신의 왼쪽 소매를 쳐다보았다. 처음에 인승의 실력을 무시하고 방심하다가 잘린 것이다.

"독한 새끼. 별것도 아닌 놈 때문에 쓸데없이 시간을 낭비했군."

그를 귀찮게 한 것은 인승뿐만이 아니었다.

늙은 하녀 해임도 겁도 없이 부용설의 방을 막고 서서 비킬 수 없다고 버티다가 목을 베이고 한쪽으로 내던져지지 않았던가.

하봉은 인승과 해임의 시신을 짜증스런 시선으로 노려보고는 안에서 걸어 잠근 방문을 밀었다.

우지근.

고리를 걸어 잠근 부위가 단번에 뜯겨져나가며 문이 열렸다.

하봉은 등불이 꺼진 방 안으로 들어서며 언제 짜증났었냐는 듯이 히죽이 웃었다.

방 안 끝쪽 구석에는 두 명의 여자가 있었다.

해임과 인승의 죽음을 직감하고 눈물을 흘리고 있는 부용설과 두려움이란 하나의 감정에 휩싸여 덜덜 떨고 있는 어린 시녀였다.

하봉은 꺼진 등불에 불을 붙여 방 안을 밝히고, 부용설의 전신을 노골적으로 훑어보며 말했다.

"오래 기다리게 해서 정말 미안하구만. 하지만 이제 다 해결되었으니, 우리 사이의 문제를 허심탄회한 마음으로 풀어

보도록 하자고. 남녀관계란 게 그런 거거든. 괜히 복잡하게 생각하지 말고 서로 솔직하게 이야기를 하면 되는 거야."

부용설은 소매로 눈물을 훔치고 하봉을 노려보았다.

"당신은 미쳤어."

"어허, 나름 신경 써서 부드럽게 이야기를 한 건데 그렇게 말을 하면 섭섭하잖아."

부용설은 등줄기에 소름이 돋는 것을 느꼈다.

하봉이 그녀의 몸을 바라보는 시선은 말과는 달리 너무나 음흉했기 때문이었다.

"반항해보았자 다치는 건 너뿐이니까, 괜히 힘 빼는 짓은 하지 말자고."

하봉은 앞으로 한 걸음 다가갔다.

부용설은 소매에서 비수를 꺼내들고 앞으로 겨누었다. 예전 반악의 충고를 받아들여 지니고 있었던 것이다.

"가까이 오지 말아요."

하봉은 피식 웃었다.

"고걸로 어쩌겠다는 거야? 그렇게 설명을 했는데도 내 말을 못 알아들었어? 아무리 반항을 해보았자 결과는 뻔한 거라니까. 그리고……."

하봉은 음침한 미소를 지었다.

"난 여자가 반항을 하면 할수록 흥분하는 성격이거든."

순간 얼굴이 창백해진 부용설은 비수를 자신의 목에 가져다댔다.

능욕을 당하느니 자결해 버리겠다는 생각인 것이다.

"오호~ 강단이 있는 여장부시군. 그런데 난 너처럼 예쁜 여자의 경우에는 사간(死姦)도 마다않는 사람인데 괜찮겠어?"

부용설의 어깨가 잘게 떨렸다.

시체를 상대로 강간을 한다는 말을 들었으니 놀라지 않으면 그게 더 이상한 일이리라.

하지만 그런 반응을 기대한 하봉은 탁자에 있던 붓을 번개처럼 집어들어 부용설을 향해 던졌다.

"악!"

손목에 붓을 맞은 부용설은 비수를 놓치며 신음을 터트렸다.

하봉은 그 틈에 앞으로 몸을 날려 부용설의 마혈과 아혈을 찌르고 품에 안았다.

그는 부용설을 들어올려 침상 쪽으로 걸어가며 말했다.

"그래도 이왕이면 죽은 여자보다는 살아 있는 여자를 안는 게 더 낫지."

하봉은 부용설을 침상으로 던져두고 흡족한 시선으로 훑어보았다.

부용설은 그 시선에서 벗어나고 싶었지만 몸이 마비된 상태에서 그녀가 할 수 있는 일이란 아무것도 없었다. 그런데 하봉은 갑자기 뒤로 돌아섰다.

문 쪽으로 기어가고 있던 어린 시녀는 하봉이 돌아선 순간 호랑이에게 포착된 토끼처럼 굳어 버렸다. 하봉은 시녀에게 걸어가 그녀의 머리카락을 움켜쥐고 일으켜 세웠다.

"아악!"

"입 다물어."

"……"

머리가 너무 아팠지만 시녀는 신음 소리를 내지 않기 위해 자신의 입을 손으로 틀어막았다. 하지만 눈물이 나는 것까지는 참아낼 방도가 없었다.

하봉은 시녀의 얼굴과 몸매를 훑어보며 말했다.

"두려움 때문에 우는 여자도 날 흥분시키지."

"……!"

"나이가 어리고, 얼굴도 반반하군. 아우들과 함께 왔다면 좋았을 텐데, 매우 아쉬운 일이야. 하지만 식전 간식도 나쁘지 않지."

시녀는 하봉이 무슨 소리를 하는지 정확히 알지 못했다.

하지만 그 의미가 좋지 않다는 건 본능적으로 느낄 수 있었기에 몸서리를 쳤다.

하봉은 부용설을 돌아보며 웃었다.

부용설은 그 웃음이 너무나 음침하고, 역겹게 느껴져서 고개를 돌려 버리고 싶었지만 마혈이 잡혀 꼼짝도 할 수가 없었다.

하봉은 덜덜 떨고 있는 시녀의 상의를 단번에 찢어 버렸다. 그리고 내의까지 벗겨 알몸으로 만들고, 탁자에 엎드리게 한 뒤 몸을 거칠게 어루만지기 시작했다.

시녀는 마혈과 아혈이 잡혀 있지 않았지만, 너무나 무서워서 반항은커녕 숨소리도 제대로 내지 못했다. 그저 탁자에 얼굴을 묻고 이를 악문 채로 모든 것들이 인식할 수도 없을 만큼 빨리 흘러가기만을 바라고 있었다.

부용설은 계속 보고 있을 수가 없어 눈을 감아 버렸다.

하봉은 비웃음을 지으며 말했다.

"그래보았자 귀까지 막을 수는 없을걸."

하봉은 바지를 내리고 단단하게 곤두선 양물을 시녀의 뒤쪽에서 거칠게 들이밀었다.

"읍!"

시녀는 비명이 터져나오려는 걸 참기 위해 양손으로 입을 틀어막았다.

하지만 하봉은 그녀가 느끼는 고통에 아랑곳하지 않고 더욱 거칠고, 급하게 허리를 움직였다.

"어때? 좋지? 엉? 좋지?"

하봉은 시녀를 향해 묻고 또 물었다.

그러나 시녀는 아무 대답도 하지 않았다. 도리어 입술을 깨물어 소리를 내지 않기 위해 애를 썼다.

강제로 메마른 그녀의 은밀한 곳을 거칠게 헤집고 들어오는 하봉은 짐승일 뿐이라고 스스로에게 최면을 걸고 있는 그녀가 지금 느낄 수 있는 건 고통밖에 없었으니까.

허나 하봉은 그녀의 대답 유무와는 상관없이 더욱 흥분에 휩싸여 마치 말의 고삐를 잡아당기듯 그녀의 머리카락을 움켜잡고서 격렬하고, 집요하게 몸을 밀어붙였다.

그래도 시녀에게 다행스러운 점이라면 하봉이 자신의 바람과는 상관없이 빨리 흥분하고, 빨리 끝내 버리는 부류의 사람이라는 점이었다.

"윽!"

하봉은 짧은 탄성과 함께 몸을 부르르 떨었다. 그리고 살짝 기력이 빠진 듯한 표정으로 한숨을 길게 내쉬며 시녀의 몸에서 떨어져 나왔다.

반각의 반도 되지 않는 짧은 시간이었다. 게다가 예전보다 더 짧게 끝나 버렸다.

'염병.'

그는 자그맣게 풀이 죽어 버린 자신의 양물을 내려다보며 얼굴을 붉혔다. 무공이 고강하고, 무림에 위명이 자자하지만 이럴 때는 한없이 약한 남자가 되어 버리는 스스로가 부끄러웠던 것이다.

'나는 약한 게 아니야. 오랜만이라서 그래. 오랜만이라서 그런 거다.'

하봉은 바닥에 주저앉아 울고 있는 시녀의 머리를 신경질적으로 움켜잡았다.

시녀는 어깨를 떨며 하봉을 올려다보았다. 또 자신을 능욕하려는 것인가, 하는 불안감과 두려움이 섞인 표정이었다.

하지만 하봉은 한 번 안은 여자를, 그것도 식전 간식의 의미로 취한 여자를 또다시 안을 생각이 조금도 없었다. 그는 망설임 없이 손목을 회전시켰다.

우둑.

얼굴이 완전히 반대쪽으로 돌아가 버린 시녀는 비에 젖은 짚단마냥 바닥으로 무너져 내렸다.

하봉은 바지를 추켜올리고 침상 쪽으로 걸어갔다. 그리고 눈을 꼭 감고 있는 부용설의 옆에 서서 얼굴부터 손으로 쓰다듬기 시작했다.

'이건 꿈이야.'

부용설은 하봉의 손길이 목을 타고 내려와 가슴으로 향하고 있는 느낌을, 지금 자신이 처한 상황을 무시하기 위해 안간힘을 써야 했다.

하지만 하봉이 그녀의 귀를 혀로 핥으며 음침한 목소리로 속삭이는 바람에 그러기도 쉽지 않았다.

"넌 내가 누구인지 궁금하지 않나?"

"……."

"내가 왜 여기 와서 네 종자들을 죽이고, 너를 탐하려고 하는지 이유를 알고 싶지 않아?"

"……."

하봉은 마치 대답을 기다리고 있기라도 한다는 듯 부용설의 귀에서 입을 떼고 그녀의 얼굴을 똑바로 내려다보았다. 그리고 그녀의 앞섶을 조금씩 풀어서 상의를 좌우로 벌리기 시작했다.

훤하게 드러난 새하얀 내의와 그 안쪽으로 적당하게 도드라진 가슴의 윤곽이 흐릿하게 보이자 하봉의 눈동자 가득 흥분의 감정이 휘몰아쳤다.

헌데 그는 왜 시녀에게 그러했듯 곧바로 능욕하지 않는 것일까?

왜 옷을 단번에 찢어 버리지 않고 시간을 낭비하고 있는 것일까?

사실 그는 지금 당장 부용설을 겁탈하고 싶은 마음이 굴뚝같았다. 하지만 몸뚱이가 마음먹은 대로 반응해주질 않아서, 양물이 다시금 기력을 되찾아 단단하게 곤두설 때까지 전희의 시간이 필요했던 것이다.

찌직.

"크흐흐, 역시 그냥 죽이기에는 아까운 몸이야."

하봉은 얇은 내의를 찢어 벌리고 완전히 드러나게 한 부용설의 새하얀 가슴을 내려다보며 음탕스런 웃음을 터트렸다.

'이제야 반응이 오는군.'

천천히 하초에 힘이 들어가고 있었다.

'약해빠진 반룡복고당 놈들은 내가 없어도 아우들이 알아
서 잘 처리할 테니, 난 이년하고 마음껏 놀아야겠어.'

시녀처럼 한 번 안고서 그냥 죽이려고 했던 하봉은 예상
보다 더욱 마음에 드는 얼굴과 몸매를 가진 부용설을 질릴
때까지 가지고 놀아보기로 작정을 하고 침상 위로 올라앉았
다.

그는 오른손으로 부용설의 한쪽 가슴을 꽉 움켜잡았다가
매끈한 복부를 따라 쓸어내리고, 왼손으로는 발목부터 시작
해 치마 안쪽 허벅지를 향해 쓸어 올렸다.

"흐흐흐, 부드럽구나. 아주 부드러워."

하봉은 손바닥 가득히 느껴지는 피부 감촉과 완전히 단단
해진 자신의 양물 상태에 흡족한 미소를 지었다.

"슬슬 시작해보……!"

더 이상 기다릴 필요가 없기에 부용설의 치마를 찢어 버
리려고 했던 하봉은 갑자기 그녀를 끌어안고서 침상 밖으로
몸을 날렸다.

푹.

천장을 뚫고 내려온 박도가 간발의 차이로 방금 하봉이
앉아 있던 곳으로 깊숙이 박혀 들어갔다.

"모습을 드러내라!"

하봉이 천장을 노려보며 소리쳤고, 거의 동시에 반악이 침상 위로 내려서며 박도를 뽑아들었다.

하봉은 반악을 매섭게 노려보았다.

"네놈은 누구냐?"

"널 죽이러 온 반룡복고당의 당원이다."

하봉은 코웃음을 쳤다.

그를 죽이러 왔다는 반악의 말은 사실일 것이다. 허나 하봉은 아주 잠깐이기는 했지만 반악이 침상에 내려선 순간 그의 품에 안겨 있는 부용설을 흘깃 쳐다본 게 결코 우연이라 생각하지 않았다.

그 눈빛은 분명 걱정을 담은 눈빛이었으니까.

"이 여자를 구하기 위해 혼자서 온 거냐?"

"……"

"동료들이 모두 죽게 될 것도 상관 않고 여길 온 걸 보면, 네놈이 이 여자의 기둥서방인 모양이구나?"

"……"

"하하, 내 생각이 맞았어. 그래서 이 여자가 네놈들에게 자금을 지원하고 있었던 모양이군. 너같이 잘생기고 젊은 놈이 외로움을 달래주니 천금이 아깝지 않았겠지. 아주 환장을 했을 거야. 하여튼, 계집들이란 뭉개주기만 하면 정신을 못 차린다니까. 하하하."

반악의 눈빛이 날카로워졌다.

하봉의 말도 듣기 거북했지만, 완전히 드러나 있는 부용설의 가슴을 움켜잡고 어루만지는 손길 또한 신경에 거슬렸던 것이다.

'그래, 그렇게 분노해야지.'

하봉은 반악의 반응에 내심 득의의 미소를 지었다.

애송이 하나 죽이는 것이야 일도 아니었지만, 그의 머리 위까지 몰래 접근할 수 있을 만큼의 실력자라면 마냥 무시할 수 없다 판단하고 우선 평정심을 흐트러트려 놓으려는 의도를 갖고 고의로 도발하고 있는 것이다.

"내 손이 마음에 안 드나? 네 여자를 건드리는 게 싫어? 그럼 직접 와서 막아보든가. 하지만 어쩌지? 네가 한 걸음만 움직여도 이 여자는 죽게 될 거다."

"……."

"크크크, 못하겠지? 걱정이 돼서 못하……."

순간 하봉의 말문이 막혔다.

반악이 한 걸음 앞으로 다가왔기 때문이었다.

그는 의구심 섞인 눈빛으로 반악을 노려보며 말했다.

"이 여자가 죽어도 좋다는 거냐?"

"상관없어."

"뭐?"

"난 네놈을 죽이러 왔다. 그것만 명심해."

"애송이 새끼가, 허풍을 치고 있네. 내가 그딴 수작에 넘어갈 거 같으냐? 임마, 난 하북삼귀의 맏형이야. 산전수전다 겪은 몸이라고."

"허풍?"

반악은 다시 한 걸음 앞으로 움직였다.

그러자 하봉도 더는 반악의 접근을 거짓으로 치부하지 못하고 칼을 들어 부용설의 뒷목에 가져다 댔다.

"더 다가오면 이 여자는 죽는다. 후회할 짓은 하지 않는게 좋아."

"난 후회 같은 거 안 해."

반악은 지체 없이 앞으로 움직이며 박도를 휘둘렀다.

*   *   *

하봉은 반악의 전진이 너무 급작스러웠고 그의 머리를 노리는 박도의 움직임이 너무 빨라서 부용설의 목을 벨 시간조차 없었다. 그래서 그녀를 방패처럼 정면에 내세우며 박도를 막았다.

쩡!

"……!"

예상 이상으로 강력한 반탄력에 놀란 하봉은 칼을 놓치지않기 위해 급히 오른쪽으로 회전하며 뒤로 물러났다.

하지만 그 순간에도 부용설을 손에서 놓지 않았다. 그녀의 안위를 전혀 생각 않는 반악의 거침없는 공격으로 인질로서의 효용 가치는 없어졌지만 최소한 방패막이는 될 수 있었으니까.

그러나 반악의 연이은 공격은 한 손에 사람 하나를 붙잡고 피하기에는 너무 날카롭고, 교묘했다.

'빌어먹을!'

하봉은 부용설의 옆구리 사이로 찔러 들어와 그의 명치를 노리는 박도를 피하기 위해 부용설을 손에서 놓고 뒤로 빠르게 물러났다.

반악은 하봉을 바로 쫓지 않고 부용설이 바닥으로 쓰러지기 전에 붙잡았다.

"개자식, 날 속였구나!"

하봉은 바로 쫓아와 공격할 수 있음에도 우선 부용설 먼저 챙기는 반악의 태도를 통해 지금까지의 모든 것이 거짓 도발이었다는 걸 깨달은 것이다.

허나 반악은 그의 말을 무시하고 손을 번개처럼 움직여 부용설의 점혈을 풀어주었다. 그리고 곧바로 하봉을 향해 탁자를 걷어차고 뒤따라 몸을 날렸다.

'엇!'

애송이에게 속았다는 생각에 크게 분노하여 앞으로 나아가려던 하봉은 급히 탁자를 두쪽으로 가르고, 순식간에 그의 코앞으로 다가온 반악의 박도를 막기 위해 급히 칼을 휘둘렀다.

쩡!

다시금 묵직한 반탄력이 칼을 타고 어깨까지 전해져왔다.

게다가 반악은 거의 동시에 그의 복부를 향해 발끝을 내지르고 있었다.

퍽.

"큭!"

하봉은 의지와는 상관없이 방문을 부수고 뒤로 날아가 마당을 한 번 구르고 일어섰다.

"애송이 새끼가!"

하봉의 얼굴은 악귀의 그것처럼 구겨졌다.

천천히 밖으로 걸어 나오는 반악을 향한 그의 눈동자와 전신에서 짙은 살기가 뻗쳐올랐다.

'내가 저 따위 어린놈의 새끼에게 얻어맞다니.'

이런 식의 상황은 전혀 생각도 못했다.

반악이 그의 지척까지 몰래 접근한 실력을 감안해 조심하자는 취지에서 부용설을 방패막이로 이용한 것뿐이지, 반악이 무서웠기 때문이 아니질 않은가.

이런 굴욕은 하북삼귀의 맏형으로서, 지금껏 그가 구축한 명성을 생각하면 절대 용납할 수 없는 것이다.

하봉은 칼을 꽉 움켜잡으며 말했다.

"네놈의 사지를 몽땅 잘라내 버릴 테다. 그리고 지독한 고통 속에서 죽게 해주마."

반악은 싸늘한 미소를 지었다.

"능력이 되면 해봐."

그는 땅을 가볍게 찍고 하봉의 머리 위로 뛰어올랐다.

'병신 새끼!'

하봉은 반악이 경험에 있어서 매우 부족하다고 생각했다.

공중에 뛰어오르는 건 회피동작을 쉽게 취할 수 없다는 점으로 인해 장점보다 단점이 많은 움직임이었으니까.

그것도 자신과 같은 고수를 상대로 취할 동작은 아니었다.

'우선 다리부터 잘라주마.'

하봉은 비웃음을 지으며 칼을 위로 쓸어 올렸다.

스악.

칼끝을 따라 섬뜩한 바람소리가 일어나며 밤하늘을 길게 베어나갔고, 하봉은 반악이 피할 수 없으리라 확신했기에 내심 득의의 미소를 지었다.

헌데, 그 순간 반악의 신형이 물속의 물고기처럼 공중에서 한 번 출렁이며 방향을 틀더니 칼의 호선을 간발의 차이로 피해 버렸다. 그리고 동시에 박도를 아래로 휘두르자 순식간에 십여 개의 도영이 생겨나며 하봉의 머리 위를 뒤덮었다.

"······!"

크게 놀란 하봉은 헛바람을 내지르며 정신없이 칼을 휘둘렀다.

카카카카캉—

귀가 따가울 만큼 시끄러운 충돌음이 연신 터져나오고, 하봉은 정원수들이 무성한 곳까지 밀려난 끝에야 공세에서 벗어날 수 있었다.

그러나 팔뚝과 어깨를 비롯한 상체와 머리카락이 도영에 휩쓸리는 것까지 막을 수가 없었던 그의 꼴은 말 그대로 엉망이었다.

하지만 그는 자신의 몰골에 신경 쓸 마음의 여유가 없었다.

"네놈은 남궁세가와 어떤 관계냐!"

하봉의 외침은 의구심과 놀람으로 가득 차 있었다.

방금 전 그를 몰아쳤던 반악의 공격은 남궁세가의 가주만이 익힐 수 있었던 제왕무적검의 초식이기 때문이었다.

'분명 현운비도다.'

지난날 잔혹마가 남궁가주와 홀로 맞서 싸울 때 딱 한 번 본 적이 있었다.

당시 잔혹마가 소나기처럼 쏟아지는 현운비도(玄雲秘刀)의 초식을 막느라 온 몸이 피투성이가 되었는데, 그 모습이 흉신악살처럼 끔찍했기에 지금까지도 당시의 상황을 또렷하게 기억하고 있었다.

"네놈이 어떻게 제왕무적검을 익히고 있는 것이냐!"

하지만 반악은 아무런 대답도 없이 다시 앞으로 전진하며 박도에 공력을 몰아넣었다.

'설마 남궁세가에서 생존자가 있었단 말인가?'

그것도 가주에게만 전수되는 무공을 익힌 후인이?

허나 그는 의문을 풀 틈이 없었다.

우우웅.

박도가 진동했다.

그리고 새하얀 빛을 뿜어내더니 하봉의 눈앞에서 크게 번쩍였다.

"젠, 젠장!"

하봉은 할 수 있는 만큼 모든 공력을 끌어올려 칼에 밀어넣고, 그를 향해 날아오는 십자 모양의 빛 무리를 향해 힘껏 휘둘렀다.

광—

공간이 둔중하게 파동치는 굉음과 함께 하봉의 신형은 정원수들을 부러트리며 뒤로 날아가 담벼락에 틀어박혔다.

"크……"

하봉의 입에서는 조각난 내장 조각과 함께 핏물이 꾸역꾸역 흘러나오고 있었다.

그는 손가락 하나 움직일 수가 없었다. 사지가 모두 조각

조각 부러졌고, 내부는 엉망이 되어 버린 상태에서 죽지 않은 것만도 기적 같은 일이었다.

"마, 말도 안 돼……."

하봉은 지금의 상황이 믿기지가 않았다. 모든 공력을 끌어올려 막았는데도 이런 꼴이 되어 버리다니.

그는 실핏줄이 터져 핏물을 머금은 것마냥 붉어진 눈동자를 움직여 정원수들 사이로 걸어오는 반악을 바라보았다.

"죽은 남, 남궁가주도 이 정도로 강, 강하지는 않았다…… 네, 네놈은 도대체 누, 누구냐……."

"남궁세가의 후인."

"그, 그럴 리가 없다. 분명 모두 죽였는데……."

"믿고 싶지 않으면 안 믿어도 돼."

반악은 반 장 앞에서 멈춰 섰다. 그리고 여전히 불신 어린 시선으로 그를 쳐다보는 하봉의 가슴을 향해 박도를 찔러 넣었다.

푹.

"컥!"

하봉은 핏물과 함께 고통 어린 헛바람을 내질렀다.

박도는 반악의 의지에 따라서 천천히, 아주 천천히 파고들어갔고 심장을 완전히 꿰뚫기까지 결코 짧지 않은 시간이 소요되었다.

반악은 시체에서 다시 뽑은 박도를 신경질적으로 흔들어

피를 털어냈다.

'아쉽군.'

틀어진 기분이 완전히 해소되지가 않았다.

하봉이 한 짓을 생각하면 이 정도로 끝내 버릴 게 아니기 때문이었다. 조금 더 고통을 주고 후회하게 만든 다음에 죽였어야 하는 것이다.

'어쩔 수 없지.'

남궁세가의 후인을 자처하고 있으니 함부로 잔혹성을 드러낼 수는 없는 일이었다. 천문당의 쥐새끼가 숨어서 지켜보고 있는 상황에서는 특히 그러했다.

"반 소협."

대충 옷을 걸쳐 몸을 가린 부용설이 방에서 걸어 나오며 반악을 불렀다.

보통 사람은 점혈의 후유증을 쉽게 떨쳐낼 수 없었기에 부용설은 이제야 움직일 수 있게 된 것이다. 하지만 여전히 몸이 완전히 풀리지 않아서 걸음이 부자연스러웠다.

"무사해서 다행이에요!"

부용설은 엉망이 된 정원 사이로 걸어오는 반악을 보고 환하게 웃었다.

그리고 조금 더 가까이서 그를 보기 위해, 혹시라도 다치지 않았는지 확인하기 위해, 그리고 너무나 보고 싶었다 말하며 그의 품에 안기기 위해서 마당으로 걸어 나왔다.

헌데, 석 장을 남겨두고 반악이 걸음을 멈췄다.

'이건 아니다.'

반악은 환한 웃음을 지으면서도 힘겹게 걸어오고 있는 부용설의 모습에서 왠지 모를 거부감을 느꼈다.

그는 다가오지 말라는 듯 손을 들어 막는 시늉을 했다. 그리고 말했다.

"끝났소."

"……?"

부용설은 이해할 수 없었다.

무엇이 끝났단 말인가?

굳은 표정의 반악은 건조하게 가라앉은 음성으로 말했다.

"반룡복고당과 진가장의 관계는 끝이오. 앞으로는 당신과 만날 일도 없을 거요."

"……!"

부용설은 자신의 귀를 의심했다.

만날 일이 없다니.

왜?

"왜요? 그럼 우리의 관계는 뭐였던 거죠?"

"아무것도 아니었소. 그냥……."

반악은 적당한 단어가 떠오르지 않는다는 듯 미간을 살짝 찡그렸다.

"……즐겼던 것뿐이오."

"……"

부용설은 대꾸도 않고, 아무런 물음도 던지지 않았다.

그녀는 반악이 사라지고 나서도, 인승과 해임의 시체 앞에 엎드려 눈물을 흘릴 때도, 뒤늦게 몰려온 사람들이 그녀를 다른 안전한 건물로 데리고 갈 때도 내내 깊은 침묵 속에 잠겨 있었다.

*　　　*　　　*

진가장을 떠난 반악은 곧바로 반룡복고당과 적룡대가 싸우는 곳으로 말을 몰아 갔다.

'잘된 일이야.'

반악은 혼이 빠진 듯했던 부용설의 얼굴을 떠올리며 그렇게 생각했다.

'그녀 때문에 모든 게 엉망이 되었잖아. 그녀만 아니라면……'

중요한 싸움에서 빠져나오지 않아도 되었고, 적룡대를 괴멸시킬 수도 있었고, 하북삼귀를 모두 죽이고, 홍문한에게도 복수할 수 있었을 것이다.

그런데 부용설을 지키겠다고 그 모든 걸 포기하고 말았다.

'여자 하나 때문에 복수할 기회를 날려 버리다니.'

참으로 한심하단 생각이 들었다.

하지만 그의 마음 한편에서는 다른 감정들도 생겨나고 있었다.

아쉬움과 부용설에 대한 걱정이었다.

'아니야. 그녀에게도 이러는 게 더 낫다.'

거룡성이 이곳으로 적룡대를 보냈고, 자신들과 진가장이 얽혀 있다는 걸 알게 되었으니 그녀에게 위협이 가해질 가능성이 매우 높았다.

그러니 이렇게 관계를 끊어 버리는 게 그녀의 안전을 위해서라도 옳은 선택인 것이다.

몰래 숨어 있던 천문당 당원도 그의 절교 선언을 똑똑히 듣고 나서 사라졌으니, 거룡성에 돌아가서 진가장과 반룡복고당의 협조 관계가 끝났다고 보고할 게 분명했다.

허나, 그것으로 충분한 걸까?

이렇게 끝내 버리면 모든 게 다 해결될 수 있는 것일까?

그리고 부용설은 이 모든 걸 어찌 받아들이고, 어떻게 잊으려고 할까?

'모르겠군.'

반악은 지금 자신의 마음이 어떠한지조차도 정확히 알 수가 없었다.

'빌어먹을.'

옳은 판단이었다고 생각하면서도 아쉬움과 짜증스러움은

쉽게 사라지지 않았다.

반악은 머릿속을 비워 버리겠다는 듯 머리를 주먹으로 쿵쿵 치고는 고삐를 크게 흔들었다.

말은 더욱 빠르게 어둑한 길을 질주해 갔다.

＊　　　＊　　　＊

그가 도착했을 때 싸움은 이미 끝난 상태였고, 시체를 제외하고 적룡대 무사들이 아무도 없는 걸로 봐서는 반룡복고당이 승리한 것으로 보였다.

"반 소협."

강학청이 반악을 발견하고 마차를 뛰어넘어 왔다.

얼굴과 몸 이곳저곳에 상처를 입은 그의 모습이 매우 치열한 싸움이었음을 증명하고 있었다. 사실 초반 열세에 놓여 있던 상황에서 그가 죽지 않았다는 것만 해도 기적 같은 일이라 할 수 있었다.

"우리가 이겼습니다."

강학청은 죽음을 각오했던 싸움 끝에 승리했다는 것에 매우 고무되어 있는 듯했다.

하지만 그의 설명을 들은 반악은 동감할 수가 없었다.

'본거지 당원들과 패왕보까지 합류했는데 적룡대를 궤멸시키지 못했다면……'

그것도 홍문한을 비롯한 주요 고수들과 스무 명에 이르는 적룡무사들을 놓치고, 상대적으로 삼십여 명의 사상자가 생겨버린 건 패배한 것과 다름없는 결과인 것이다.

허나 속내를 드러내진 않았다. 자신이 잣대로 삼는 높은 기준을 강학청 등도 동감하리라 기대할 수는 없었으니까.

반악은 얼굴에 묻은 피를 닦아내며 마차를 넘어오는 염서성에게 물었다.

"나머지 셋은 어디 있냐?"

"놈들을 쫓아갔습니다. 따라가도 소용없다고 만류했는데도 듣지 않던데요."

아마도 홍문한을 제거하라고 했던 반악의 지시 때문에 쉽게 포기하지 못하고 따라간 것이리라.

"반 소협은 어딜 갔다 온 겁니까?"

길을 막고 있던 마차에 적아를 구분하여 시체를 싣고 오갈 수 있도록 바로잡자, 본거지에서 온 이들 중 한 명인 공추걸이 다가와 추궁하듯 물었다.

몇 군데 상처를 입고, 잔뜩 헝클어진 머리모양으로 볼 때 그도 적지 않게 고생했음을 알 수가 있었다.

아마도 그 때문에 신경질적이고, 추궁하는 듯한 말투로 물은 걸 것이다. 반악의 존재가 절실했는데 왜 여기서 같이 싸우지 않았느냐, 하는 불평의 의미로 말이다.

그러나 공추걸이 어떤 의미로 물었든 간에 반악에게는 관

심거리가 아니었다. 그는 진가장에서 부용설과 있었던 일로
기분이 별로 좋지 않은 상태라 짜증부터 났다.

하지만 공추걸을 비롯한 모든 이들이 그의 주변으로 몰려
와서 대답을 기다리는 시선으로 주시하는 바람에 그냥 무시
할 수도 없었다.

그래서 짜증을 억누르고 간단하게 대답해주었다.

"진가장의 일을 처리하러 갔다 왔소."

공추걸과 섭무백, 묵담향을 비롯한 본거지에서 온 당원들
은 반악이 떠난 뒤에야 도착해서 상조면과 송노칠이 한 말
을 듣지 못했기 때문에 어리둥절한 표정을 지었다.

강학청이 다른 이들의 궁금증을 해소시켜주기 위해 얼른
설명을 했다.

"진가장이 우리와 관계가 있다는 걸 어떻게 알아내고 일
귀 하봉이 진가장으로 갔다고 하더군요. 장주를 제거하기
위해서 말입니다. 열혈당을 지원하고 있는 진가장의 금력을
감안할 때 그곳의 위험을 그냥 간과할 수 없다는 건 모두가
알고 있을 겁니다. 그래서 반 소협이 직접 갈 수밖에 없었습
니다."

그제야 모두 수긍하는 표정을 지었다.

강학청은 물었다.

"부 장주님은 무사하십니까?"

"무사하오."

"그럼 일귀 하봉은……?"

"죽었소."

"아!"

모두가 감탄성을 터트렸다.

하북삼귀는 셋이 모여 큰 명성을 얻었지만, 개개인의 실력 또한 무시할 수 없는 강력한 고수들이었다. 당원들이 수적으로 우세하게 된 상황에서도 이귀와 삼귀의 활약 때문에 공격의 어려움을 겪었고, 결국 홍문한과 적룡무사들이 추가적인 피해를 입지 않고 무사히 후퇴를 할 수 있었던 것만 봐도 그들이 얼마나 강한 고수들인지를 알 수 있는 일이 아닌가.

그런데 그 셋 중에서 가장 강하다는 일귀를 죽였다고 했으니 놀라는 게 당연했다.

'역시 반 소협이구나.'

이미 알고 있었으면서도 반악이 얼마나 대단한 고수인지를 모두가 새삼스럽게 깨닫고 있었다.

그리고 더불어 그가 남궁세가의 후인이기 때문이라는 인식 또한 그들의 머릿속에 깊이 새겨졌다.

"강 당두."

반악은 둘이서만 이야기하기 위해 강학청에게 눈짓을 보낸 뒤 사람들과 떨어진 곳으로 자릴 옮겼다.

반악은 먼저 적룡대와의 싸움에 대한 설명을 모두 듣고

난 뒤에 이야기했다.

"앞으로 우리는 진가장의 일에 관여하지 않는다. 그러니 부 장주와 확실하게 손을 끊어."

현재 반룡복고당은 진가장의 금전적 지원이 절실했고, 반악 역시 잘 알고 있으면서도 이런 지시를 내린다는 것에 의문이 들긴 했지만, 강학청은 두 말 않고 알겠다고 대답했다.

"그리고 난 지금 강소로 떠날 생각이다."

강학청이 추진하는 계획을 실행하기 위해서였다.

"염 소협에게 듣기로 주군께서는 이봉마을에서부터 촌각의 휴식도 없이 달려오셨다고 들었습니다. 일단 오늘 밤은 푹 쉬시며 피로를 푸시고 내일 떠나시지요."

"휴식은 마차 안에서 취해도 충분하다."

강학청은 왠지 모르게 반악이 다른 이유 때문에 급하게 떠나려는 것 같다는 느낌을 받았지만, 더는 반대하지 않고 수긍했다.

"그럼, 견 소협들이 오면 바로 떠나시겠습니까?"

"그럴 생각이야. 하지만 그 녀석들은 두고 갈 거다."

"예?"

"녀석들에게는 따로 시킬 일이 있어."

"허면 염 소협만 데리고 가시겠다는 말씀입니까?"

"그래."

"묵 소저까지 해서 셋만 가기에는 여정이 험합니다. 게다가 홍문한이 오늘 일로 우리의 존재를 더욱 경계하게 될 텐데, 아무리 생각해도 위험할 여지가 너무 많습니다. 혹 공 소협이나, 섭 소협이 동행하면 어떠하겠습니까? 공 소협은 진작부터 같이 가기를 원했으니 사정을 이야기하면 두 말 않고 따를 것입니다."

"날 못 믿나?"

강학청은 그를 빤히 쳐다보는 반악의 눈빛을 똑바로 마주 보며 망설임 없이 고개를 흔들었다.

"주군에 대한 믿음이 없다면 지금의 저는 존재할 수 없을 것입니다."

"그럼 됐어. 나와 염서성, 그리고 묵 소저까지 셋만 가겠다."

"알겠습니다."

"그건 그렇고, 앞으로 지금 상황을 어찌 정리할지 생각해 둔 게 있나?"

이번 일로 상황이 매우 복잡해져 버렸기 때문에 묻는 것이었다.

밑바닥에서 힘을 키우면서 치고 올라가 거룡성을 위협하겠다는 계획은 열혈당의 존재가 드러나며 크게 어그러졌고, 홍문한이 직접 무력대를 이끌고 올 정도라면 이제는 려강에서 기반을 다지기도 요원한 상황인 것이다.

게다가 남궁세가의 후인을 자처하는 반악의 존재를 홍문

한도 알게 되었고, 패왕보가 반룡복고당과 손을 잡았다는 것까지 밝혀졌으니, 거룡성이 절대 가만히 있지 않을 거라는 점은 불을 보듯 분명한 일이 아니겠는가.

"존재감이 드러나기 했지만 열혈당의 효용가치는 여전히 커서 이대로 포기해서는 안 된다고 생각합니다. 일단은 근거지를 다른 지역으로 옮긴 뒤 열혈당의 이름을 바꾸기라도 해서 계속 운영하고, 정공법을 병행하여 거룡방에 맞서야 할 것 같습니다."

"정공법?"

"패왕보를 이용하려고 합니다. 그들을 앞세워 다른 문파들도 끌어들이고, 거룡성이 곧바로 대처하기 힘든 남쪽을 공략해 손에 넣어야 하겠지요. 물론, 주군께서 외부 세력들을 설득하여 거룡성을 견제하지 않는다면 성공하기 어려울 겁니다."

반악의 활동 여부가 그만큼 중요하다는 뜻이었다.

반악은 이해하겠다는 듯 고개를 끄덕이며 저 뒤쪽에 수하들과 함께 있는 간명을 쳐다봤다.

간명은 적룡대를 패퇴시켰다는 것에 마냥 기뻐할 수 있는 기분이 아니었다. 그는 거룡성과 완전히 적대하게 되었다는 현 상황에 혼란스러워하면서도, 수하들이 불안감을 느끼지 않도록 애써 담담한 척을 하고 있었다.

"뭘 할 생각이든 서두르는 게 좋겠어. 저 녀석이 너무 구

석으로 몰리면 완전히 겁을 상실해서 만장절벽인지도 모르
고 뛰어들 수 있으니까."

간명의 불안감이 너무 심해져 좌절감과 절망감에 휩싸이
면 냉정을 잃고 거룡성에 투항할 가능성이 있었다.

그러면 역으로 자신들을 향해 칼끝을 겨누게 되는 것이
다.

강학청 역시 그러한 우려에 동감하고 있었다. 그래서 이
번 기회에 패왕보를 전면에 내세워 활동을 펼치려 하는 것
이다. 대외적으로 확실히 자신들의 편으로 만들어서 절대
딴 마음을 품지 못하도록 말이다.

"주군의 말씀을 명심하도록 하겠습니다."

이야기를 끝낸 반악은 두 사람을 기묘한 시선으로 바라보
는 묵담향에게 걸어갔다.

"내 종자들이 오면 강 당두의 계획에 따라 출발합시다."

"지금 바로 출발하겠다는 건가요?"

"그렇소."

"그리 급하게 떠날 이유가 있나요?"

"보다시피 거룡성이 본격적으로 칼을 빼들었소. 홍문한까
지 나선 걸 보면 작정을 하고 우리에 대한 토벌을 준비한 게
분명하오. 그리고 이번 패배로 더욱 경계심을 가지게 되겠
지. 그러니 한시도 머뭇거릴 틈이 없소."

사실 묵담향도 그 정도는 생각하고 있었다.

그러나 왠지 그녀도 강학청처럼 반악이 다른 이유로 서두르고 있다는 느낌이 들어서 물은 것이다.

'적룡대가 이곳으로 향한다는 말을 듣자마자 표정이 달라진 것도 이상했어.'

물론, 이곳에 있는 당원들이 걱정되어서 그런 것일 수도 있었다.

하지만 그녀가 알고 있는 반악은 감정 표현에 매우 인색하고, 다른 이들로 인해 다급한 표정을 지을 만한 사람이 아니었다. 어떤 상황에서도 냉철하고 이성적이어서 오히려 감정을 드러내는 게 더 어색하고, 이상하게 보인다고나 할까.

'혹 진가장과 연관이 있는 것일까?'

문득 부용설의 얼굴이 떠올랐다.

예전 반악이 부상을 당하고, 그녀의 거처에서 지낼 때도 둘 사이에 기묘한 분위기가 느껴졌었다.

'설사 그녀와 관계된 일이라고 해도 내가 신경 쓸 일은 아니잖아.'

묵담향은 생각하기를 멈췄다.

무위에서의 일 이후 반악에 대한 관심을 접기로 했는데, 이런 생각을 할 이유가 뭐란 말인가.

"저기 반 소협의 종자 분들이 오는군요."

묵담향은 괜스레 기분이 이상해져서 반악을 외면하고 떠날 채비를 하겠다며 자리를 떠났다.

"죄송합니다, 주인님."

견일 등은 반악 앞에 당도하자마자 일제히 한쪽 무릎을 꿇고 머리를 숙이며, 홍문한을 제거하지 못하고 돌아온 것에 대한 용서를 빌었다.

"됐으니까 그만 일어서."

다른 이들의 이목이 집중되어서 별다른 질책도 않고 용서하는 건 아니었다.

애초에 지시를 내릴 때부터 실패와 성공 가능성을 반반으로 보았기 때문에 문제 삼지 않는 것이다. 그리고 강학청에게 들은 말과 옷이 찢어지고 다친 상처들로 볼 때 이들은 홍문한을 죽이기 위해 온 힘을 다했음이 분명했다. 단지 이귀와 삼귀, 그리고 적룡대 대주의 효과적이고 적극적인 방어가 그들의 공격력보다 더 뛰어났을 뿐.

게다가 이들의 수준이 어느 정도인지를 알고 있는데 그 수준 이상의 일을 해내지 못했다고 책임을 물을 수도 없는 일이 아니겠는가.

"따라와."

반악은 사람들이 그들의 대화를 듣지 못할 거리로 자리를 옮겼다.

"너희들은 려강에 남는다."

"예?"

견일 등은 홍문한을 죽이지 못한 것에 대한 질책의 의미인가 하여 반악의 눈치를 살폈다.

"저희들을 두고 가시겠다는 말씀이십니까?"

"너희들은 이곳에 남아 진가장 장주를 지켜라. 가능성이 높다 할 수는 없지만, 거룡성에서 그녀의 목숨을 노릴지도 모른다. 만약 일이 터지고 너희들끼리 힘들다 싶으면 강 당두에게 도움을 요청해. 따로 말을 해두지 않았지만 바로 알아들을 것이다. 표정들이 왜 그래?"

한참 설명을 하던 반악은 견일 등의 표정이 점차로 창백해지는 걸 보고 의아해했다.

늘 그랬듯이 견일이 대표로 물었다.

"임무에 실패하여 벌을 주시는 겁니까?"

"뭔 소리야?"

"스무 날쯤 뒤면 주인님이 저희들 몸에 금제해 두신 기운이 날뛸 것입니다. 그때 주인님이 안 계시면 저흰 그냥 죽는 거잖습니까."

반악은 그제야 견일 등의 표정이 창백해지고, 벌을 주니 어쩌니 한 말을 이해했다.

'하긴 틀린 말도 아니군.'

이번에 떠나면 정확히 언제 돌아올지 기약을 할 수가 없다.

지금 이들의 금제를 조정하여 앞으로 한 달 동안 괜찮아진다고 해도 일이 한 달 이상 걸리게 되면 견일 등은 우려했던 대로 죽게 될 수도 있는 것이다.

'금제를 풀어줄까?'

최근 견일 등의 행동거지를 감안할 때 약간의 믿음을 줄 수도 있기는 했다.

'하지만……'

견일 등을 절대적으로 믿을 수 있는가, 하는 점에 있어서는 아직 확신할 수가 없었다.

사실 견일 등에게만 해당되는 게 아니라 앞으로도 반악이 누군가를 절대적으로 믿는다, 라는 부분에 있어서는 회의적이었다.

'안 되겠어.'

견일 등이 과거 천문당원이란 걸 생각하면 감수할 위험이 너무 컸다.

금제를 풀어주는 방법 외에 다른 게 필요한 것이다.

반악은 잠시 고심을 하다가 말했다.

"지금 너희들의 금제를 조정해서 내가 돌아올 때까지 한 달을 버틸 수 있게 할 거다. 하지만 언제 돌아올지 기약을 할 수가 없으니 이십 일 동안 부 장주를 지켜보고 있다가 강 당두에게 사정을 설명하고 그녀의 보호를 위임한 뒤에 나를 찾아와라. 그럼 내가 그때 다시 금제를 조정해주겠다. 그리고 너흰 여기로 돌아와서 그녀를 다시 지키면 되는 거다. 그럼 문제없겠지?"

견일 등은 살짝 떨떠름한 기분이 들긴 했지만, 지금으로
선 그 이상의 합의점을 찾을 수 없다는 걸 알기에 고개를 끄
덕였다.

　　"주인님의 명을 따르겠습니다."

　　반악은 바로 견일 등의 금제를 조정해준 뒤 묵담향, 염서
성과 함께 마차를 타고 려강을 떠났다.

第三十一章

　반악 등이 탄 마차는 려강을 벗어나 관도를 이용해 동북쪽으로 향했다.

　그들이 강학청의 계획에 따라 첫 번째 목적지로 삼은 곳은 강소성 북쪽 회음에 위치한 혈우림(血雨林)이었다.

　혈우림은 강소성에서 세 손가락에 꼽힐 만큼 강력한 사파문으로, 원래 정파문 위주로 맹약을 제안하려 했던 강학청이 그곳을 선택한 이유는 무엇보다 다른 두 문파에 비해서 지리적으로 안휘 북쪽과 가까워 거룡성을 견제하는 데 용이하다는 이점을 지녔기 때문이었다.

                    *   *   *

  안휘 동쪽 끝자락 지역인 천장.

  두두두두.

  마차는 염서성과 반악이 번갈아 마부 역할을 하면서 쉼
없이 달려왔기에 나흘 이상은 걸렸어야 할 거리를 이틀을
조금 넘은 시간 안에 주파해 버렸다.

  적룡대와의 싸움 이후 이번 일의 성사 여부가 반룡복고당
의 존폐 여부에까지 큰 영향을 끼치게 되었기 때문에 최대
한 빨리 진행해야 한다는 이유 때문이었다.

  물론, 그 외에도 묵담향과 반악의 사적이고 감정적인 이
유가 개입되어 서두르고 있기도 했지만, 두 사람은 가능한
한 대화를 하지 않음으로써 그러한 문제를 겉으로 드러내지
않으려 노력했다.

  그리고 영문도 모르는 삼자 입장인 염서성은 무거운 분위
기를 고수하고 있는 두 사람 때문에 매우 곤혹스런 여정을
이어가고 있었다.

  '이렇게 지겨운 여행은 처음이군.'

  말들에게 휴식을 주기 위해 멈추는 것 외에는 마차를 몰
거나, 마차 안에서 잠을 자거나, 아니면 마차를 몰며 육포로
허기를 때우는 일이 며칠째 반복되다 보니, 솔직히 답답해
서 미쳐 버릴 지경이었다.

'주인님이야 그렇다고 쳐도, 저 여자도 이상한 사람일 줄 어찌 알았겠어.'

반악은 마차를 몰 때 외에는 운기행공과 명상에 빠져 있었다.

하지만 그는 원래 그러한 인간이 아니던가. 함께 다니기 시작한 후부터 자주 보아왔던 모습인지라 이젠 이상할 것도 없는 광경인 것이다.

하지만 외견상 평범하고 여성스러운 분위기의 묵담향도 그에 못지않다는 건 예상 밖이었다.

그녀는 운기행공과 명상을 하지는 않았지만, 대신에 말 한마디 없이 고개 한 번 들지 않고 책만 읽었다. 책을 읽는 게 뭐가 이상하냐고 생각할 사람도 있겠지만, 짐 속에 챙겨왔던 한 권의 책을 질리지도 않는지 읽고, 읽고, 또 읽는다는 건 그의 입장에서는 나무통 속에 머리를 처박고 몇 날 며칠을 혼자서 노래 부르는 것처럼 괴이한 짓인 것이다.

'기회를 봐서 한 번 꼬셔볼까 했는데 하마터면 큰일날 뻔했네.'

그로서는 생활방식을 이해하기 힘든 괴상한 인간들하고 함께 있다 보니, 밉살스러운 말만 골라 해서 그의 화를 돋우던 견일 등이 그리울 지경이었다.

"속도 줄여."

상대적으로 바닥이 잘 다져진 관도를 벗어나 정비되어 있지 않은 메마르고 험한 길에 들어서자 옆에 앉아 있던 반악이 눈도 뜨지 않고 명령을 했다.

기분이 쳐져 있던 염서성은 살짝 퉁명스럽게 반문했다.

"왜요?"

"말들이 빨리 지치잖아."

'그러면 그렇지.'

염서성은 이러한 류의 대답이 나올 거라 예상했었다.

여정을 시작한 이후 반악이 입을 열 때는 말이나 마차가 연관된 경우뿐이었으니까.

'그건 그렇고, 잘 가고 있기는 한 건지 모르겠군.'

따로 지도를 보며 가는 것이 아니라 반악의 지시대로 방향을 잡아 가고 있었다. 게다가 관도를 벗어난 길로 들어선 이후부터는 오가는 사람을 한 명도 보질 못했다.

그러니 의구심이 생기는 건 너무나 당연한 것이다.

헌데, 조금 뒤 좌우로 높다란 언덕이 치솟아 있는 길로 들어섰을 때 저 앞으로 나귀 두 마리가 끌고 있는 작은 짐마차가 가고 있는 게 보였다.

'여기가 길이 맞긴 맞는가 보군.'

짚을 넣어 푹신하게 만든 마차 안에 한 명의 사내가 느긋이 누운 채로 고삐를 쥐고 있었다.

'팔자 좋은 놈이군.'

거리가 있는지라 명확하게 보이지 않았지만 사내는 나이가 많아 보이지 않았다. 기껏해야 이십 대 후반, 혹은 삼십대 초반쯤 정도일까.

또한 짐마차라고는 해도 뭔가를 싣고 있지도 않으니 장사꾼은 아닐 것이다. 그렇다고 농부처럼 보이지도 않았다.

이때 어느새 눈을 뜨고 전방의 마차를 주시하고 있던 반악이 말했다.

"무림인이군."

"무기를 지닌 것 같지는 않은데요?"

반악은 진짜 한심한 소리를 들었다는 듯이 염서성을 쳐다봤다.

"너도 없잖아."

"그렇기는 하지만……."

그래도 선뜻 수긍하기는 힘들었다.

권법이나 각법을 수련한 무림인인지를 확인하기 위해서는 가까이서 자세히 살펴봐야 한다는 게 염서성의 생각이었으니까.

솔직히 저 멀리 있는 사람의 무엇을 보고 무림인이라고 확신할 수 있단 말인가.

"너 내 말을 의심하고 있지?"

반악은 염서성의 속내를 꿰뚫어보고 있다는 듯 물었다.

"뭐 꼭 의심을 한다기보다는, 그냥 선뜻 믿기지가 않아서 그렇습니다. 그렇다고 주인님의 생각이 틀렸다는 건 아니고요. 그러니까 제 말은……."

염서성은 이리저리 말을 돌리기만 할 뿐 끝맺지는 못했다.

반악은 짜증스런 표정을 지었다.

"의심하는 거 맞네."

"……."

염서성은 변명을 해보았자 분위기만 더욱 악화시키게 되는 것 같아서 그냥 침묵하기로 했다.

그러자 반악은 손가락을 들어 앞쪽 하늘을 가리켰다. 정확히는 사내가 타고 있는 나귀 왼쪽 높다란 언덕 꼭대기를 가리키는 것이었다.

'뭘 가리키는 거야?'

염서성은 반악의 손가락을 따라 눈을 가늘게 뜨고 언덕 꼭대기를 쳐다봤다.

그렇게 한참을 노려보니 언덕 꼭대기에 사람들이 있는 게 보였다.

"사람이 있네요?"

"살수들이다."

"정말요?"

고작해야 사람이다, 정도밖에 파악할 수 없었던 염서성은 다시 눈에 힘을 주고 언덕을 바라봤다.

'모르겠는걸.'

역시나 알 수가 없었다.

아무리 눈에 힘을 주고 봐도 살수다, 라고 할 수 있는 점들까진 보이지가 않았으니까.

하지만 저런 언덕 꼭대기에 사람이 있다는 게 의심스럽기는 했다.

"또 내 말 의심하고 있지?"

"아, 아닙니다. 그보다 저놈들이 살수라면 우릴 노리고 있는 걸까요? 거룡성에서 우리의 움직임을 포착하고……."

"우릴 노리는 게 아니다."

"그럼 저 짐마차를 타고 있는 사내를 노리고 있다는 말씀이십니까?"

"맞아."

염서성은 생각해보는 기색도 없이 바로 대답하는 반악을 이상하다는 듯 쳐다보며 물었다.

"그럼 저자에게 알려주겠습니다."

"왜?"

"주인님의 말씀대로라면 살수들에게 위협을 받고 있잖습니까."

"우리 일이 아니다. 괜히 엄한 일에 얽혀들 생각 말고 그냥 있어."

무림의 일엔 함부로 개입해서는 안 되는 것이다. 겉보기에는 어느 한쪽에 문제가 있어 보여도 그 내막을 알면 전혀 다른 내용인 경우도 허다했기 때문이었다.

염서성은 마치 살수들에게 겁을 먹고 몸을 사리는 것 같아서 불만이었지만, 반악의 말을 무시할 입장이 아닌지라 묵묵히 전방을 바라봤다.

그때 언덕 꼭대기에 있던 자들이 짐마차가 바로 아래쪽에 이르자 일제히 줄을 타고 뛰어내렸다.

'어라, 숫자가 꽤 많네?'

네다섯 명쯤일 거라 생각했는데, 언덕에서 떨어지는 자들은 열 명이나 되었다. 게다가 모두 복면을 하고 있는 걸 보니 반악의 말대로 살수들이 분명한 듯했다.

더욱 놀라운 점은 그들이 다가 아니라는 점이었다. 갑자기 짐마차 정면과 좌우에서 각기 두 명씩, 모두 여섯 명의 복면인들이 땅을 뚫고 솟구쳐 올라 사내를 향해 칼을 휘둘렀던 것이다.

'이거 아주 볼만한 싸움이 되겠는걸.'

저리 많은 살수들이 노리는 자라면 무공 실력도 만만치 않을 터.

"마차 세워라."

염서성은 언제 불만스러웠냐는 듯 흥미 가득한 눈빛을 빛내며 반악의 지시에 따라 마차를 세우고 상황을 주시했다.

　　　　*　　　*　　　*

　빙좌성은 땅에 착지하자마자 수하 다섯 명에게 눈짓을 보
내 반악 등이 타고 있는 마차 쪽을 손가락으로 가리켰다가
목을 긋는 시늉을 해보였다.

　자신들의 손에 한위강이 죽는 걸 목격한 자들이 있어서는
안 되기 때문에 도망치려고 하기 전에 확실히 제거해두려는
것이다.

　빙좌성은 다시 한위강 쪽을 쳐다봤다.

　'병신 새끼들, 도대체 뭘 하고 있는 거야.'

　땅속에 은신했다가 기습을 함으로써 한위강을 놀라게 만
들며 힘차게 공세를 폈던 수하 여섯 명은 잠깐 사이에 공격
보다 방어하는 데 치중하고 있었다.

　수하들의 잘못이 아니라 한위강이 예상보다 침착하게 대
처를 한 것이다.

　'사방을 막고서 우선적으로 놈의 힘을 빼놔.'

　빙좌성은 남은 다섯 명에게 손짓으로 명령을 내린 뒤 그
도 가까이 접근하여 적당한 위치에 섰다.

　'놈이 제법 버티고 있기는 하지만 내가 나설 필요까지는
없겠지.'

　열한 명이 한 명에게 달라붙어 공격을 하고 있으니 충분

히 처리할 수 있을 거라 믿는 것이다.

하지만 한위강은 그가 생각했던 것 이상으로 강한 고수였다.

퍽.

"컥!"

한 명의 살수가 한위강의 손에 어깨를 맞고 피를 토하며 땅바닥으로 나뒹굴었다.

그리고 바로 돌아선 한위강은 네 개의 수영을 만들어내며 세 개의 칼을 쳐내고, 또 다른 살수를 격타하여 뒤로 날려 버렸다.

'빌어먹을! 애송이 녀석이, 못 보던 사이에 실력이 많이 늘었구나.'

빙좌성은 늦가을 떨어지는 꽃잎이 바람에 휘날리듯 화려한 손짓을 보여주는 한위강의 무위에 내심 욕을 내뱉었다.

난화무영수.

한위강이 펼치는 수공은 광존의 제자인 부친에게서 직접 전수받은 무공이었다.

'하지만 그래보았자 완벽하지 않다.'

광존이 펼치는 난화무영수를 상대하는 것도 아닌 이상에야 두려울 것이 뭐가 있겠는가.

아무리 대단한 무공도 누가 펼치느냐에 따라서, 또 얼마

116

나 완성도 있게 익히고 수련했느냐에 따라 그 위력은 천차
만별이었다.

그러니 재능은 있어도 아직 젊고 미숙한 한위강이 펼치는
만큼 주눅이 들 필요가 없는 것이다.

빙좌성은 칼을 뽑아들고 수하들 사이로 끼어들었다.

"……!"

한위강은 다른 살수들과 확연하게 차이가 날 만큼 날카롭
게 칼을 찔러오는 빙좌성의 공격을 급히 피해냈지만 어깨
쪽을 살짝 베이고 말았다.

"댁이 우두머리인가 보군?"

한위강은 생채기 정도밖에 되지 않는다는 듯 어깨의 상처
는 거들떠보지도 않고, 상황의 위급함과 어울리지 않는 밝
은 웃음을 지었다.

"장소를 옮겨야겠군. 잘못하다 내 귀한 나귀들이 죽게 되
면 안 되니까 말이야."

그는 곧장 짐마차를 박차고 높이 뛰어올라 멀찍이 떨어진
위치에 내려섰다.

빙좌성과 여덟 명의 살수들도 재빨리 자리를 옮기며 다시
한위강을 둘러쌌다.

"그런데 너희들은 어디에 속한 살수들이냐?"

한위강은 말을 함과 동시에 제자리에서 빙그르 회전을
하며 순식간에 여덟 개의 수영을 만들어 살수들을 공격했

다.

"악!"

"윽!"

두 명의 살수들이 가슴을 얻어맞고 피를 울컥 토하며 쓰러졌다.

"왜 대답이 없어? 그걸 알아야 나중에 찾아가서 날 노린 값을 치르게 해줄 게 아닌가."

복면에 가려진 빙좌성의 얼굴이 잔뜩 일그러졌다.

자신과 수하들은 그를 죽이기 위해 이를 악물고 칼을 휘두르는데, 한위강은 마치 약속 비무라도 하는 것처럼 말까지 하는 여유를 부리고 있다니.

"그럼 누구의 사주를 받아 날 노리는지만 알려주든지."

내내 웃음기가 어려 있던 한위강의 눈동자가 순간 차갑게 일렁였다.

'위험하다.'

빙좌성은 위기감을 느끼고 재빨리 뒤로 물러났다.

그의 육감은 딱 들어맞아서 한위강이 곧장 그를 향해 달려들었고, 깜짝 놀란 살수들이 급히 한위강의 좌우로 바짝 붙으며 칼을 휘둘렀다.

그러자 기다렸다는 듯이 한위강이 땅을 찍고 위로 떠올라 살수들의 머리를 향해 여섯 개의 수영을 날렸다.

퍽 퍽.

두 명의 살수들이 피하지 못하고 머리가 박살난 채 바닥으로 무너졌다.

'개자식, 속임수를 썼구나!'

빙좌성은 소리 내서 욕을 하고 싶은 걸 간신히 억눌렀다.

한위강이 그의 목소리를 듣게 된다면 바로 정체를 알아낼 테고, 위험을 감수하며 싸우기보다는 어떻게든 살아남기 위해서 도주할 가능성이 높기 때문이었다.

그가 원래는 쌍칼을 무기로 사용하면서도 지금은 칼 하나만 들고 싸우는 것도 그러한 이유로 정체를 감추기 위함이 아니던가.

'이래서는 안 되겠다.'

빙좌성은 한위강이 예상보다 강한데다가 수하들이 순식간에 네 명으로 줄어들어 버리자 마차가 있는 뒤쪽으로 고개를 돌렸다.

목격자를 처리하러 간 수하들을 다시 불러들이기 위해서였다.

허나 뒤쪽도 그의 예상을 한참 벗어난 상황이 펼쳐져 있었다.

"……!"

당황한 빙좌성은 머릿속이 멍해져서 아주 잠깐 동안 아무 생각도 할 수가 없었다.

그러나 곧 정신을 차렸다.

'이게 도대체…….'

어찌 된 일이란 말인가?

죽이라고 보냈던 수하들이 모두 땅에 쓰러져 있었다. 게다가 죄다 얼굴이 뭉개지고 박살난 상태로 봐서는 아무도 살아 있지 않은 게 분명했다.

그러나 빙좌성을 진짜 놀라게 하는 건 쓰러진 수하들이 아니라, 그 중심에 단 한 사람이 오연하게 서서 자신 쪽을 바라보고 있다는 점이었다.

마치 이런 놈들로는 자신의 손끝 하나 건드릴 수 없다는 듯이 말이다.

'염병, 고수잖아.'

순간 한위강과 관계있는 자인가, 혹은 조력자인가, 하는 의문이 들었지만 지금은 그게 중요한 게 아니었다.

삐익.

빙좌성은 휘파람을 불어 가까스로 한위강의 공격을 막아내고 있던 수하들에게 후퇴 신호를 보낸 뒤, 즉시 언덕으로 달려가 빠르게 밧줄을 타고 오르며 순식간에 사라졌다.

*　　　　*　　　　*

'도망치는 거 하나는 쥐새끼처럼 재빠른 놈들이군.'

한위강은 빙좌성 등이 사라진 언덕을 바라보며 피식 웃었
다.

'그건 그렇고……'

한위강은 마차 쪽으로 고개를 돌렸다.

그리고 시체들 사이에 서서 자신을 바라보고 있는 염서성
을 향해 걸어갔다.

"본의는 아니었겠지만 도와줘서 고맙소."

약간의 냉소가 섞인 한위강의 감사인사에 염서성은 피식
웃었다.

그리고 아무 대꾸도 하지 않고 마부석에 앉아 있는 반악
을 돌아보았다.

'저자가 명령을 내리는 쪽인가?'

한위강은 반악을 흥미로운 시선으로 바라봤다.

살수 다섯을 어려움 없이 해치운 염서성 정도의 고수에게
명령을 내리는 사람이 자신보다 어려보이는 젊은 사내라는
점 때문이었다.

'무림세가의 공자인가?'

고생을 모르고 자란 것처럼 보이는 반악의 깔끔하고 잘생
긴 외모, 젊은 나이에 고수를 수하로 부리고 있다는 점 등을
감안한 추측이었다.

"당신은 광존과 무슨 관계요?"

반악의 물음에 한위강은 살짝 놀랐다.

사조 화임손은 무림에서 모르는 사람이 없고, 그의 무공들이 무림 최고의 수공으로 평가되고 있기는 하지만 직접 보거나 맞상대해보지 않는 이상에는 알아보기가 쉽지 않기 때문이었다.

그래서 무림에서 견문이 넓다 자랑하는 건 아무나 할 수 있는 게 아닌 것이다.

별호와 특징을 안다고 해서 장본인을 보자마자 바로 알아챌 수 있는 게 아니고, 유명한 무공이 어떤 특색을 가졌는지 들어본 적이 있다고 해서 역시 바로 알아볼 수 있는 게 아니었으니까.

무공 실력이 뛰어나진 않지만 무림 대표 고수들을 명명하고, 서열을 정립한 천이서생 등현목의 명성이 웬만한 고수 이상으로 높은 것에는 다 그만한 이유가 있는 것이다.

한위강은 숨길 이유가 없었기에 솔직하게 대답했다.

"형씨의 눈썰미가 대단하구려. 난 혈우림의 사람이오."

"림주의 직계요?"

혈우림의 림주가 광존의 제자이고, 그가 광존의 무공을 아무에게나 전수해주진 않았을 테니 한위강이 직계의 혈족이냐고 묻는 건 당연했다.

"맞소. 부친이 혈우림의 림주이시오. 그러는 당신은 누구시오?"

반악은 이런 우연도 생길 수가 있구나, 하고 생각하며 대답했다.

"난 반악이오."

순간 한위강의 눈동자가 이채를 띠었다.

마치 이전에도 반악이란 이름을 들어본 적이 있다는 듯이 말이다.

반악은 한위강이 자신의 이름에 반응을 보인 것에 의아해하면서 마차 지붕을 가볍게 두 번 두드렸다.

"묵 소저, 밖으로 나와 보시오."

끼익.

묵담향은 창문을 통해 처음부터 상황을 지켜보고 있었던 지라 조금도 당황하거나 놀란 기색 없이 밖으로 나왔다.

'이 사람들은 뭐지?'

염서성이 나서서 강력한 무위를 선보였지만 그는 반악에게 명령을 듣는 듯하고, 반악은 자신이 아니라 묵담향이 무리를 대변한다는 듯 입을 다물어 버리다니.

묵담향은 마차 앞으로 걸어 나와 어리둥절해하고 있는 한위강에게 물었다.

"제 짐작이 맞는다면 당신은 한위강 일공자시군요."

"소저는 어찌 그렇게 생각하시오?"

"혈우림 림주께는 두 명의 아들과 세 명의 딸이 있다고 들었습니다. 일단 출가한 세 분의 딸은 예외인 것이 당연하고, 외견상으로 보이는 나이를 감안할 때 이공자인 한보단 공자님보다 일공자인 한위강 공자님이라는 게 더 합당하다고 생각되었어요."

한위강은 싱긋 웃었다.

'영리한 여자군.'

매우 간단하면서도 명쾌한 대답이었다.

"맞소. 내가 한위강이오. 소저의 방명은 어찌 되시오?"

"전 묵담향이라 해요."

"반갑소, 묵 소저. 그리고 의도치 않게 번거로움을 끼쳐 미안하오."

한위강은 반악의 눈짓을 받은 염서성이 인상을 찌푸리며 길을 막고 있는 시체들을 한쪽으로 치우는 걸 눈짓으로 가리키면서 어색한 미소를 지었다.

"조금 전의 상황은 일공자님이 사과하실 일은 아니었던 것 같은데요. 실례되는 질문인 줄은 알지만 묻지 않을 수 없군요. 어쩌다 살수들의 공격을 받게 되었나요?"

"말을 해주고 싶지만 그럴 수가 없소."

"제가 함부로 발설해서는 안 되는 일에 대해서 물은 모양이군요."

"그게 아니라, 나 역시 이유를 알지 못하기 때문이오."

"⋯⋯?"

"이상하게 들리겠지만 사실이오."

한위강은 모종의 이유로 혈우림을 떠나 있다가 삼 년여

만에 귀환하는 길이었다.

저리 많은 살수들이 나설 만큼 크게 원한을 맺은 일도 없었다. 무력이 우선시 되는 무림의 일들은 의도치 않게 오해를 사고 사소한 이유로 철천지원수가 되는 경우도 많지만, 최소한 한위강에게는 그런 기억이 떠오르지 않았다.

"하지만 무림을 오가며 싸운 사람들이 적지 않으니 누군가에게 이 정도로 커다란 원한을 산 일이 절대 없다고 단언할 수는 없겠구려. 아마도 뭔가 이유가 있기는 하지 않겠소."

한위강은 마치 남의 이야기를 하듯이 대수롭지 않아 하는 표정이었다.

살수들이 대거 몰려와 목숨을 노렸는데도 이런 소리를 한다는 건 매우 긍정적인 사고방식을 가지고 있거나, 스스로의 능력에 대한 자신감이 무척 강하다는 의미일 것이다.

허나, 묵담향은 짐작되는 점이 한 가지 있었다.

'본인이 영문을 모르고 전혀 짐작도 하지 못한다고 한다면……'

한위강이 절대 그럴 리 없다고 생각하는 사람이 암중에 있을 가능성이 높았다.

그리고 절대 그럴 리 없다고 생각하는 사람들은 가족이거나 친구일 경우가 대부분이니, 살수들을 보낸 누군가는 혈우림 내부에 있을 거라는 게 묵담향의 생각이었다.

"어쨌든 이번에 실패하고 돌아갔으니 분명 다시 날 찾아올 테고, 그때는 한두 놈 잡아서 뒤를 캐봐야겠소."

참으로 자신감 넘치는 생각이 아닐 수 없었다.

"그건 그렇고 묵 소저와 일행들은 어디로 가시는 길이시오?"

묵담향은 그 질문을 기다리고 있었기에 미소 지으며 대답했다.

"일공자님과 목적지가 같아요."

"……?"

"우린 혈우림으로 가는 길이에요."

"그게 정말이오?"

"맞아요. 우리는 반룡복고당의 사자로서 혈우림 림주님을 만나뵙기 위해 가는 길이에요."

한위강도 반룡복고당에 대해서 들어본 적이 있었기에 살짝 놀랐다.

하지만 곧 어깨를 으쓱이며 웃었다.

"그렇다면 오늘 우리의 만남은 참으로 기묘한 인연이구려."

*　　　*　　　*

혹시 한위강이 추적해 올까 싶어서 발바닥에 땀이 나도록

열심히 달리던 빙좌성은 갑자기 우뚝 멈춰 섰다. 땀을 뻘뻘
흘리며 뒤를 따르던 수하들도 기다렸다는 듯이 얼른 걸음을
멈췄다.

"잠시 쉬자."

빙좌성은 옆에 있는 나무등치에 털썩 주저앉아 거친 숨결
을 진정시키느라 애쓰고 있는 수하들을 쳐다봤다.

'염병할, 고작 네 명뿐이라니…….'

한위강을 죽이기로 작정했을 땐 열 명도 많다 싶었었다.
그랬던 것을 조심해서 나쁠 게 없다는 생각에 열다섯까지
채워 데려온 것이다.

그런데 순식간에 열한 명이나 잃고 꽁지에 불붙은 망아지
마냥 도망쳐왔으니 울화가 치밀어오를 수밖에.

'무슨 면목으로 누이를 보나.'

빙좌성은 그의 여동생을 떠올리며 내심 한숨을 내쉬었
다.

한위강 제거 계획은 그 혼자서 세운 일이 아니라, 그의 여
동생과 함께 세운 것이었다. 아니, 그가 여동생의 명령을 받
은 것이라고 하는 게 더 정확한 표현이리라.

'젠장, 이미 실패했는데 어쩔 수 없잖아.'

빙좌성은 그냥 사실대로 말하고 처분을 기다리기로 마음
먹었다.

물론, 실패를 하기는 했어도 여동생이 자신을 크게 질책

하지는 않을 거라는 믿음이 있었기에 할 수 있는 결심이었
다.

"출발하자."

빙좌성은 매도 일찍 맞는 게 낫다는 생각에 벌떡 일어나
수하들을 재촉했다.

수하들은 별로 쉬지도 않았는데 가자고 하는 빙좌성의 독
촉에 내심 짜증이 났지만, 명령에 순응하는 습관이 몸에 배
어 있는지라 두 말 않고 벌떡 일어나 빙좌성의 뒤를 따라 움
직였다.

그들은 회음에서 올 때 타고 왔던 말들을 숨겨둔 곳을 향
해 조금 전보다 더욱 급하게 이동해 갔다.

＊　　　＊　　　＊

반나절 만에 강소성 경계지역에 진입한 반악 등은 회음으
로 가는 길목에 딱 하나 있는 마을인 우이현까지 가는 데 이
틀이 소요되었고, 다시 삼 일의 시간이 걸린 끝에 목적지인
회음 근방에 다다를 수 있었다.

사실 이전과 같은 속도로 이동했다면 벌써 혈우림에 도착
해서 림주를 만나고 있을 것이나, 한위강이 합류하여 그가
끄는 짐마차 속도에 맞춰서 움직이다보니 자연스럽게 시간
이 지체될 수밖에 없었던 것이다.

하지만 혈우림으로 향하는 목적을 감안하면 한위강과 같이 가면서 친분을 쌓아두는 게 적지 않은 도움이 될 것이기에 반악이나 염서성, 그리고 묵담향은 느린 이동 속도에 별로 신경 쓰지 않았다.

그러나 기회가 있을 때마다 짐마차로 옮겨 타서 한위강과 대화를 시도한 묵담향은 회음에 들어설 때쯤엔 그의 효용가치에 대한 생각이 많이 바뀌어 있었다.

'일공자와 친분을 쌓는다고 해도 큰 도움을 기대하기는 어렵겠어.'

한위강과의 대화를 통해 묵담향이 알게 된 몇 가지 중에서 가장 신경 쓰이는 부분은 그가 혈우림을 떠날 무렵 부친과의 사이가 별로 좋지 않았다는 점이었다.

'십대 중반쯤부터 사이가 틀어지기 시작했소. 그렇다고 사이가 나빠질 만큼 특별히 안 좋은 일이 있었던 건 아니었소, 난 그때 사사건건 반항하고 대들 생각만 하던 놈이었고, 아버지는 내 무조건적인 반항심을 따뜻하게 감싸줄 정도로 부드러운 분이 아니었던 것뿐이랄까.'

시간이 흘러도 부자가 똑같이 자존심을 세우고 지지 않으려 하다 보니 나중엔 화해할 수도 없을 만큼 사이가 틀어져버리게 된 것이다.

그러나 아버지와 아들의 관계란 게 대부분 그와 같지 않은가. 내심으로는 서로를 아끼고, 걱정하고, 소중하게 생각하지만 표현하는 데는 매우 인색한 경우가 허다했다.

그래서 여자의 존재가 중요한 것이다.

어깨에 잔뜩 힘이 들어간 채로 아들을 어린애로만 보려하는 남편의 어깨를 정성껏 주무르며 부드럽게 풀어주고, 아들의 이유 없는 반항심을 따뜻하게 어르고 달래서 부친을 이해할 수 있을 만큼 성장할 때까지 차분하게 기다려주는 것이다.

여자란 그래서 약하면서도 강한 존재였다. 남편과 자식의 중심에 서서 잘못하면 크게 부러질 수 있는 관계의 완충 역할을 훌륭하게 해낼 수 있기 때문에.

그런데 한위강과 부친 사이에는 그런 완충 역할을 해줄 여자가 없었다.

'계모라⋯⋯.'

친모는 그가 어릴 때 병으로 세상을 떠났고, 대신 젊은 양어머니가 있었지만 그녀는 한위강과 부친의 완충 역할을 할 수 없었다.

왜?

그녀에겐 혼인하고 열 달 뒤에 낳은 친아들 한보단이 있었으니까.

한위강의 말을 듣고 유추해보자면 그녀는 나쁜 어머니가 아니었지만, 그렇다고 고민을 털어놓고 슬픔을 토로하며 품에 안겨들 만큼 좋은 어머니도 아니었던 게 분명했다.

'어쩌면 살수들을 보낸 것도⋯⋯.'

계모의 짓일 수 있었다.

물론, 계모라는 이유 하나로 그녀의 짓이라 단정 지을 수는 없을 것이다.

'만나보면 알게 되겠지.'

아직까지는 모든 게 추측일 뿐이고, 혈우림에 도착해보면 무엇이든 드러나지 않겠는가.

"그런데 일공자님이 귀환한다는 걸 혈우림에서도 알고 있나요?"

"보름 전쯤에 미리 서신을 보냈소."

혈우림 내부에 있는 누군가가 한위강을 죽이려 한다는 생각에 조금 더 무게감을 줄 수 있는 대답이었다.

그런데 서신을 보냈다고 말을 할 때 아주 잠깐 한위강의 표정에 그리움이라 짐작되는 감정의 그림자가 흐릿하게 드리워졌다 사라지는 건 무슨 이유일까?

묵담향은 내심 이상하다 싶으면서도 내색은 하지 않았다. 고의로 친분을 쌓는 중이라 해도 은밀한 개인사까지 파고들 수는 없는 일이 아니겠는가.

"헌데, 그건 왜 물으시오?"

"일공자님이 귀환하고 있다는 걸 모른다면 지금이라도 미리 알려야 하지 않을까 싶어서 물어봤어요."

묵담향은 대충 얼버무려 대답했다.

'혈우림에 도착하고 나면…….'

결국 한위강도 모든 걸 알게 될 테니까.

*　　　*　　　*

혈우림(血雨林).

언뜻 들으면 참으로 으스스하고, 위험스럽기 그지없는 명칭이 아닐 수 없었다. 다른 면으로 보자면 강소성에서 손꼽히는 사파문의 이름으로서 꽤나 어울리기도 했다.

허나 그러한 이름을 짓게 된 진짜 이유는 회음에 단풍나무가 많아서 늦가을이면 주변 숲이 온통 붉게 물들고, 혈우림 주위를 둘러싼 숲에서도 붉은 단풍잎들이 우수수 떨어지는 광경을 자주 볼 수 있기 때문이었다.

혈우림의 개파조사가 그러한 풍경에 남다른 감흥을 느끼고 이름을 지은 것이니, 내막을 알게 되면 꽤나 운치가 느껴지는 이름이라 할 수 있는 것이다.

"일공자님의 설명을 듣고 나니 지금이 가을이 아니란 게 아쉽군요."

묵담향은 참으로 아깝다는 듯 저 앞으로 펼쳐진 혈우림의 경관을 바라보며 말했다.

혈우림은 회음 남서쪽 숲속에 자리하고 있었는데, 장원은 단순히 거대하기만 한 게 아니라 웅장하고 고풍스러워서 높고 풍성하게 자라난 나무들이 가득한 숲과 잘 어울렸다.

지금도 눈이 즐거운데 늦가을 울긋불긋하게 물들어 있는 풍경과 어우러진 장원은 또 얼마나 멋져 보이겠는가.

"그리 아쉽다면 늦가을에 다시 찾아와도 되지 않겠소. 아, 그보다는 석 달 정도 기다리면 생생하게 볼 수 있으니 그때까지 이곳에서 지내는 게 어떻겠소. 나와의 인연이 결코 가볍다 할 수 없으니, 묵 소저와 일행 분들에게 불편함이 없도록 최대한 편의를 제공해드리겠소."

농담으로 하는 말이 아니라는 건 한위강의 진지한 표정만 봐도 알 수 있는 일이었다.

"솔직히 그러고 싶은 마음도 들지만 사정이 있어서 오래 있을 수가 없답니다."

"그렇다면야 강권을 할 수는 없는 일이지. 하지만 언제든 환영이니 꼭 찾아오시오."

묵담향은 미소 지으며 고개를 끄덕였다.

"그럴게요."

형식상의 대답이 아니라, 림주를 만나 목적대로 맹약을 맺게 된다면 앞으로 찾아올 일이 많을 것이었다.

"이상하군."

점점 가까워지는 장원을 가만히 바라보던 한위강이 의문스런 표정을 지으며 고개를 갸웃거렸다.

"왜 그러시죠?"

"너무 조용하오. 게다가 정문도 닫혀 있군."

혈우림은 강소성에서 손꼽힐 만큼 큰 문파이기 때문에 많은 물자와 사람이 드나드는 곳이었다.

또한 사파세력 특유의 개방성으로 인해 늘 정문을 활짝 열어놓고, 활발하게 교류를 하고 있기도 했다.

한위강은 정문에 이르러 문을 두드렸다.

"밖에 누구시오?"

문 안쪽에서 지키고 있던 경비무사의 물음에 한위강은 자신의 신분을 밝혔다.

그러자 다급히 문을 여는 소리와 함께 곧 두 명의 경비무사가 밖으로 뛰어나와 한위강을 향해 깊이 허리를 숙였다.

"잘들 있었나?"

"오랜만에 뵙습니다, 일공자님."

"무사히 돌아오셔서 다행입니다."

묵담향은 한위강을 향한 경비무사들의 친근감 있는 반응과 태도만으로도 그가 고하를 가리지 않고 대부분의 장원 사람들에게 지지를 받고 있음을 알 수가 있었다.

"그런데 돌아오시는 줄 알았다면 문을 열고 기다리고 있었을 것인데 어찌 미리 기별을 주시지 않으셨습니까."

경비무사들의 말을 들은 묵담향은 의아함을 느꼈다.

'보름 전쯤에 미리 서신을 보냈다고 했는데…….'

그런데 장원의 정문을 지키는 경비무사들이 모르고 있었다는 건 말이 되지 않았다.

그녀의 의아함을 알아챈 한위강이 웃으며 설명했다.

"서신을 받는 한 사람만 알고 있도록 겉에 내 이름을 적지 않았소. 그리고 날 마중 나오는 사람들이 있을까 싶어서 다른 이들에겐 알리지 말라고 당부를 해두었으니 이들이 모르고 있는 게 당연하오."

묵담향은 갑자기 생각이 복잡해졌다.

'일공자가 귀환하는 걸 한 사람만 알고 있었다면, 그 사람이 살수들을 보낸 사람일 가능성이 높다. 분명 일공자도 그정도는 짐작할 수 있을 터. 하지만 그 사람을 전혀 의심하지 않는 듯하니…….'

"서신을 받은 사람이 누군가요?"

"내게 무척 소중한 사람이요. 나중에 묵 소저께 소개해드리리다."

소중한 사람이 여자일 것은 당연지사.

묵담향이 진정 궁금한 것은 그 소중한 사람이 어떤 위치에 있고, 혈우림 내에서 얼마만큼의 영향력을 행사하고 있으며, 한위강을 제거함으로써 어떤 이득을 얻느냐, 하는 점이었다.

그러나 역시 내심을 드러내진 않았다.

"어떤 분일지 벌써부터 기대가 되는군요."

경비무사 한 명이 한위강의 귀환을 알리러 안으로 뛰어 들어가고, 묵담향 등은 한위강과 함께 정문 안쪽 적당한 넓이의 연무장으로 마차를 몰아 갔다.

한위강은 마차에서 내리며 경비무사에게 물었다.

"장원이 많이 달라진 거 같군. 분위기도 무거운 듯하고. 혹시 다른 문파랑 싸움이라도 난 건가?"

"그것이⋯⋯."

경비무사는 입만 우물거릴 뿐 속 시원하게 대답하질 못했다.

'뭔가 일이 있기는 한 모양이구나.'

묵담향은 경비무사의 반응을 통해 혈우림에 안 좋은 일이 있다는 걸 알 수가 있었다.

아마도 윗선에서 함구령을 내렸기 때문에 말을 하지 못하는 것이리라.

"왜 대답을 못해?"

한위강이 채근하자 경비무사는 송구한 표정을 지으며 머리를 조아렸다.

"소인도 자세히는 알지 못합니다. 게다가 사석에서든 공석에서든 절대 입에 올리지 말라는 엄명이 내려져 있어 말씀드릴 수가 없습니다."

일공자에게도 말을 할 수 없다면 혈우림 전체에 영향을

줄 만큼 중요한 사안이라는 뜻일 것이다.

"도대체 무슨 일인 거야?"

영문을 알지 못하는 한위강은 짜증스럽다는 표정을 짓다가 저 안쪽에서 나오는 일단의 무리를 발견하고 그쪽으로 걸어갔다.

"안녕들 하셨습니까. 그런데 이렇게 모두 나오실 필요까지는 없었는데요."

아무리 몇 년을 외유하다가 돌아왔다고는 해도 그를 맞이하기 위해서 무력대의 대주들, 그리고 장로들까지 해서 혈우림의 기둥들이라 할 수 있는 중진들이 우르르 몰려나올 줄은 예상 못했던 것이다.

"일공자, 인사는 나중에 하기로 하고 긴히 할 말이 있으니 우리를 따라오시게."

"무슨 일 때문에 이러시는지 모르겠지만, 잠시 기다려주십시오. 먼저 소개해드릴 분들이 있습니다."

한위강은 마차가 있는 곳에서 조용히 기다리고 있는 묵담향과 반악, 염서성을 돌아보며 가까이 오라고 손짓을 보냈다.

"돌아오는 길에 큰 도움을 주신 은인들입니다. 그런데 인연이었던지 마침 이분들도 아버지를 만나기 위해 여기로 오는 길이었더군요. 인사 나누십시오, 세 분은 반룡복고당을 대표하여 오셨습니다."

한위강의 소개를 받은 묵담향이 앞으로 나서서 자신의 이름을 밝히고 대표로 인사를 했다.

그러나 중진들은 시큰둥한 반응 일색이었다. 반룡복고당이란 말에 아주 잠깐 호기심 어린 눈빛을 보낸 게 다였다.

허나 묵담향 등은 그러한 반응을 어느 정도 예상하고 있었기에 크게 신경 쓰지 않았다. 그들이 진정 신경 써야 하는 사람은 림주였고, 그의 반응도 이와 같다면 그때야말로 심각하게 받아들여 어떻게든 자신들에게 관심을 갖도록 설득해야 하는 것이다.

일장로 묘해공이 경비무사를 손짓해 부르며 말했다.

"손님들을 객실로 안내해드려라. 손님들께선 따로 기별을 하기 전까지 객실에서 기다려주시오."

그리고는 한위강을 데리고 안쪽으로 빠르게 사라졌다.

"대충 예상은 했지만 반응이 없어도 너무 없네."

염서성이 어색한 미소를 지으며 말했다.

묵담향도 동감한다는 듯 웃었고, 반악은 무슨 생각을 하고 있는지 아무런 말도 하지 않았다.

"절 따라오십시오."

그들을 무시하던 중진들과 달리 경비무사는 한위강과 같이 왔다는 점 때문에 매우 공손한 태도를 보였다.

묵담향 등은 경비무사를 따라 객실로 이동했다.

　　　　　*　　　*　　　*

　한위강이 중진들과 함께 도착한 곳은 림주의 거처 앞마당
이었다.

"긴히 할 말이 있다면서 왜 이곳으로 온 겁니까?"

"안으로 들어가 보게."

묘해공이 무거운 낯빛으로 말했다.

한위강은 이제야 장원의 달라진 모습과 무거운 분위기가
부친 때문이라는 걸 알아차렸다.

"아버지께 무슨 일이 있습니까?"

"들어가 보면 알게 될 걸세."

묘해공을 비롯한 중진들의 낯빛은 더욱 어두워졌다.

'도대체 무슨 일인 거지?'

한위강은 문을 열고 안으로 들어갔다.

하지만 막상 방문 앞에 섰을 때는 저도 모르게 망설였다.

'두렵다.'

이런 기분이 들 줄은 몰랐다.

하지만 언제까지고 망설이고만 있을 수는 없는 일.

한위강은 숨을 길게 내쉬고 문고리를 잡아 당겼다.

"……"

안에는 두 사람이 있었다.

그의 의붓어머니와 부친.

계모 빙미상은 삼 년여 전에 보았던 모습 그대로였다. 마흔의 나이라고는 믿기 힘들만큼 젊어 보였고, 십여 년 전 부친을 한순간에 사로잡았던 미모도 여전했다. 오히려 세월이 선물한 원숙함 속에서 더욱 빛을 발하고 있었다.

하지만 그녀의 모습은 한위강의 시야에 들어오지 않았다. 그는 오직 침상에 누운 채로 미동도 않고 있는 부친만을 바라보고 있었다.

"아버지?"

한위강은 조심스럽게 불렀다.

이게 자신의 목소리가 맞는지 의구심이 들 정도로 작았고, 가늘게 떨리고 있었다.

대답은 부친이 아니라 빙미상의 입에서 나왔다.

"그는 대답을 할 수가 없다."

"왜죠?"

"석 달째 의식이 없는 상태니까."

한위강은 여전히 빙미상을 쳐다보지도 않고, 그렇다고 침상으로 다가가지도 않고 물었다.

"어떻게 된 겁니까?"

"모두가 주화입마에 걸렸다고 하더구나."

한위강은 한숨을 내쉬었다.

의구심은 들지 않았다. 그냥 그럴 수도 있겠다는 생각만

들었다.

왜?

부친은 광적으로 무공 수련에 매진했던 분이니까.

사부의 위명에 손상을 줄 수 없다는 제자로서의 사명감뿐만이 아니라, 사부를 능가하고 싶다는 무인으로서의 호승심까지 합해져 거의 대부분의 개인 시간을 장원 뒤쪽에 마련된 연무동에 들어가 보냈다.

며칠 동안 나오지 않았던 경우는 흔한 일이었고, 어떤 때는 한 달 이상이나 연무동의 문이 열리지 않아서 모두를 걱정하게 만들기도 했었다.

무림인이라면 무공을 수련하는 게 당연한 것이지만, 그는 그 정도가 너무나 심했던 것이다.

어쩌면 그러한 열정 때문에 광존이 그를 제자로 삼은 것인지도 모르지만.

한위강은 독백처럼 중얼거렸다.

"언제고 이런 일이 있을지도 모른다는 생각을 한 적이 있었죠."

빙미상은 쓸쓸한 미소를 지었다.

그녀도 한위강과 같은 생각을 한 게 한두 번이 아니기 때문이었다. 아니, 혈우림에 속한 사람들이라면 모두가 그런 우려를 가지고 있었을 것이다.

"의원은 뭐라고 하던가요?"

"처음엔 보름을 넘기기 어렵다고 했지. 하지만 그로부터 두 달이 지나고부터는 아무 말도 못하더구나."

노력에 비해서 재능이 부족해 광존만큼의 경지와 명성을 얻을 수 없었지만, 부친이 남다른 경지에 이른 고수라는 건 누구도 부정할 수 없을 것이었다.

의원의 예상을 깨고 아직까지 살아 있는 것도 스스로의 한계를 넘고자 끊임없이 단련하고, 또 단련하며 나름의 경지에 이른 노력의 산물이리라.

한위강은 돌아섰다.

"인사는 해야 하지 않겠느냐."

부친이 아무리 의식불명의 상태라고 해도 가까이 와서 보지도 않고 나가려는 한위강을 질책하는 것이다.

아니, 웃어른인 자신에게 눈길 한 번 주지 않고 인사도 하지 않는 것에 화가 나서 하는 말인지도 몰랐다.

허나 한위강은 그녀가 어떤 의미로 말을 했든 개의치 않았다.

"아버지가 깨어나시면 정식으로 인사를 드리겠습니다."

"세상경험을 쌓고 왔으니 뭔가 달라졌나 싶었는데, 예전과 다른 점을 찾을 수가 없구나."

한위강은 쓴웃음을 지으며 말했다.

"사람은 쉽게 변하지 않습니다."

"……."

빙미상은 눈살을 찌푸렸고, 한위강은 문을 열고 밖으로 나갔다.

*　　　　*　　　　*

유시(酉時; 오후5~7시) 무렵, 객실.

묵담향 등은 밖으로 나가지도 못하는 처지로 벌써 한 시진이 넘도록 누군가가 나타나기만을 기다리고 있었다.

염서성은 셋 중에서 이러한 기다림에 가장 힘들어 했다.

반악은 마차에서도 그러했듯 방구석에 가부좌를 하고서 명상을 했고, 묵담향은 여정 동안 수없이 보아왔던 책을 다시 읽으며 시간을 보내는 반면에 염서성은 아무런 할 일도 없었기 때문이었다.

물론, 그도 반악처럼 명상을 할 수도 있었다.

사실 그는 여정 중에 몇 번이나 시도했었다. 하지만 정신적인 측면보다 육체적인 단련을 통해 무공을 수련하는 쪽에 익숙한지라 오래 버티질 못했다.

꾹 참고 해서 가장 오래 명상을 한 게 한 시진 반 정도가 고작이었다. 그것도 명상을 어떻게 해야 하는지도 모르겠고, 도대체가 달라지는 게 아무것도 없다는 불신감만 커져서 다시 하지 않기로 다짐하는 결과만 초래했다.

'잠이나 자자.'

염서성은 결국 침상에 누웠다.

하지만 짜증스럽게도 잠이 오질 않았다. 그는 별로 피곤하지 않았고, 눈을 감는다고 바로 잠이 드는 체질도 아니었던 것이다.

결국 염서성은 수다나 떨어야겠다는 생각으로 벌떡 일어났다.

"묵 소저, 왠지 일이 잘못되어 가는 분위기 같은데 이러다 계획대로 되지 않으면 어쩔 것이오?"

묵담향은 책에서 눈을 떼고 그를 쳐다보며 미소 지었다.

"아직 속단하기에는 이른 것 같은데요."

"하지만 아까 그 늙은이들의 건방진 태도를 생각하면 가능성이 별로 없어 보이는 것 같은데."

"약간 우려가 되기는 하지만 그렇다고 지금 가능성을 점치기에는 이르다고 봐요. 일단은 이곳의 상황이 어찌 돌아가는 지부터 알아야겠죠. 그리고 내 생각에는 우리가 림주와 만날 수 있기만 하다면 가능성은 충분해요."

하나를 보면 열을 안다고 했다.

만약 림주가 한위강 정도의 지각만 가지고 있다면 거룡성이 안휘를 독패하고 있는 지금의 상황이 장기적으로 혈우림에게도 위협이 될 수 있다는 것에 공감을 할 테고, 그렇다면 설득하는 데 큰 문제는 없을 거라는 게 묵담향의 생각인 것이다.

144

묵담향은 반악을 쳐다봤다.

'저 사람은 무슨 생각을 하고 있는 걸까?'

다른 사람들에게는 밝히기 어려운 둘 사이의 감정적 대립으로 인해 반악이 내내 침묵하는 것이야 그럴 만하다고 쳐도, 혈우림에 도착하여 중진들과 만나게 되었을 때도 티끌만 한 반응조차 보이지 않고 있다는 건 이상한 일이었다.

그러니 고의로 그와의 대화를 기피하는 자신의 심리 상태와는 별개로, 반악이 지금 상황에 대해서 어찌 생각하고 있는지에 대해 궁금증이 생길 수밖에.

하지만 묻지는 않았다. 뭔가 생각이 있다고 한다면 언젠가 스스로 나서서 이야기하지 않겠는가.

이때 방문을 두드리는 소리에 이어 한위강이 문을 열고 들어왔다.

"저녁 식사들은 하셨소?"

"시녀들이 가져다주어서 먹었어요."

한위강은 다행이라는 듯 고개를 끄덕이고 눈도 뜨지 않고 있는 반악을 힐끔 쳐다본 뒤 묵담향과 마주 앉았다.

그의 낯빛은 어두웠다. 여정 동안 긍정적이고 밝은 태도 일색이었던 것과는 상반된 모습이라 묵담향은 상황이 매우 좋지 않다는 걸 직감했다.

"미안하지만 그냥 돌아가셔야겠소."

"림주께서 우리와의 만남을 기피하시는 건가요?"

"사정이 있어 자세히 설명할 수 없으니, 그냥 그렇게 알아주시오."

묵담향은 난감했다.

이건 설득은 고사하고 만날 수 있는 여지조차도 없는 게 아닌가.

"림주님의 신상에 문제가 있는 모양이군."

모두의 시선이 말을 한 반악에게 모아졌다.

반악은 눈을 뜨고 한위강의 시선을 똑바로 마주했다.

한위강은 살짝 날카로운 음성으로 말했다.

"확신 없는 발언은 삼가시오."

"확신이 들어 하는 말이라면?"

"······."

"혈우림 전체의 분위기를 이렇게 가라앉게 만들 수 있을 만한 존재감을 가졌다면 림주밖에 더 있겠소. 그러나 겉으로 드러내지 않으려 한다는 건 죽지는 않았지만, 그에 근접할 만큼 상태가 위중하다는 뜻이겠지."

"······."

반악은 잠시 침묵하며 한위강의 표정변화를 살펴보고는 그럴 줄 알았다는 듯 고개를 끄덕이며 일어섰다.

"염려할 거 없소. 우린 혈우림과 척을 질 생각이 조금도 없어서, 이 사실이 우리의 입을 통해 외부에 발설되는 일은 없을 것이오."

"난 사실이라 한 적이 없소."

"뭐 그렇다고 칩시다. 어쨌든, 우린 이대로 그냥 떠날 수가 없으니까."

"아무리 기다려봐야 소용없으니 그냥 떠나주시오."

"우린 림주가 아니라도 상관없소."

"……?"

"우리와 맹약을 맺을 수 있는 사람과 만나기만 하면 되는 거요."

한위강의 표정이 굳어졌다.

"그게 무슨 뜻이오?"

"무슨 뜻인지 알고 있잖소."

림주가 모종의 이유로 부재한 상태이니 누군가 대리 역할을 해야 할 테고, 자신들은 그 대리 역할을 하는 사람과 만나겠다는 뜻이었다.

한위강은 굳어진 표정을 풀지 않은 채 말했다.

"타 세력과 맹약을 맺을 권한은 아버지 외에는 가지고 있지 않소."

"그건 일공자만의 생각이겠지."

"모두의 생각이오."

"일공자는 현실을 외면하고 있는 거 같소."

"그건 또 무슨 소리요?"

"이미 중진들에게서 작금의 상황과 대리자의 필요성을 전해 들었을 테고, 그렇다면 일공자가 어떤 선택을 해야 할지는 자명한 게 아니오. 그들의 말을 듣고 후계 구도를 명확히 하는 게 모두를 위해 옳은 선택이오."

한위강은 놀라고 당혹스러워서 아무 대꾸도 하지 못했다.

반악은 마치 조금 전 그와 중진들의 회합에 참여하기라도 했던 것처럼 말하고 있었기 때문이었다.

"사조님이 왜 당신과 원한을 맺지 말라고 하셨는지 이제야 알겠군."

"……!"

이번엔 반악이 놀랐다.

한위강의 말인 즉, 그가 화임손을 만났었고 반악에 대해서도 이미 알고 있었다는 뜻이니까.

'이자는 나에 대해서 얼마나 알고 있는 거지?'

화임손이 반악에 대해서 어떤 말을 했는지 알아야 했다.

경계심이 발동한 반악은 긴장한 속내를 드러내지 않기 위해 노력하며 물었다.

"무슨 말을 하는 거요?"

"반 형은 예전 사조님과 만난 적이 있지 않소?"

반악은 그것까지 부정한다면 괜한 의심을 사게 될 것 같아서 만났었다고 순순히 인정을 했다.

"아주 잠깐 인연이 있었던 것뿐이오."

그의 대답에 염서성과 묵담향이 놀란 표정을 지었다.

특히 염서성의 놀라움이 큰 것은 그가 무림인이라서가 아니라 금노의 제자인 만큼, 그리고 삼존의 일인인 옥존의 강함을 직접 눈으로 보고 실감했던 만큼 광존의 존재감과 위대함을 더욱 강하게 인식하고 있기 때문이었다.

"그런데 그가 나에 대해 무슨 말을 했소?"

"사조님과 헤어질 때 갑자기 당신의 이름을 거론하면서 혹시라도 만나게 된다면 어떤 일이 생기든 간에 결코 원한을 맺지 말라고 하셨소."

"그것뿐이오?"

한위강은 살짝 의구심 어린 눈빛으로 쳐다보며 반문했다.

"내가 반 형에 대해서 더 알아야 할 일이 있소?"

"없소."

두 사람 사이에 어색한 침묵이 감돌았다.

가만히 두 사람의 대화를 듣고 있던 묵담향이 침묵을 깨고 끼어들었다.

"일공자님은 반 소협의 말을 귀담아 들을 필요가 있어요."

"묵 소저도 혈우림 내부의 일에 참견을 하겠다는 거요?"

"그러지 말아야 하겠지만 우연이든 필연이든 간에 일공자님과 이미 인연을 맺고 친분을 쌓은 상황에서 위험을 모른 척하기가 힘들군요."

"위험?"

"살수들의 일을 벌써 잊으신 건 아니겠지요?"

"……."

"림주님에 대한 반 소협의 짐작이 맞는다고 한다면, 일공자님의 목숨을 노렸던 살수들이 그러한 상황과 연관되어 있는 건 당연지사. 그리고 그들을 사주한 누군가가 혈우림 내부에 있다는 것 역시 너무도 당연한 일. 일공자님도 그 정도 의심은 하고 계셨겠죠?"

한위강은 한숨을 내쉬고는 고개를 끄덕였다.

"이 이상 부정을 한다면 내가 바보가 될 것 같구려. 그렇소. 내 목숨을 노리는 자들이 내부에 있다고 생각하고 있소. 그리고 그 원인이 아버지의 신상에 문제가 생겼기 때문이고, 후계 구도와 연관이 있을 거란 의심이 드는 것도 사실이오."

"짐작되는 사람이 있으신가요?"

"없소."

아무 생각도 고민도 않고 바로 대답했기에 솔직한 대답이 아닌 것처럼 들렸다.

그가 태어나고 자라왔던 곳에서, 모두가 가족이라고 생각하는 곳에서 그를 죽이려는 사람이 있다는 걸 부정하고 싶은 마음 때문일 것이다.

"일공자님의 마음은 이해해요. 하지만 작금의 상황 또한 부정해서는 안 된다고 생각해요."

한위강도 알고 있었다.

솔직히 살수들에게 공격 받았을 때부터 의심하는 마음이 생겨났었다. 하지만 그럴 리 없다고 스스로에게 말하며 애써 모른 척하려고 했었는데, 부친의 의식불명 상태를 보고 더 이상은 아니라고 스스로에게 말을 할 수가 없었던 것이다.

"지금 일공자님에게 필요한 것은 확실하게 믿고 의지할 수 있는 사람들이에요. 우리가 도울 수 있게 해주세요."

"이유가 무엇이오?"

아직 한위강을 노리는 자가 누구인지, 또 얼마나 혈우림 내부를 장악하고 있는지도 모르는 상태에서 앞뒤 재보지도 않고 그를 돕겠다고 하는 묵담향의 의도가 선뜻 이해할 수 없었던 것이다.

하지만 묵담향의 대답은 간단했다.

"고의는 아니었지만 일공자님을 돕게 된 시점부터 우린 한 배를 탄 것과 다름없으니까요."

물론, 그게 이유의 모든 건 아니었다.

거룡성을 상대로 같이 싸우려면 반룡복고당의 입장에서도 믿을 만한 사람이 혈우림을 이끌어야 했다.

불리하다 싶으면 바로 등을 보이고 돌아서는 사람이 아니라, 그럴 때일수록 약속의 중요성을 우선적으로 생각해 손을 내미는 협력자가 필요한 것이다.

그런 면에서 볼 때 한위강은 충분한 자격 조건이 되었다.

정체도 드러내지 않고, 뒤로 살수를 보내 일을 처리하려고 하는 자를, 혹은 자들을 어찌 믿고서 맹약을 맺을 수가 있겠는가.

아니, 그런 자들이 거룡성의 무력을 무시하고 자신들과 맹약을 맺을지조차 의심스러웠다.

"지금 이 자리에서 약속을 하는 게 어떨까요? 우리가 일공자님을 도울 테니, 일공자님이 혈우림을 대표하게 되면 우리와 맹약을 맺어주세요."

"모르겠소. 분명 누군가 날 노리고 있기는 하오. 하지만 내가 혈우림 안에 있는데 누가 감히 날 죽일 수가 있겠소."

"그럼 한 가지만 묻겠어요. 부친의 뒤를 이을 생각은 가지고 계신가요?"

한위강은 바로 대답하지 않았다.

아주 어릴 때는 당연히 아버지처럼 되고 싶었다. 그러나 나중에 다툼이 생기고부터는 뒤를 잇겠다는 생각을 해본 적이 한 번도 없었다.

'하지만……'

혈우림을 떠나 세상을 떠돌아다니며 알게 된 것 중 하나는 회피한다고 해서 무조건 자유로워질 수 있는 게 아니라는 점이었다.

때론 정면으로 부딪쳐서 단단한 껍질을 깨야만 내 안에 갇힌 나를 밖으로 끄집어내 더 넓은 세상을 보고 자유롭게 움직일 수가 있는 것이다.

한위강은 마음을 굳히고 고개를 끄덕였다.

"그래야 한다면 피할 생각은 없소."

"그럼 된 거예요. 중진들은 일공자님께 선택을 요구하게 될 거예요. 그리고 살수들을 보낸 자가 누구든 간에 그냥 방관하고만 있지 않겠죠. 수단방법을 가리지 않고 막으려 할 거예요. 그때 우리가 있다는 걸 기억해주세요."

"……"

한위강은 가타부타 대답하지 않았다.

묵담향의 예상대로 될 것이냐, 되지 않을 것이냐조차 알 수 없는 마당인지라 지금으로선 모든 게 무의미하게만 느껴졌기 때문이었다.

한위강은 이 이상의 논의 자체가 귀찮다는 듯 침상에 누워버린 반악과 눈을 멀뚱거리며 가만히 듣고만 있는 염서성, 그리고 차분한 표정의 묵담향을 차례로 쳐다보며 말했다.

"떠나라고 강요하지는 않겠소. 하지만 분명히 알아두시오. 난 당신들의 생각대로 되지 않기를 바라고 있소."

그의 바람은 복잡하지 않고 단순했다.

부친이 다시 의식을 찾고 모든 게 다시 본래의 모습으로 돌아가는 것이었다.

묵담향은 씁쓸한 미소를 지으며 말했다.

"믿으실지 모르지만, 나 역시 일공자님의 바람대로 되었으면 해요."

한위강은 그렇게 말을 해줘서 고맙다는 듯 묵담향에게 포권을 취하고는 객실을 나갔다.

*　　*　　*

객실을 나온 한위강은 장원의 서쪽으로 이어진 담장을 따라 움직였다.

두 번이나 방향을 꺾어 그가 도착한 곳엔 낮은 담장에 둘러싸인 작고 수수한 느낌의 가옥이 자리하고 있었다.

"……?"

뒤꿈치를 살짝 들어 담장 안을 들여다본 한위강은 고개를 갸웃했다.

흐릿하게 불빛이 흘러나오는 가옥 안에서 여러 사람이 떠드는 소리가 들려왔기 때문이었다.

그가 혈우림을 떠나기 전까지만 해도 단 두 사람만 살고 있던 집이었기에 여러 사람이 살고 있는 듯한 저 소란스러움은 당혹스럽기까지 했다.

"……!"

한위강은 문득 인기척을 느끼고 뒤를 돌아봤다.

"아!"

가옥 안에 있으리라 생각했던 그녀가 어둑한 길을 따라 걸어오고 있었다.

달빛이 어여쁜 자태를 은은하게 비추어 아름다움을 더욱 부각시키고 있었기에 한위강의 입가에 절로 미소가 지어졌다.

석 장의 거리를 두고 멈춰 선 그녀가 잠시 침묵하다가 조용히 말했다.

"돌아오셨군요, 대사형."

그녀의 이름은 포임옥이었다.

매우 아끼던 수하가 타 세력과의 싸움 중에 목숨을 잃자 그의 유일한 가족이자 핏줄이었던 어린 딸 포임옥을 보살피기 위해서 부친이 제자로 삼았다.

그러한 이유로 포임옥은 한위강의 사매가 된 것이다.

하지만 그녀는 공식적인 자리를 제외하고 그에게 대사형이란 호칭을 사용한 적이 한 번도 없었다. 그냥 사형이라 불렀다. 대사형이란 호칭은 너무 무겁고 거리감이 느껴진다는 이유 때문이었다.

"돌아왔다는 소식을 듣고 대사형이 이곳으로 찾아올지도 모른다고 생각했어요. 집을 봐서 알겠지만 난 여기서 살지 않아요."

"약속을 지키지 못해서 미안하다."

한위강은 다짜고짜 사과부터 했다.

그는 떠나지 말라고 애원하다시피 했던 포임옥에게 아무리 늦어도 이 년 안에는 돌아올 것이라고 약속을 했었다. 그런데 삼 년이 훌쩍 넘어서야 돌아왔으니 미안함을 느낄 수밖에.

하지만 미안해하는 만큼 이제부터 잘하겠다고, 그동안 못해준 만큼 그녀와 많은 시간을 함께 보내겠다고 다짐하고 있었다.

그는 이 년여 전 호북 무한에서 구입한 이후 포임옥에게 주기 위해 내내 지니고 다녔던 목걸이를 꺼내기 위해 품 안에 있는 가죽 주머니를 손에 쥐었다.

그리고 그녀에게 주머니를 건네기 위해서 앞으로 다가섰다.

"멈추세요."

포임옥은 한 소리 외침과 함께 손을 들어 한위강이 가까이 오는 걸 막았다.

"화나서 그러는 것이라면……."

"잠깐만요, 대사형. 우선 내 말부터 들어주세요."

한위강은 포임옥의 슬픈 듯 차가운 표정에서 의아함과 왠지 모를 불안함을 동시에 느꼈다.

"예전의 일은 모두 잊어주세요. 우리 그냥 사형제지간으로 지냈으면 해요."

"그게 무슨……."

한위강은 포임옥을 좋아했다.

그렇다고 그의 일방적인 감정만도 아니었다. 그녀도 그를 좋아했으니까.

공식적으로 어떤 약속을 하지 않았고 아무에게도 알리지 않고 최대한 조심스럽게 관계를 유지했지만, 한위강이 사조를 만나서 배움을 얻겠다고 장원을 떠나기 전까지 두 사람은 연인과 다름없는 사이였다.

헌데, 그냥 사형제로 지내자니. 이제는 모두에게 정식으로 관계를 밝히고 둘이서 행복한 시간을 함께할 거라 기대하며 돌아왔건만.

"저 약혼했어요."

"뭐?"

한위강은 자신의 귀를 의심했다.

혼란함을 느끼고 있는 중에 전혀 예상도 못한 말을 들은지라 머릿속이 멍해져서 그 의미가 바로 이해되지 않을 정도였다.

그러나 포임옥의 반복된 말에 정신이 번쩍 났다.

"대사형, 전 이제 약혼한 몸이에요."

한위강은 목이 가칠하게 말라 버렸기 때문에 침을 한 번 삼키고 물었다.

"네 약혼자는 누구냐?"

"이사형이에요."

"……!"

이사형은 한위강의 배다른 동생인 한보단을 말하는 것이었기에 약혼했다는 말 이상으로 큰 충격을 주었다.

이런 상황을 어떻게 받아들여야 할까.

도대체 어떤 말을 해야 할까.

축해해야 하는 건지, 화를 내야 하는 건지, 웃어야 하는 건지, 울어야 하는 건지도 갈피를 잡을 수가 없었다.

혼란스러웠고, 의문만 가득했다.

그래서 물었다.

"왜냐? 왜……."

"하필이면 이사형이냐고요?"

말을 끊고 반문하는 포임옥의 음성은 살짝 날카로웠기에 한위강은 한숨을 내쉬며 고개를 끄덕였다.

"그래. 왜 하필이면 보단이와 약혼을 한 거냐."

어머니는 달라도 두 사람은 형제였다.

포임옥이 무슨 생각으로 한보단과 약혼을 한 것인지 이해할 수가 없는 것이다.

"그는 언제나 내 곁에 있어 주었어요."

"……."

한위강은 순간 멍해졌다.

고작 그런 이유 때문이란 말인가?

"그 말을 나보고 믿으라는 거냐?"

포임옥은 쓸쓸한 미소를 지었다.

"그렇게 말할 줄 알았어요. 대사형은 나를 모르고 있어요. 예전에도 그랬고, 지금도 마찬가지예요. 그리고 앞으로도 달라지지 않겠죠."

한위강의 얼굴이 굳어졌다.

그는 화가 났다. 그녀를 모른다니. 지난날 함께 보냈던 시간들은 무엇이었단 말인가.

이런 말을 들을 줄은 몰랐다. 아니, 이런 상황 자체를 상상해 본 적이 없었다. 그래서 화가 났다. 자신은 결코 이렇게 되는 걸 원하지 않았는데…….

한위강은 가슴 속에서 휘몰아치는 감정을 억누르지 못하고 소리쳤다.

"그게 네 변명이냐? 고작 삼 년여의 시간을 기다리지 못하고 내 동생의 품에 안겨 버린 게 내가 널 몰라서 그런 거라고, 모든 게 내 잘못이라고 말하는 거냐. 하하하! 정말 웃기는구나. 좋다. 진정 그런 게 변명이라고 한다면 네 말이 옳다. 난 널 정말 몰랐구나. 정말 아무것도 모르고 있었어. 알겠다. 네가 좋아서 보단이를 선택했는데 내가 더 무슨 말을 하겠냐."

"……."

"한 가지만 묻겠다. 내가 보낸 서신을 다른 사람에게 보여준 적이 있느냐?"

"없어요."

한위강은 잠시 포임옥의 표정을 살폈다.

그리고 그녀가 진실을 이야기하고 있음을 알았다.

'어쩌면 누군가 사매 몰래 서신을 읽었는지도 모르지.'

"그건 왜 묻나요?"

"아니다."

잠시 둘 사이에 침묵이 감돌았다.

한위강은 이러한 침묵이 싫었다. 무엇이든 결론을 내려야 했다. 그래서 말했다.

"이제부터 우린 사형제지간 그 이상도 이하도 아니다."

한위강은 그 말을 끝으로 그녀를 빠르게 지나쳐 그대로 사라졌다.

"……"

홀로 남은 포임옥의 입술이 잘게 떨리기 시작했다.

눈동자에는 눈물이 그렁거렸다. 하지만 그녀는 절대 울지 않겠다는 듯 입술을 악물었다.

포임옥은 마음을 안정시키기 위해 숨을 길게 내쉬었다.

그녀의 시선이 담장 너머 가옥으로 향했다.

지금은 다른 사람들이 살고 있지만, 반년 전까지만 해도 그녀가 시녀와 함께 살던 곳이었다. 그리고 한때는 한위강과 달콤하고 행복했던 시간들을 보내며 그들만의 추억을 차곡차곡히 쌓아가던 곳이기도 했다.

'이미 지난 일이야.'

포임옥은 눈을 질끈 감으며 돌아섰다.

그리고 다시 눈을 뜨고서 그녀가 이곳으로 오기 위해 걸어왔던 어둑한 길을 한동안 바라보다가 천천히 그 안으로 스며들듯 나아갔다.

*   *   *

술시(戌時; 밤7~9시) 말.

빙미상은 방에서 조용히 빠져나와 복도를 따라 가다가 끝에서 두 번째 위치한 방문 앞에 멈춰 섰다. 그녀의 옷과 패물들을 비롯한 개인적인 물건들을 넣어두는 방이었다.

그녀의 허락이 없으면 결코 들어갈 수 없는 지극히 사적인 공간인 것이다.

"……."

안으로 들어간 빙미상은 매우 어두웠지만 조금의 망설임도 없이 오른쪽으로 걸어가 고급스런 장식으로 치장된 의자에 앉았다.

한쪽 구석에서 갑자기 불빛이 생겨나며 방 안을 밝혔다.

"오라버니, 어찌 된 거죠?"

빙미상은 그녀가 들어오길 기다리고 있다 등잔에 불을 피운 빙좌성을 노려보았다.

"분명 그 아이를 처리할 수 있다고 했잖아요."

"녀석은 내가 예상한 것 이상으로 실력이 뛰어났어. 삼 년 동안 무슨 일이 있었던 건지 모르지만, 예전과는 비교도 할 수 없이 강해졌다. 게다가 듣도 보도 못하던 놈들이 나타나 방해를 하는 바람에 어쩔 수 없이 물러날 수밖에 없었어."

"지금 그걸 변명이라고 하는 건가요."

목소리는 크지 않았지만 그녀의 음성엔 빙좌성을 움찔하게 만들 만큼의 충분한 노기가 담겨 있었다.

"모든 수단방법을 가리지 말고 돌아오는 걸 막아야 한다고 했잖아요. 이제 중진들이 모두 달라붙어서 후계를 정해야 한다고, 그 아이에게 뒤를 잇게 해야 한다고 난리를 칠 텐데, 이 상황을 어찌할 거냐고요."

"미, 미안하다."

"이게 미안하다고 해결이 돼요?"

빙미상은 탁자 위에 있던 패물상자를 움켜잡고 번쩍 들어 올렸다.

너무 화가 나고 짜증이 나서 빙좌성을 향해 던지려고 했던 것이다. 하지만 결국 참았다. 그가 오라버니이기 때문이 아니라, 큰 소리가 나서 혹시라도 건물 주변을 지키고 있는 경비무사들이 몰려올 상황을 만들지 않기 위해서였다.

"오라버니에게 정말 실망했어요."

빙미상은 그를 싸늘하게 노려보고는 방을 나갔다.

'이제 어쩌지?'

방을 나온 빙미상은 방 안에서 보였던 모습 이상으로 근심 어린 표정을 지었다.

'설사 지금은 아니라고 해도 언젠가는 이 일을 계기로 그 아이가 날 의심하게 될 것은 당연지사.'

만약 한위강이 혈우림의 주인이 되면 자신을 살려두지 않을 것이었다.

그리고 그녀의 친아들 한보단도 마찬가지 신세가 될 게 분명했다. 아무리 형제지간이라고 해도 자신의 자리를 위협할 수 있는 잠재적 위험 인물을 그냥 모른 척하고 있을 리가 없지 않겠는가.

만약 그녀가 한위강의 입장이라면 그렇게 했을 것이다.

생각이 거기에 이르자 빙미상은 빠르게 복도를 지나 밖으로 나섰다. 경비무사들이 의아한 시선으로 그녀를 쳐다봤지만 개의치 않고 더욱 걸음을 재촉해 바로 옆 건물로 들어섰다.

그녀는 주랑을 통해 가다가 불빛이 흘러나오는 방 앞에 멈춰 서서 주변에 아무도 보는 사람이 없음을 확인하고 문을 두드렸다.

"들어오십시오."

듣기 좋은 울림을 가진 사내의 음성이었다.

빙미상은 다시 한 번 주변을 둘러보고는 얼른 문을 열고 안으로 들어갔다.

안에는 미남형의 중년 사내가 한 명 있었다. 그는 길고 가는 손으로 붓을 잡고서 충분할 만큼 밝다 할 수 없는 등불에 의지하여 도화지에 그림을 그리는 중이었는데, 바로 빙미상의 얼굴이었다.

사내는 붓을 움직이던 손을 멈추고 빙미상을 향해 미소 지었다.

"빙 부인의 아름다운 얼굴은 그릴 때마다 매번 새로운 느낌을 주고 있어 날 탄복케 한답니다."

빙미상의 볼이 살짝 붉어졌다.

사내의 칭찬이 그녀의 가슴을 두근거리게 했던 것이다.

사실 이러한 두근거림이 처음은 아니었다. 지금으로부터 몇 달 전 그가 스스로를 화공 신산용이라고 소개하며 혈우림을 방문했던 날부터, 그리고 그의 진짜 이름이 신산용이 아니고 직업이 화공도 아니라는 걸 알게 된 뒤에도 쭉 그녀의 마음을 흔들어놓고 있었다.

십 년도 더 전에 사라졌다고 생각했던 떨림이 다시 생겨난 것이기에 그와 만나는 시간은 언제나 특별한 느낌을 준다고나 할까.

"신 화공의 생각을 듣고 싶어서 왔어요."

"일공자가 무사히 돌아온 것 때문입니까?"

"오라버니가 실패하는 바람에 상황이 더욱 안 좋게 되었어요."

"왜 그렇게 생각하십니까?"

"오라버니가 얼굴을 복면으로 가리고 있었다고는 하지만, 조만간 내가 사주했다는 걸 눈치챌 거예요. 그리고 대부분의 중진들이 그 아이를 후계자로 삼는 데 반대하지 않고 있으니 얼마 있지 않아 남편의 뒤를 잇게 되겠죠. 그럼 나와 내 아들의 미래는 뻔한 거잖아요."

빙미상은 말을 할수록 점차 낯빛이 어두워지더니, 두려움에 휩싸여 어깨를 바르르 떨기까지 했다.

신산용은 자리에서 일어나 빙미상에게 다가가 어깨를 감싸 안았다. 빙미상은 익숙한 듯 그의 팔에 기대고 품에 안겨들었다.

"나와 내 아들을 구해줘요. 당신의 말대로 단이에게 남편의 뒤를 잇도록 만들기 위해서 그 아이를 죽이려고까지 했잖아요. 그런데 지금의 날 봐요. 난 힘없는 아녀자에 불과해요."

신산용은 빙미상의 등을 천천히 쓰다듬었다.

그리고 그녀의 귀에 자그맣게, 최대한 차분하면서도 부드러운 목소리로 속삭였다.

"아직 끝난 게 아닙니다."

"하지만……."

"날 믿으십시오."

신산용은 빙미상의 코끝을 손가락으로 살짝 건드리며 자신을 올려다보게 했다.

"빙 부인에게 이런 표정은 어울리지 않습니다. 난 웃는 모습을 보고 싶어요. 날 위해 웃어줄 수 있죠?"

빙미상은 그의 달콤한 말에 부흥하듯 미소 지었다.

그의 품에 안겨 있으니, 그의 부드러운 눈빛을 마주하고 있으니 걱정과 두려움이 사라지는 듯한 기분이 들었기 때문이었다.

"당신이 옆에 없었다면 내가 어떻게 살았을지 상상도 되지 않아요."

빙미상은 신산용의 얼굴을 손으로 쓰다듬으며 갈구하는 눈빛으로 그의 입술을 쳐다보았다.

그녀는 당장 그의 입술을, 그의 탄탄한 육체를, 그의 뜨거운 입김을 느끼고 싶었다.

"안아줘요."

신산용은 웃었다.

그리고 그녀의 입술로 자신의 입술을 가져갔다.

"……?"

살포시 눈을 감은 채 신산용이 부드럽고도 강하게 입 맞춰 주길 기다리고 있던 빙미상은 의아한 표정을 지으며 눈을 떴다.

그는 그녀를 보고 있지 않았다. 무슨 이유 때문인지 문 쪽을 뚫어질 듯 쳐다보고 있었다.

"왜 그래요?"

신산용은 대꾸하지 않고 그녀에게서 떨어져 나왔다.

그리고 문을 향해 말했다.

"안으로 들어오시죠, 이공자."

문이 열리고 이공자 한보단이 굳어진 얼굴로 서 있는 모습이 나타났다.

빙미상은 당황하여 다급히 자신의 옷매무새를 고치며 물었다.

"네가 여기엔 어쩐 일이냐?"

"제 거처가 바로 맞은편에 있다는 걸 잊으셨습니까? 어머니께서 이 늦은 시간에 외간 남자의 처소로 들어가는 걸 보았으니 궁금증을 참기가 힘들더군요."

"외간 남자라니. 난 신 화공에게 그림에 관한 일로 긴히 물어볼 말이 있어 온 것이다."

"하하하, 이 늦은 저녁에 말입니까? 어머니는 아직도 절 어린애로 생각하시는 겁니까? 신 화공과 어떤 관계인지는 이미 다 알고 있으니 그냥 인정을 하세요. 어머니와 그가 부적절한 관계라는 걸."

"단아!"

빙미상은 크게 놀라 소리쳤다.

하지만 한보단은 그러한 반응에 개의치 않고 그녀를 지나쳐 의자에 앉았다. 그리고 신산용을 똑바로 쳐다보며 말했다.

"신 화공. 그게 진짜 이름도, 직업도 아니겠지만, 어쨌든 당신이 어머니를 뒤에서 조종하고 있는 걸 알고 있다."

신산용은 놀라지도, 당황하지도 않고 특유의 부드러운 미소를 지어보였다.

"그럴 리가요. 아름다움에 혜안까지 가지고 계신 빙 부인을 나같이 어리석은 화공이 어찌 조종을 할 수 있겠습니까."

한보단은 피식 웃었다.

"어머니께서 왜 신 화공을 아끼시는지 알겠습니다. 정말 듣고만 있어도 기분을 유쾌하게 만드는 달변가군요."

빙미상은 얼굴을 붉히며 아무 말도 하지 못했다.

이미 아들에게 신산용과의 관계가 들킨 이상에 더 무슨 말을 할 수가 있겠는가.

한보단은 두 사람에게 그렇게 서 있지 말고 앉으라고 권했다.

"신 화공, 이왕 이렇게 되었으니 속 시원하게 이야기를 해보자. 당신이 어머니의 초상화를 그리고 싶다면서 찾아왔을 때부터 쭉 이상하다 생각하고 있었지. 말해봐, 당신의 진짜 정체가 뭐야?"

"진정 제 정체가 궁금하신 겁니까, 아니면 이공자님이 원하시는 계책을 꺼내놓을 만한 인물인지가 알고 싶으신 겁니까?"

신산용을 바라보는 한보단의 눈동자가 날카롭게 빛났다.

하지만 입가엔 짙은 미소가 지어져 있었다. 마치 이런 질문을 기다렸다는 듯이.

"둘 다라고 할 수 있지. 하지만 먼저 신 화공이 뭐 하는 인간인지를 알아야 어떤 말을 하든 믿음이 생길 거 같거든."

신산용은 그렇다면 어쩔 수 없다는 듯 한보단을 마주하는 자리에 앉으며 말했다.

"육관명. 그게 내 진짜 이름입니다."

한보단은 크게 놀랐다.

거룡성에 머리를 숙이기는 했지만 안휘에서 두 번째로 막강한 힘을 가진, 혈우림과 비교해봐도 절대 부족하지 않을 정도의 전력을 갖춘 오행궁 사궁주의 이름이 육관명이기 때문이었다.

신산용, 아니 육관명이 함부로 대할 수 없는 상대임을 알았기에 한보단은 태도와 자세, 말투까지 나름 정중하게 바꾸었다.

"오행궁의 사궁주시라니, 정말로 의외요. 이제까지의 내 태도를 용서하시오."

'싸가지 없는 새끼.'

육관명은 내심 욕을 내뱉었다.

말투가 바뀌었다고는 하지만, 경어를 쓰는 자신과 달리 반공대를 하는 한보단의 건방진 언행이 마음에 들 리 없는 것이다.

그러나 그는 참을 때를 아는 사람이었다.

"모르고 한 것을 어찌 탓할 수 있겠습니까. 도리어 신분을 숨기고 혈우림에 들어온 내가 용서를 구해야지요."

"사궁주께서 아무 생각 없이 이리했을 거라고는 생각하지 않소. 뭔가 매우 중요한 이유가 있을 거라 보는데, 내 말이 맞소?"

"그렇습니다. 나를 비롯한 우리 오행궁의 궁주들은 이공자에 대해 깊은 호감을 가지고 있으며, 미래를 함께할 수 있는 동반자로까지 보고 있습니다. 그래서 내가 사절의 심정으로 온 것이지요."

한보단은 내심 코웃음을 쳤다.

진짜 마음 같아선 개소리 하지 말라고 욕지거리를 내뱉으며 크게 비웃어주고 싶었다.

사절의 심정이었다고 하는 자가 정체를 숨기고 들어와서 미망인과 다를 바 없는 모친을 유혹하고 조종하여 권력 쟁탈에 깊이 개입하려고 한다는 건 말도 되지 않는 것이니까.

하지만 그러한 속내를 드러낼 수는 없는 일.

"궁주들께서 날 그리 보아주신다면 고마운 일이오. 그렇다면 오행궁이 날 적극 지원하겠다는 뜻으로 생각해도 되는 것이오?"

"그렇습니다. 일공자를 제거해야 한다고 빙 부인께 간언을 한 것도 모두 이공자님이 혈우림의 차기 림주에 가장 어울린다고 믿었고, 또 미력한 힘이나마 보탬이 되고자 하는 마음이 있었기 때문입니다."

"역시 고마운 말씀이오. 허면 이미 둥지 안으로 들어와 처치곤란이 되어 버린 형님을 깔끔하게 제거하기 위한 새로운 계책을 들어보고 싶소."

"당연히 말을 해드려야 하겠지만, 이공자께서 그 전에 한가지 약조를 해주었으면 합니다."

"들어봅시다."

"거룡성을 압박해주십시오."

한보단은 생각지 못한 요구였기에 의아해했다.

기껏해야 오행궁이 강소로 진출하는 데 힘을 보태달라는 정도가 아닐까 생각했던 것이다.

"오행궁은 거룡성과 한 식구나 다름없는 걸로 알고 있는데, 내가 잘못 알고 있던 거요?"

"물론, 한 식구입니다. 하지만 원래부터 태생이 다르니 때에 따라서는 헤어질 수 있는 일이 아닙니까."

한보단은 그의 말을 듣고서야 오행궁이 속셈이 있어서 거룡성과 연합했음을 알게 되었다.

'붙어먹던 수컷도 잡아먹는 암사마귀처럼 믿기 힘든 자들이군.'

허나 지금은 육관명의 계책이 필요했고, 나중을 위해서도 오행궁과 적당히 좋은 관계를 유지한다 해서 나쁠 것이 없었다.

"알겠소. 내가 아버지의 뒤를 잇게 된다면 오행궁은 혈우림과 형제처럼 지내게 될 것이오."

"이왕이면 종이에 써서 보다 확실한 대답을 간직하고 싶습니다만."

육관명은 자신이 한보단을 완전히 믿고 있지 않는다고 노골적으로 말을 한 것이다.

그러나 한보단 역시 바보가 아니었다.

"나 역시 오행궁의 협조 의지를 문서로 남기고 싶소. 하지만 그 전에 먼저 형님을 처리합시다. 이런 상태로는 뭘 하든 불안해서 말이지."

"……."

"……."

두 사람의 침묵이 방 안의 분위기를 무겁게 짓눌렀고, 그들의 날카로운 시선이 엇갈리며 방 안의 공기는 어색하고 싸늘해졌다.

어느 한쪽의 편만 들지 못하는 빙미상으로선 입술이 타들어갈 만큼 긴장된 순간인 것이다.

그러나 상황이 상황이니만큼 누구든 침묵을 깰 수밖에 없었고, 결국 육관명이 먼저 입을 열었다.

"계책을 말해드리겠습니다. 그리고 공조 문제는 이공자님의 의견대로 일공자를 제거하고 나서 계속 논의하는 게 낫겠습니다."

"동감이오."

"그럼……."

육관명은 조용히 자신이 생각해낸 계획을 설명했고, 한보단과 빙미상은 귀를 활짝 열고 그의 말에 집중했다.

                    *   *   *

육관명의 계책을 모두 듣고 나와 자신의 방 앞에 도착한 한보단은 문을 열지 않고 한쪽 어두컴컴한 구석을 향해 고개를 돌렸다.

그 구석에서 빙좌성이 슬며시 모습을 드러냈다.

"숙부님, 그렇게 있다가 시녀들이라도 보게 되면 오해를 받습니다."

사람들이 알고 있기로 그는 가난한 무가 출신으로 무공 실력도 이류 수준에 불과한데, 출중한 미모의 여동생이 림주의 눈에 들면서 이재에 밝지 않음에도 불구하고 혈우림의 부총관으로 벼락출세한 인물이었다.

허나, 그게 진실은 아니었다.

야월당(夜月堂).

요 십여 년간은 활동력이 현저하게 줄어들기는 했지만, 몇 대에 걸쳐 오랫동안 강소성에서 명성을 쌓아왔던 살수문이었다.

즉, 두 사람의 배경이 가난한 무가라고 알려진 건 야월당이 예전부터 자신들의 존재를 감추고 위장하기 위해서 고의로 외부에 퍼트린 소문에서 기인한 것이다.

게다가 빙좌성은 뛰어난 실력의 살수일 뿐만 아니라 야월당의 당주이기까지 했으니, 이러한 사실이 알려진다면 혈우림은 큰 혼란에 휩싸일 게 분명했다.

"미안하구나. 하지만 설사 그런 일이 생기더라도 아무 걱정하지 마라. 내가 뒤탈이 없도록 처리할 수 있으니까."

허나 한보단은 코웃음을 쳤다.

"위강 형님의 일처럼 말입니까?"

"그건…… 후~ 내가 실수했다. 하지만 다시는 그런 일이 없을 테니, 날 믿어다오."

빙좌성은 지금 매우 답답하고, 절박한 심정이었다.

과거 전혀 의도하지 않았음에도 천금과 같은 우연으로 여동생이 림주와 인연을 맺게 되었고, 언제나 주변 눈치를 살피면서 호시탐탐 그들을 추적하고 격살하려는 무림문파들로부터 안전할 수 있는 철옹성 같은 보금자리를 얻었으며, 여동생은 정실 자리에 앉아 아들까지 낳았다.

그리고 이제는 혈우림을 손에 쥘 수 있는 기회가 생겼는데, 단 한 번 여동생의 기대를 충족시키지 못해서 팽을 당하게 생겼으니 어찌 마음이 편할 수 있겠는가.

"내게 가족은 너와 네 어미뿐이고, 내 소망은 조카인 네가 혈우림의 주인이 되는 것이다. 혈우림 안팎에서 오고가는 모든 이야기를 가리지 않고 수집해서 네게 전하는 게 누구냐. 네게 조금이라도 해가 되는 일이 생기면 밤낮을 가리지 않고 뛰어나가 아무 일 없도록 처리했던 게 누구냐. 바로 내가 아니냐. 그런 나를 믿고 곁에 두지 않는다면 누구에게 그 자리를 맡길 수 있겠느냐."

그의 말이 맞았다.

곁에 아무리 사람이 많아도 믿을 수 있는 사람은 드문 법이었다.

'그리고 쓸모있는 사람도 찾기 어렵지.'

그렇게 보자면 숙부 빙좌성은 아주 요긴하게 활용할 만한 인물이었다.

누구나 하고 싶어 하고 가책 없이 인정받을 만한 일에 대해서 나설 사람은 넘치지만, 인성에 반하고 더러운 일을 할 사람은 찾기가 어렵기 때문이었다.

한보단은 미소를 지으며 빙좌성의 어깨를 친근감있게 두드려주었다.

"우리가 남이 아니고, 어릴 때부터 숙부님이 제게 주신 도움이 적지 않은데 그 정도 일로 혈연의 정을 뗄 수는 없는 일이죠. 그리고 전 한 번도 숙부님의 능력을 의심한 적이 없습니다. 앞으로도 아무 걱정 말고 제 부족한 면을 채워주십시오."

"아무렴. 주인을 섬기듯이 널 보필할 것이니 뭐든지 믿고 맡겨다오."

빙좌성은 내심 안도의 한숨을 내쉬었다.

아무리 조카라지만 사실 그는 한보단의 말을 전적으로 믿지 않았다. 그러나 여동생에게 질책을 받아 신산용(육관명)에게까지 밀려난 상황에서는 한보단과의 유대관계를 강화해야만 했다.

게다가 조금만 노력하면 한보단이 혈우림의 주인이 될 수 있는 상황에서는, 장기적으로 봤을 때 오히려 여동생보다 한보단의 신임을 받는 게 더 중요할 수 있었다.

"일단 안으로 들어가서 이야기하죠."

한보단은 빙좌성을 데리고 방으로 들어갔다.

불을 켜고 자리에 앉은 한보단은 먼저 신산용의 정체에 대해서 말했다.

"알고 보니 신 화공의 진짜 신분은 오행궁의 사궁주 육관명이더군요."

"그게 사실이냐?"

빙좌성은 그 말을 듣고 놀랐던 한보단보다 더 크게 놀랐다.

정체가 의심스럽다 싶으면서도 그렇게 대단한 거물일 거라고는 생각하지 못했으니까.

"그와 같은 인물이 신분을 감추고 직접 나선 걸 보면 매우 중요한 일이겠지? 오행궁이 뭔가 커다란 꿍꿍이를 가지고 있는 거냐?"

"글쎄요."

한보단은 거룡성을 압박해달라는 육관명의 요구사항을 빙좌성에게 말할 생각이 없었다.

그가 숙부라는 점을 떠나서 중요하고 세세한 것까지 수하로 부릴 사람과 공유하는 건 어리석은 판단이라고 생각하기 때문이었다.

물론, 언젠간 빙좌성도 알게 될 일이지만, 아직까진 시기상조였다.

그래서 슬며시 논의의 화제를 바꾸었다.

"의도가 무엇이건 간에 사궁주가 지금의 곤란한 상황을 해결할 만한 좋은 계책을 내놓았다는 게 중요합니다."

"그게 어떤 계책이냐?"

"그러니까 일단 어머님이 회합을 소집해서……."

"잠깐."

빙좌성이 갑자기 손을 들어 그의 말문을 막았다. 그리고 번개처럼 움직여 문을 벌컥 열었다.

하지만 빙좌성은 급히 날카로운 표정을 지우고 웃어 보였다. 문 밖에는 포임옥이 크게 놀란 얼굴을 하고 서 있었기 때문이었다.

"하하하, 난 또 누구라고."

"빙 부총관님, 깜짝 놀랐어요. 왜 그러신 거예요?"

"미안하구나. 요즘 괜히 신경이 날카로워져서 말이지."

"사매, 무슨 일이야?"

한보단이 미소를 지으며 다가와서 은근슬쩍 빙좌성을 자신의 뒤로 서게 했다.

포임옥이 그와 대화할 여지를 차단한 것이다.

"이사형과 이야기나 나눌까 하고 왔어요."

"그랬구나. 하지만 지금은 좀 곤란한걸. 숙부님과 어머님에 관한 일로 긴히 할 이야기가 있거든. 혹시 지금 해야 할 만큼 중요한 이야기냐?"

"아니에요. 그냥 잠이 안 와서 온 것뿐이에요. 두 분 계속 이야기 나누세요. 전 가볼게요."

"사매, 내일 점심 무렵에 방으로 찾아갈 테니까 같이 식사하자."

"그래요."

포임옥이 돌아서서 그녀의 거처 쪽으로 가자 한보단과 빙좌성은 문을 닫고 다시 안으로 들어갔다.

"……."

문이 닫히는 소리를 들은 포임옥은 가던 걸음을 멈추고 고개를 돌려 한보단의 방을 빤히 쳐다보았다.

그녀의 눈길엔 의문과 궁금증, 그리고 염려가 뒤섞여 있었다. 마치 한보단과 빙좌성의 대화 내용을 듣고 안 좋은 일이 일어날 거란 걸 예감하기라도 한 것처럼.

*   *   *

아침 일찍 혈우림의 모든 중진들이 회의실로 모여들었다. 빙미상이 회합을 소집했기 때문이었다.

"형님, 이제야 뵙게 되는군요."

회의실로 향하던 한위강은 그를 향해 손을 흔들며 다가오는 한보단을 보고 씁쓸한 미소를 지었다.

귀환한 지 이틀이나 지난 시점이고, 그것도 회합 때문에 어쩔 수 없이 모이는 과정에서 동생을 만나게 되었다는 것에 마음이 복잡했던 것이다.

'녀석을 탓할 처지가 아니지. 나 역시 찾아갈 생각도 하지 않았으니까.'

사실 그에게 살수를 보낸 이가 계모라는 의심과 더불어

혹시 동생도 연관되어 있을지 모른다는 생각까지 들어 한보
단을 만나는 것 자체가 부담스러웠던 것이다.

그리고 한보단이 포임옥과 약혼을 했다는 것 또한 얼굴을
마주 대하고 대화를 나누기가 망설여지는 이유였다.

"그래, 오래만이구나."

"형님, 몇 년 만에 동생을 보았는데 할 말이 고작 그것뿐
입니까? 이거 너무 섭섭한데요."

한보단의 태도와 말투는 삼 년여 전과 달라져 있었다.

그때도 소심한 성정은 아니었으나, 왠지 이전보다 더욱
자신감이 있어 보인다고나 할까.

게다가 둘 사이는 여느 형제들처럼 가깝다 할 수 없었다.
의도해서 거리감을 두었다기보다 계모가 워낙 한보단을 감
싸고돌았고, 그래서 부친에게 무공을 배울 때 외에는 그와
어울릴 기회를 거의 주지 않았기 때문이었다.

그런데 이렇듯 먼저 다가와 우애 넘치는 형제처럼 친근하
게 말을 걸고 있으니.

"세상 구경은 잘 하고 오셨습니까?"

"좋은 경험이 되었다."

"소제는 강소를 떠나본 적이 없어서 형님이 부럽기만 합
니다."

"그렇다면 너도 나가보면 되지 않겠느냐."

"글쎄요. 제가 은근히 겁이 많지 않습니까. 아직 부족한

면도 많고, 무공 실력도 키워야 하고, 특히 지금과 같은 때는 세상구경하면서 자유를 만끽해보고 싶다는 생각 자체가 너무 철이 없는 것처럼 느껴져서요. 아버님이 저리 되신 지금과 같은 때는 저도 어른 노릇을 해야 하지 않겠습니까. 그리고…… 전 이제 혼자 몸이 아니랍니다."

"……."

"사매와 약혼했습니다."

"들었다."

"알고 계셨습니까?"

"그제 우연히 사매를 만났는데, 그때 들었다."

순간 표정이 살짝 굳어졌던 한보단은 언제 그랬냐는 듯 미소를 지었다.

"그러셨습니까? 헌데, 잘됐다고 축하도 안 해주시는 겁니까?"

"아, 그래. 축하한다."

"왠지 엎드려 절 받기 같은데요?"

한위강은 내심 움찔했지만 애써 태연한 척 웃어 보였다.

"그럴 리가 있느냐."

"걱정 마십시오. 제가 예의 없이 형님보다 일찍 혼인하는 일은 없을 테니까요. 좋은 형수가 형님의 옆에 나타나기 전까지 꾹 참고 기다리겠습니다."

"말이라도 고맙다."

"아, 그리고 사매는 회합에 참여하지 못합니다. 어제도 점심 약속을 했다가 속이 안 좋다고 해서 그냥 왔는데, 지금까지도 편치 않은 모양입니다. 형님, 저와 같이 사매에게 가보시는 게 어떻겠습니까?"

"그 이야기는 회합이 끝난 뒤 나중에 다시 하도록 하고 우선 회의실로 어서 가자꾸나. 이러다 우리가 가장 늦게 들어가겠어."

포임옥에 대한 이야기를 더 이상 하고 싶지 않았던 한위강은 서둘러 화제를 돌리고, 한보단을 재촉해 회의실로 향했다.

두 사람이 회의실 안으로 들어가자 이미 대부분의 중진들이 도착하여 각자의 자리에 앉아 있었다.

"오랜만이오, 일공자."

"잘 돌아오셨소, 일공자."

"일공자가 귀환하길 기다리고 있었소이다."

귀환한 뒤 아직 대면을 하지 못했던 사람들이 분분히 일어나 한위강과 인사를 나누고, 안부를 묻고, 현재의 어려움을 짧게나마 토로하기도 했다.

중진들 거의 대부분은 활동력이 위축된 혈우림에 귀환한 한위강이 새로운 활기를 불어넣어 주리라 믿고 있는 분위기였다.

물론, 겉으로 그렇게 보인다는 것이지 그들의 진짜 속내가 어떤지는 한위강도 알 길이 없었다. 특히 빙미상 등과 직간접적으로 연관되고, 그보다는 한보단과 친한 부총관 빙좌성 등등의 인물들에 대해서는 말이다.

이때 빙미상이 회의실에 모습을 나타냈다.

"모두 앉으세요."

빙미상은 림주의 자리인 중앙 상석에 앉으며 말했다.

자연스럽게 그녀의 좌우에는 한위강과 한보단이 앉았다.

"내가 여기 오래 있을 수 없다는 걸 모두 알고 있겠지요. 그래서 쓸데없이 시간을 허비할 것 없이 회합을 소집한 이유를 바로 이야기하도록 하겠어요."

중진들은 긴장된 얼굴로 빙미상의 말을 기다렸다.

"남편의 상태가 호전될 기미를 보이지 않는 상황인지라 많은 분들이 우려하고 있음을 알아요. 그래서 조속히 후계를 확정하길 원하고 있다는 것도 알고 있어요. 또한 나도 깊이 공감하며, 지금 이 자리에서 결론을 내리기 위해 회합을 소집하게 됐어요."

바늘 떨어지는 소리도 들을 수 있을 만큼 고요한 가운데 모든 이들의 이목이 빙미상의 입에 집중되었다.

"난 일공자가 림주의 후계자가 되어야 한다고 봐요."

빙미상의 말에 일부는 당연하다는 듯 고개를 끄덕이고, 일부는 그녀가 이공자를 거론조차 하지 않았다는 것에 놀라고, 또 다른 일부는 불만스런 속내를 애써 감추기 위해 노력하는 표정이 되었다.

하지만 빙미상의 말은 끝난 게 아니었다.

"일공자."

"예, 어머님."

"일공자에 대한 내 믿음은 확고한 것이나, 혈우림의 주인은 어깨에 짊어질 의무와 책임이 막중한 만큼 핏줄이란 이유 하나로 물려받을 수는 없는 것이라고 생각한다. 특히 남편이 정식으로 물려주는 것이 아니라, 불의의 사태에 의해 자리를 잇는 상황에서는 응당 그만한 자격을 가져야 하겠지."

"옳으신 말씀입니다."

"해서 우선적으로 일공자에게 대리의 자격을 부여하면서 안에서나 밖에서나 인정할 수밖에 없는 공적을 세워줬으면 하는 게 나의 생각이다."

"공적이라 하시면, 혹시 어머님께서 염두에 두신 게 있으십니까?"

"내가 듣기로 동쪽에 안하무인으로 소란을 일으키는 무리가 있다고 하더구나. 그리고 최근 그들의 횡포가 더 심해졌다 하니 일공자가 가서 그 무뢰배들의 우두머리를 처리하여 혈우림의 이름을 떨치고 오는 게 어떠하냐."

"동쪽의 무리라 하시면 어떤 자들을 말씀하시는 겁니

까?"

"그들을 남가채라 하더구나."

순간 모두의 얼굴이 당혹감과 놀람으로 물들었다.

제일장로 묘해공이 대표하여 물었다.

"빙모께선 동태산(東台山)에 있는 남가채를 말씀하시는 겝
니까?"

"맞아요."

"남가채가 녹림에 속한 무리이며, 산적들의 집단이라 하
나 그 세가 결코 무시할 수 없을 정도로 크고, 채주인 남극
종이 영리하고 간사하여 별호가 소면호리이고, 무공 실력도
녹록지 않은 고수라는 건 알고 계십니까? 게다가 동쪽 지역
은 다른 두 문파도 노리고 있는 곳으로, 우리가 먼저 손을
대면 그들이 크게 반발할 것입니다."

"묘 장로님의 말씀을 들어보니 남가채란 곳이 매우 대단
한 산채란 것은 알겠군요. 하지만 다른 한편으로는 서글픔
을 금할 수가 없네요. 강소에서 세 손가락 안에 들어간다고
평가를 받는 혈우림의 제일장로께서 산적들을 두려워하고
계시다니 말입니다."

묘해공의 얼굴이 살짝 붉어졌다.

"누가 그들을 두려워한다고 했습니까. 단지 남가채가 가
벼이 처리할 수 없는 산채란 것을 빙 모께서 모르시는 듯하
여 알려드리고자 했을 뿐입니다."

"그렇다면 저의 무지를 일깨워주신 것이니 감사를 드려야 하겠군요."

빙미상의 날이 선 반박에 묘해공은 헛기침을 연발하며 입을 다물었다.

그의 지위와 연배, 오랜 세월 혈우림에 이바지한 공로와는 별개로 림주가 의식불명에 빠진 상태에서 발언권이 가장 높은 빙미상을 무지한 여자라고 매도한 것처럼 되어 버렸으니 민망하고 말문이 막힐 수밖에 없지 않겠는가.

"묘 장로님이 말씀하시는 바는 충분히 알겠어요. 허나 이미 말을 했듯이 혈우림의 주인이 된다는 것은 아무나 가능한 일이 아니에요. 그만한 능력과 용기가 있어야 하겠지요. 만약 티끌만 한 명성도 갖고 있지 않은 일공자가 림주가 된다면, 다른 문파들이 어찌 생각할 것 같은가요? 모두들 우릴 가볍게 보고 업신 여길 가능성이 다분하며, 결과적으로 우리 혈우림의 세력 약화를 가져올 수도 있는 여지는 충분하다고 봐요. 허나, 이건 나의 생각일 뿐 모두가 아무런 불만이 없고 일공자 역시 받아들이지 않겠다고 한다면 더 이상 이에 대해 왈가왈부하지 않겠어요."

장내는 침묵에 휩싸였다.

중진들 일부는 그녀의 말에 동조하고, 일부는 그 적합성 여부에 대해 긴가민가하고, 또 다른 일부는 아무리 그래도 너무 과한 시험이 아니냐는 생각을 하고 있었다.

'왜 아무도 말을 않고 있는 거야.'

빙미상은 최소한 그녀의 말에 동조하는 중진들이 뭔가 말을 해주기를 바랐지만, 사안이 워낙 민감하고 그녀의 제안을 적극 지지했다가 일공자가 위험에 빠져 죽기라도 하면 큰일이기 때문에 말을 하기가 쉽지 않은 것이다. 그렇다고 일리도 있는 그녀의 말에 강하게 반대한다는 것도 망설여지는 일이었다.

개중에 빙좌성이 그녀의 의중을 알고 있기는 했지만, 혈연관계에 있는 그가 나선다면 오히려 중진들의 불만만 사게 될 게 뻔했다.

결국 빙미상은 조금 더 직접적인 압박이 필요함을 느끼고 한위강을 쳐다봤다.

"일공자의 생각은 어떠하냐?"

아무런 표정 변화 없이 입을 다물고 있던 한위강이 빙미상과 시선을 마주했다.

하지만 그가 입을 열기도 전에 한보단이 먼저 말을 했다.

"어머님, 전 반대합니다."

빙미상은 눈살을 찌푸리며 왜 반대하냐고 되물었다.

"지금 우리에겐 구심점이 될 수 있는 형님의 존재가 절실합니다. 그런데 타 문파의 이목 때문에 형님께 목숨이 위태로울 수도 있는 임무를 맡기다니요. 이는 벼룩을 잡겠다고 초가삼간을 태우는 것과 다를 바가 없다고 봅니다."

중진들 일부가 그의 말이 옳다는 듯 고개를 끄덕였고, 일부는 한보단을 다시 보았다는 듯한 시선을 보냈다.

림주가 의식불명에 **빠졌을** 때 대부분 중진들이 한위강의 존재감을 필요로 했고, 어서 빨리 귀환하기를 원했을 뿐 한보단에 대해서는 별달리 주목하지 않았었다.

그런데 지금의 발언으로 그도 자격이 있는 것이 아닌가, 하는 분위기가 조성된 것이다.

이때 한위강이 입을 열었다.

"가겠습니다, 어머님."

빙미상은 내심 회심의 미소를 지으면서도 겉으로는 염려 어린 표정으로 물었다.

"진심인 게냐?"

"저도 어머님의 생각과 같습니다. 단지 핏줄이란 이유로 혈우림의 주인이 될 수는 없습니다. 여기 모이신 분들뿐만 아니라 일반 무사들, 그리고 우리와 직간접적으로 얽힌 중소 문파들과 강소성의 모든 무림인들이 수긍할 만한 사람만이 자격이 있다고 봅니다. 특히 우리 혈우림은 강소를 대표하는 삼대문파 중 유일한 사파문으로서 다른 두 정파문들을 의식하지 않을 수 없습니다. 그들이 아버님의 상태를 알고, 능력의 검증도 받지 않은 제가 뒤를 이었다는 걸 알면 어찌 생각하겠습니까? 전 그들이 우리를 조롱할 만한 조금의 빌미도 주고 싶지 않습니다. 대대로 혈우림을 지키고 키워 오신 선조님들을 비롯하여 아버님이 만방에 떨치신 위명을 저로 인해 망쳐서는 안 됩니다. 저는 결코 그렇게 되도록 방관하지 않을 겁니다."

한위강의 말이 끝나자마자 묘해공이 벌떡 일어나 그를 향해 머리를 숙이고 포권을 취했다.

"일공자께서 세월에 묻혀 버렸다고 여겼던 나의 열정을 다시금 들끓게 하는구려! 이 늙은이도 한몫을 할 수 있게 허락해주시오!"

"나도 일공자와 함께 우리 혈우림의 위명을 지키고 싶소이다!"

"나 역시 앉아만 있지 않겠소! 다른 두 문파가 뭐라 하든, 이참에 남가채를 쓸어 버리고 혈우림이 강소 제일이라는 걸 알게 합시다!"

묘해공을 시작으로 장로들이 하나둘씩 일어나 소리를 높였고, 이어서 단주들도 일어나 자신과 단원들은 언제든 싸울 준비가 되어 있다며 출정 명령을 내려달라고 요구했다.

'이렇게 되면 안 되는데……'

빙미상은 당혹스러웠다.

중진들이 이처럼 적극 나선다면 육관명의 계책을 성공시킬 수가 없기 때문이었다.

하지만 다행스럽게도 한위강이 알아서 그녀의 곤란함을

해결해주었다.

"전 혼자 가야 합니다."

"일공자, 그게 무슨 말이오?"

"그렇소. 남가채를 혼자서 상대하려 한다는 건 말도 되지 않는 생각이오."

"우리가 옆에 있는데 어찌 위험을 자초하려 하시오. 우린 일공자를 홀로 보낼 수 없소이다."

중진들 일부가 강하게 반대했다.

그러나 한위강은 벌떡 일어나 단호한 음성으로 말했다.

"그럴 수 없습니다. 생각해보십시오. 여러분들과 같은 강력한 조력자들과 함께라면 어린아이도 남가채를 섬멸할 수 있을 것입니다. 그렇게 되면 위명은 고사하고 오히려 비웃음을 사게 될 게 아닙니까."

그의 말이 맞았기에 중진들은 하나둘씩 입을 다물었다.

"일공자, 무력단 정도의 대규모 인원이 안 된다고 한다면 몇 명만이라도 데려가시오. 아무리 생각해도 혼자 간다는 건 너무나 위험하오."

"묘 장로님의 말씀이 맞다. 네 마음은 알겠다만, 최소한 너의 뒤를 받쳐줄 정도의 소수인원이라면 괜찮지 않겠느냐."

가만히 듣고 있던 빙미상도 묘해공의 말에 동조하고 나섰다.

물론, 이대로 혼자 보내고 싶다는 게 그녀의 진짜 속내였지만, 그렇게까지 하면 나중에 그녀에게 향할 원망과 책임이 너무 과중되어 감당하기가 어려울 수도 있는 것이다.

　"맞습니다, 형님. 아, 소제가 같이 가는 게 어떠하겠습니까? 제 실력이 형님께 비할 바는 아니나 산적들 정도는 가볍게 때려잡을 자신이 있습니다. 그리고 우리 형제가 함께 가서 놈들을 상대한다면 아무도 욕하는 사람이 없을 겁니다."

　"좋은 생각입니다. 두 공자께서 가면 오히려 위명이 높아지지 않겠습니까."

　"하지만 두 분만으로는 충분하다 할 수 없으니, 무사들 열 명 정도는 데리고 가신다면 안심이 될 것 같습니다."

　"무사들 열 명도 너무 적소. 최소 스무 명은 따라가야만 하오."

　"그렇게 가면 너무 많아 보이지 않소. 내 생각엔 일반무사들보다 장로들 몇 명이, 혹은 단주들 몇 명이 같이 가는 게 낫소. 그래야 소수 인원으로 최대의 위력을 발휘할 수 있을 거요."

　말문이 터진 중진들은 활발하게 의견을 냈다.

　한위강은 가만히 듣고만 있다가 손을 들어서 중진들의 시선을 모으고, 조용히 자신의 말에 집중하게 만들었다.

　"알겠습니다. 모두의 뜻이 이렇듯 강경하니 어쩔 수 없지요. 대신 한 명만을 데려가겠습니다."

"일공자, 아무리 그래도 한 명은 너무 적지 않소."

"제 뜻은 확고합니다. 한 명만 데려가겠습니다."

"그렇다면……."

중진들의 시선은 자연스럽게 한보단에게 모아졌다.

경험과 실력을 두루 갖춘 묘해공과 같은 이들도 괜찮겠지만, 난화무영수를 익힌 두 형제가 함께 나선다면 전투력에 있어서 상승효과도 얻고, 보다 그럴듯한 명분이 생기고, 이후 성과에 따라 생겨날 위명의 크기도 적지 않을 게 분명했다.

게다가 한보단 스스로 나서겠다고 했으니, 이보다 더 좋을 선택이 어디 있겠는가.

한보단은 결심을 굳힌 듯한 얼굴로 말했다.

"형님, 제가 같이 가겠습니다."

하지만 한위강은 고개를 내저었다.

"아니다. 너는 여기 남아라."

"그럼, 누구를 데리고 가실 생각이십니까?"

한보단뿐만이 아니라 빙미상을 비롯한 중진들 모두가 궁금증 어린 표정과 시선으로 한위강을 바라보았다.

한위강은 모두를 둘러보며 말했다.

"반 소협과 같이 가겠습니다."

*　　*　·　*

　회합은 끝이 났다.

　먼저 한위강에게 림주 대리의 자격을 부여하고, 그가 동태산 남가채로 가서 채주 남극종을 제거하고 돌아오면 이후 정식으로 림주가 되는 것으로 합의를 본 것이다.

　그리고 한위강이 데리고 갈 사람은 혈우림의 사람이 아니라, 그들로서는 예상도 못했고, 이해도 안 가고, 믿음도 가지 않는 반악으로 결정되었다.

　"그 반악이란 자가 어떤 인물인지 알고 있느냐?"

　모두가 회의실을 나가자 빙미상이 인상을 찌푸리며 한보단에게 물었다.

　그녀가 반악 등에 대해 알고 있는 건 그들이 한위강을 암습하려고 했던 빙좌상과 살수들을 방해했다는 것과 안휘의 패자인 거룡성을 겁도 없이 적대하고 있다는 반룡복고당이란 단체에서 왔으며, 그들과 적대관계라 할 수 있는 육관명이 이상할 정도로 흥미를 보였다는 정도밖에 없었다.

　"그들에 대해선 저도 아는 게 없습니다. 일단 반악이란 자의 겉모습으로만 판단하자면 크게 주목할 구석이 없어 보였습니다. 하지만……."

　"하지만?"

　"형님이 모두의 반대에도 불구하고 데려가려고 할 정도라면 무공 실력이 약하지는 않겠죠."

다섯 명의 살수가 반악의 일행 중 한 명인 염서성에게 상처 하나 입히지 못하고 당했다는 빙좌성의 이야기도 그러한 추측을 하는 데 있어 참고가 되었다.

"허면 그자 때문에 계획을 망치게 되면 어찌하느냐?"

"하하하, 어머니. 아무리 그래도 고작 둘뿐입니다. 아까 묘 장로가 한 말을 들으셨잖습니까. 남가채가 근거지로 자리 잡은 위치의 이해관계 때문에 우리와 다른 이대문파들이 그동안 건드리지 않고 있었던 것이기도 하지만, 그보다 중요한 이유는 그들이 결코 쉽게 당할 자들이 아니기 때문입니다. 섣불리 건드렸다가 전력손실을 입으면 손해니까요. 듣기로 남가채의 인원은 거의 백에 가깝고, 남극종은 녹림에서도 손꼽히는 고수란 말입니다. 그러니 고작 한 명의 조력자 정도로는 형님의 죽음을 막을 수가 없습니다."

더구나 어제 출발한 육관명이 남극종과 만나서 한위강이 올 것을 미리 알릴 것이 아니던가.

한위강의 무공이 아무리 뛰어나도 올 것을 알고 대비 태세를 갖춘 산적들의 포위망을 빠져나오기는 결코 쉽지 않을 것이었다.

"어머니는 아무 걱정 말고 형님의 죽음으로 발생할 중진들의 반응에만 대비하고 계십시오."

"알겠다."

한보단은 괜스레 불안해하는 모친을 다독여 거처로 보내고 주변을 살핀 뒤 오른쪽 길로 빠르게 걸어갔다.

그가 조금 뒤 당도한 곳엔 빙좌성이 기다리고 있었다.

"숙부, 언제든 떠날 수 있게 야월당의 살수들을 준비시켜 두십시오."

"내 수하들을 모두?"

"움직일 수 있는 자들은 모두 준비시키십시오."

"갑자기 큰 싸움이라도 난 게냐?"

"형님의 뒤를 쫓아가야겠습니다."

빙좌성은 그제야 살수들을 준비시키라는 의미를 깨닫고 고개를 갸웃거렸다.

"하지만 일공자는 남가채가 처리하기로 했는데, 굳이 우리까지 따라갈 필요가 있느냐?"

표정이 살짝 굳어진 한보단이 짜증이 난다는 듯 말했다.

"숙부님, 제가 부탁을 할 때마다 세세한 것까지 설명을 해야 하는 겁니까?"

"아, 아니다. 네가 그래야 한다면 두말할 필요 없이 해야지. 당장 가서 준비시키도록 하겠다."

빙좌성은 서둘러 자리를 떠났다.

'시키면 그냥 시키는 대로 할 것이지.'

한보단은 멀어지는 빙좌성의 뒷모습을 한심스럽다는 시선으로 쳐다보았다.

허나 사실 한보단도 회합을 가지기 전까지는 빙좌성처럼 남가채에 모든 걸 맡길 생각이었다.

그러나 지금은 생각이 바뀌었다. 뭔가 불안했다. 모친에게는 아무 걱정도 할 거 없다고 했지만, 모두의 우려에도 불구하고 굽히지 않는 한위강의 자신감이 신경 쓰였던 것이다.

사실 그는 한위강이 무사 이십 명 정도는 데리고 가겠다고 주장할 줄 알았다. 상식적으로 혼자서 규모가 큰 산채의 채주를 죽이러 간다는 건 섶을 지고 불길에 뛰어드는 것과 다름없는 멍청한 짓이었으니까.

그럼 자신과 모친이 이런저런 말로 절반 정도가 적당하다는 분위기를 만들 생각이었던 것이다.

그런데 고작 한 명을 데리고 가겠다니.

'그 반악이란 자의 실력이 어느 정도로 뛰어난지도 모르고 있고…….'

또한 살수들을 혼자서 간단히 처리했다고 하는 염서성이 몰래 그들의 뒤를 따라가서 도울 가능성도 배제할 수 없는 일이 아닌가.

'내 눈으로 직접 확인하지 않으면 안심이 안 돼.'

빙좌성과 살수들을 데리고 가려는 것은 만약 남가채가 제 역할을 하지 못했을 때 자신이 직접 나서야 할지도 모르기 때문이었다.

'그리고…….'

한위강이 죽은 다음에 상황을 봐서 그가 남극종을 죽이는 것도 나쁘지 않았다.

그래서는 안 되는 걸 알지만 형님의 안전이 걱정되어 따라갔다, 그런데 한 발 늦어서 형님의 죽음을 뒤늦게 목도하고 너무 분노하여 남극종을 죽였다, 라고 하면 중진들도 이해할 수 있을 테니까.

오히려 그의 분개에 감탄하고, 분위기에 따라서는 모두가 자신의 추종자들로 변할 수 있었다. 그럼 부친의 뒤를 이어 림주가 되는 것도 손바닥을 뒤집는 것처럼 쉬울 것이다.

물론, 그렇게 할 상황이 아니라면 욕심 부리지 말고 그냥 물러 나와야 하겠지만.

'지금 당장 급하게 고민할 건 없지. 일단은 형님이 죽는 걸 확인하고 나서……'

생각할 문제였다.

그래도 기대감이 상승하는 것은 어쩔 수 없는 일.

한보단은 저도 모르게 입가에 미소를 띠우며 자신의 거처 쪽으로 걸어갔다.

*   *   *

고요함이 감돌았다.

회합이 끝나고 방문한 한위강이 회의실에서 오갔던 이야

기들을 설명하고, 정식으로 반악에게 도움을 요청했기 때문
이었다.

묵담향과 염서성은 아무 말도 않고 가만히 반악을 주시했
다.

반악이 감고 있던 눈을 뜨고 한위강을 똑바로 쳐다보며
물었다.

"왜 나요?"

혈우림 내에도 고수가 많았다.

더구나 그들 대부분이 당장이라도 한위강을 위해 목숨을
아까워하지 않고 싸울 준비가 되어 있지 않은가.

그런데도 왜 자신을 조력자로 선택했는지 이유를 알고 싶
은 것이다.

"간단하오. 당신이 같이 가는 게 가장 든든할 것 같았
소."

어찌 보면 한위강의 선택은 당연했다.

사조 화임손은 만약 반악을 만나게 되더라도 원한을 맺는
일이 없도록 하라고 특별한 당부까지 했다. 그만큼 위험한
인물이고, 능력을 인정한다는 뜻이 아니겠는가.

"같이 가겠소?"

"남가채를 괴멸시키면 당신이 혈우림의 주인이 되는 거
요?"

"남가채가 아니라 남극종을 죽이면 되는 거요."

반악의 입장에서는 별 차이가 없는 것이었지만, 한위강을 비롯한 혈우림 중진들에게는 다른 문제였다.

"당신이 림주가 된다면 반룡복고당과 맹약을 맺겠소?"

"어떤 맹약이냐에 따라 다르겠지만, 내가 수용할 가능성은 높아질 거요."

"그런 두루뭉술한 대답은 필요 없소."

"그럼 뭘 원하시오?"

"우리가 제안하는 내용과 그 이유 여하를 떠나서 맹약을 맺겠다고 약속하시오. 그럼 난 당신과 함께 갈 것이며, 반드시 목적을 이룰 수 있게 해주겠소."

한위강은 잠시 말문을 잃었다.

'이 자신감은 뭐냐?'

자신은 마지못해서 빙미상의 제안을 받아들인 게 아니라, 실제로 그녀의 말이 일리가 있다고 생각했기 때문에 수용한 것이다.

장로들이나, 무사들의 지원을 거절한 것도 같은 맥락이었고, 결코 필승을 자신하고 있어서가 아니었다.

"당신과 같이 가면 무조건 된다고 말하는 거요?"

"그렇소."

"솔직히 난 이번 일의 성공 여부를 오 할로, 매우 긍정적으로 봐야 육 할 정도밖에 되지 않는다고 보고 있소. 그런데 마음만 먹으면 반드시 성공시킬 수 있다고 하니, 쉽게 믿겨

지지가 않는구려."

"당신이 믿고 안 믿고는 상관없소. 난 할 수 있기 때문에 할 수 있다 말한 것뿐이니까."

한위강은 멍한 표정을 지었다.

들으면 들을수록 광오하기 이를 데 없는 자신감이 아닌가.

'사조님께서 조심하라 한 이유 중에는 저러한 자신감도 포함되는 걸까?'

아니면 그만큼 대단한 고수이기 때문일까.

'결국 알게 되겠지.'

한위강은 사조의 충고를 근거로 반악을 선택했던 만큼, 지금도 어느 정도의 모험적인 결정이 필요함을 느꼈다.

"좋소. 내가 목표를 이루고 살아 돌아온다면 제안의 내용과 그 이유 여하를 떠나 반룡복고당과 맹약을 맺겠소."

*　　　*　　　*

객실에서 나온 한위강은 자신의 거처로 가는 도중 생각지도 못했던 사람을 만났다.

"몸이 좋지 않다고 들었는데, 어찌 나와 있는 거냐?"

포임옥은 아무 말이 없었다.

그저 잠시 동안 한위강을 바라보다가 말했다.

"대사형, 이번 일은 하지 마세요."

"그게 무슨 말이냐?"

"남가채로 가는 거 말이에요. 가지 마세요."

"……."

한위강은 어리둥절할 뿐이었다.

이미 결정이 난 일이고 함부로 취소할 수 없는 일에 대해서 밑도 끝도 없이 하지 말아달라니.

그러나 포임옥도 설명을 하기가 힘들었다.

사실 조금 전 한보단에게 회합에서 결정된 일을 전해 듣기 전까지도 자신이 한위강을 찾아와 이렇게 말을 하게 되리라고 예상하지 못했으니까.

'사형이 이대로 떠나게 해서는 안 돼.'

이틀 전 밤에 한보단을 찾아갔다가 우연히 들었던 빙좌성과 한보단의 단편적인 대화 내용에는 계책이니, 회합이니 하는 말들이 있었다.

사실 그때는 의문스럽기만 했을 뿐 무슨 내용인지 명확하게 이해할 수 없었다. 하지만 그녀가 생각할 때 성공보다 실패할 가능성이 높고 너무나 위험한 임무를 한위강이 맡게 되었다는 걸 알게 되자 모든 게 그를 죽음으로 몰아가기 위해 사전에 계획되었다는 생각이 자연스럽게 들었던 것이다.

하지만 그렇게 말을 할 수는 없었다. 사모와 약혼자가, 한

위강의 계모와 동생이 그를 죽이려 하는 것 같다는 생각이
든다는 말을 어찌 할 수 있단 말인가.

"이번 일은 너무 위험해요. 아무리 사형이라도 성공하기
힘들어요."

"이미 결정된 일이다."

"그럼 장로들과 무사들을 더 데려가세요."

"그만 하자. 이미 결정이 끝난 이야기에 대해 말하고 싶지
않다."

"대사형이 죽을 수도 있어요!"

포임옥은 화난 표정으로 소리쳤다.

하지만 한위강은 오히려 웃었다.

"어쩌면 그럴지도 모르지. 하지만 내가 선택한 일에 대해
서라면 어떤 결과가 나오든 내가 감당해야 할 몫이다. 설사
그로인해 내 목숨을 내놓게 되더라도."

한위강은 품에서 가죽 주머니를 꺼냈다.

그리고 그 안에서 목걸이를 꺼내 내밀었다.

"이 년 전에 네게 주려고 산 거다. 네 약혼 이야기를 듣고
줘도 되는 건지 고민했지만, 사형제 사이에도 선물은 할 수
있는 게 아니냐."

한위강은 목걸이를 포임옥의 손에 쥐어주고는 그대로 지
나쳐 갔다.

"사형!"

등 뒤로 전해오는 포임옥의 안타깝고 간절한 외침에 한위강은 눈을 질끈 감았다가 떴다.

　그는 절대 흔들리지 않겠다고 마음을 다지며 앞으로 나아갔다.

第三十二章

동태산 남가채.

채주 남극종은 크고 두툼한 손으로 술병을 집어 들었다.

쪼르르.

맑고 깨끗한 동주가 특유의 옅은 약냄새를 풍기며 큼직한 사발의 반을 채웠다.

남극종과 마주 앉은 거구의 사내는 호목 같은 눈을 번뜩이며 말했다.

"매는 아프라고 때리고, 술은 취하기 위해 마신다고 했다."

"예?"

"가득 채우라고, 임마."

남극종은 살집이 빵빵하게 오른 얼굴에 언뜻 비굴해 보이기까지 한 웃음을 지었다.

"소제가 실수를 했습니다, 형님."

그는 얼른 술병을 기울여 사발을 가득히 채웠다.

거구의 사내는 그제야 만족스럽다는 듯 사발을 집어들었다.

꿀꺽 꿀꺽.

결코 적지 않은 양이건만 사내는 순식간에 깨끗이 비우고 사발을 앞으로 내밀었다.

"한 잔 더."

"예, 형님."

남극종은 헤헤, 웃으며 술을 따랐고 술병은 그대로 빈병이 되어 버렸다.

'아이고, 아까운 내 술.'

남극종은 거구의 사내가 시원스럽게 술잔을 비우는 모습을 보며 내심 배 아파했다.

그도 아까워서 조금씩 마시는 술이 순식간에 사라지는 걸 보고 있으니 당연했다.

하지만 그는 결코 속내를 드러낼 수 없었다.

왜?

정말 지독하게 욕심이 많다고 평가받고 스스로도 인정하

고 있는 그가 호피까지 깔아놓은 자신의 자리를 양보하고, 너무나 아끼는 술까지 꺼내서 접대하고 있는 이 거구의 사내가 바로 녹림 총채주의 제자이며, 십괴의 일인인 산괴 흑광웅 벽거길이기 때문이었다.

그가 아무리 강소성에서 가장 강력한 산채의 주인이라고 해도 함부로 대할 수 없는 인물인 것이다.

그렇지 않고서야 근방에서 왕처럼 군림하고, 그래서 자존심이 매우 강한 그가 괜히 아우를 자처하며 형님, 형님, 하며 비굴한 태도로 일관하고 있겠는가.

물론, 어릴 때 벽거길에게 한 번 심하게 두들겨 맞은 이후 쭉 아우를 자처하고 굴욕적 태도를 유지해오면서 습관처럼 고착화되었다는 본능적이고도 심리적인 이유를 배제할 수는 없겠지만.

"술 더 없냐?"

"아, 있긴 있습니다만, 이 정도로 좋은 술은 없습니다."

"상관없어. 좋은 술이라고 별거 있냐. 그냥 취하면 그만인 거지. 아무 술이든 넉넉히 가져와 봐."

벽거길은 기름기가 잘잘 흐르는 닭다리를 집어들며 문제될 게 전혀 없다는 듯 어깨를 으쓱였다.

'염병할.'

남극종은 문 밖에서 대기하고 있던 수하에게 술을 가져오라고 명령하며 속으로 연신 욕을 했다.

벽거길이 이렇게 나올 줄 알았다면 처음부터 동주를 절대 꺼내지 않았을 것이기 때문이었다. 괜히 귀한 술을 낭비했다는 생각에 상한 음식을 먹은 것처럼 속이 메스꺼울 지경이었다.

벽거길은 닭고기를 우걱우걱 씹으며 물었다.

"너 요즘 벌이가 괜찮다던데, 지난번 봤을 때보다 살집도 더 두꺼워진 걸 보면 진짜인 모양이다."

"에이, 누가 그런 소리를 합니까. 그냥 헛소문일 뿐입니다."

"그래? 들리는 말로는 네가 해적질에까지 발을 들이밀면서 돈을 긁어모으고 있다던데?"

남극종은 내심 찔리는 구석이 있어 움찔했지만 겉으로는 강력하게 부인했다.

"절대 아닙니다. 얼마나 더 벌어 호강을 하겠다고 비린내까지 마시며 그 짓을 하겠습니까."

"진짜지?"

"그럼요."

"그래, 그래야지. 아무리 우리가 남의 것을 빼앗아 입에 풀질을 하고 있는 산적들이지만, 그래도 어느 정도의 정체성은 지키고 있어야 하지 않겠냐. 산적은 절대 해적이나, 수적이 될 수는 없는 거야."

남극종은 내심 정체성은 뭔 놈의 정체성, 뭐든 해서 배부르고 등 따시면 되는 거지, 하며 투덜거렸지만 겉으로는 지당하신 말씀이라고 맞장구를 쳤다.

하지만 남극종은 이런 식의 대화가 계속되면 어떤 식으로든 진실이 밝혀지고, 자신이 동쪽 어촌까지 영역을 넓혀 활동하고 있다는 게 들통날까 싶어 얼른 화제를 전환시켰다.

"그런데 이런 때에 여기까지 어쩐 일이십니까?"

겨울을 보내고 완연한 봄을 지나 여름으로 진입하려는 시점이면 일거리가 많아지는 때였다.

산천과 오지를 가리지 않고 활발하게 오고가는 많은 상인들과 표국의 운송 행렬들 덕분에 산적들까지도 한창 바쁘게 일을 할 시기인 것이다. 이맘 때 왕창 긁어모아서 일거리가 없어 배 골골거릴 때를 대비한다고나 할까.

헌데, 바로 그런 때에 벽거길이 수하 셋만 달랑 데리고 근거지인 절강을 떠나 강소성까지 왔으니 의아할밖에.

"험, 산동으로 친구 좀 만나러 가는 길에 네 생각이 나서 들렀어."

하지만 남극종은 벽거길이 대답을 아주 잠깐 망설였다는 걸 감지하고 뭔가 다른 이유가 있다고 생각했다.

솔직하게 말하기가 약간 껄끄러운 이유가 있는 것 같다는 느낌이 드는 것이다.

"친구 누구요?"

"임마, 네가 십 년 수절한 과부냐?"

"예?"

"뭐가 궁금해서 사내놈 바지춤 뒤지듯이 따져 묻고 지랄이야?"

"형님이 친구라 하면 이 바닥 사람이 뻔한 거고, 그래서 누군가 싶어 궁금해서 그런 거죠. 그게 비밀입니까? 아님, 뭐 다른 이유라도 있는 거 아닙니까?"

벽거길은 찔리는 구석이 있는지 순간 흠칫했다가 버럭 화를 냈다.

"다른 이유가 있긴 뭐가 있어!"

"없으면 없는 거지 물은 사람 민망하게 왜 화를 내고 그러십니까?"

"임마, 난 쓸데없는 질문을 받는 게 제일 싫어!"

"거참, 괜한 일에 성질을 내시기는. 알겠습니다. 안 물으면 되잖아요."

두 사람 사이에 침묵이 감돌았다.

궁금증을 풀려다가 타박이나 받은 남극종은 기분이 상했고, 벽거길도 뭔가 짜증나는 기억이 떠오른 듯 콧김을 내뿜으며 신경질적으로 닭고기만 씹어 댔다.

이때 수하가 큼직한 술 단지를 들고 들어왔다가 분위기가 심상치 않음을 느끼고 조심스레 내려놓고 조용히 나갔다.

"형님, 그러고 있지 말고 한 잔 받으십쇼."

남극종은 조롱박으로 단지의 술을 가득히 퍼서 내밀었
다.

솔직한 심정으로는 남의 산채에서 공짜 술 마실 생각 말
고 이제 그만 가십쇼, 하고 싶었지만 벽거길을 그렇게 홀대
해 내보내고 뒷감당을 할 자신이 없었다.

사실 벽거길의 불같은 성정을 감안하면 당장에 난리법석
을 떨며 너 죽고 나 살자고 도끼를 휘둘러 댈 수도 있었다.

'그리고······.'

남극종은 조만간 벽거길의 도움을 필요로 하게 될지도
모르는지라 잠시 동안은 그를 산채에 붙잡아두어야만 했
다.

"그만 기분 푸시고 한 잔 받으시라니까요."

벽거길은 마지못한 듯 잔을 내밀어 술을 받았다.

그리고 단번에 술잔을 비우고 툭 내뱉었다.

"장복이 녀석에게 가는 거야."

"장복이요? 아, 모장복 말입니까?"

"응."

"소혈랑이 형님 친구였습니까?"

소혈랑(小血狼)은 산동 제일의 산채인 귀룡채(鬼龍寨) 채주
모장복의 별호로, 이제는 부친 모풍의 별호 한 조각을 물
려받는 수준은 가뿐히 넘어설 정도의 명성을 날리고 있는
산동 녹림계의 실력자였다.

"사부님과 혈랑금조님이 의형제잖냐."

"아, 그렇죠. 그런데 갑자기 그 사람한텐 왜 가요?"

벽거길은 인상을 찡그렸다.

"이 자식아, 쓸데없이 묻는 게 제일 싫다고 했잖아."

"아, 알겠습니다. 그건 그렇고 언제 가시려고요?"

"왜? 형님한테 술 주는 게 아깝냐?"

"그럴 리가 있습니까. 사실 조만간 약간 귀찮은 일이 생길 거 같은데, 이왕 오신 거 형님이 우리 쪽에 무게감 좀 실어주십시오."

"근방의 정파 놈들이라도 쳐들어오냐?"

"뭐, 비슷합니다."

"최근에 그놈들하고 원한 맺은 거라도 있어? 그 자식들의 표물을 뺏었냐?"

"척을 진 거야 이미 오래됐는데 새삼스러울 게 있습니까. 표물이야 형님도 아시다시피 적당히 합의 봐서 통행세 받는 정도로 잘 해결하고 있습니다. 우리도 놈들하고 죽자 살자 싸울 이유도 없고, 싸워봐야 손해만 볼 게 뻔하잖아요. 다름이 아니라 사람 하나 죽여달라는 청부를 받았습니다."

스스로 잔에 술을 채워 마시며 듣고 있던 벽거길은 손을 내저었다.

"청부? 난 안 해, 임마. 내가 살수냐? 오는 놈 때려잡기도 귀찮은데, 사람 하나 죽이겠다고 발품까지 팔게."

"그게 아니라, 겁도 없이 산채로 찾아오는 놈을 죽이는 겁니다."

"그건 또 뭔 소리야?"

"그게, 사실 청부를 받았다기보다는……."

남극종은 웬 회색 복면을 한 자가 산채에 나타나 얼마 있지 않아서 혈우림의 일공자가 그를 죽이기 위해서 소수의 무사들을 이끌고 찾아올 거라는 내용이 적힌 종이를 금 열 냥이 든 주머니와 함께 던져주고 사라졌다는 것이다.

"뭐라고 썼는지 보니까 우선 선금으로 열 냥이랍니다. 그 일공자를 죽이면 다시 찾아와 열 냥을 더 주겠다더군요."

"그거 믿어도 되는 거야? 혹시 여길 치기 위한 혈우림의 술책 같은 거 아냐? 혈우림을 비롯한 삼대 문파가 예전부터 이 동쪽 근방까지 세력을 넓히려고 눈치를 보고 있었잖아. 혈우림이 작정하고 손을 뻗치려 하는지도 모르지."

"글쎄요. 일단 지금까지는 그런 정황이 안 보입니다. 우선 대비하고 있어 보려고요. 혹시 몰라 후퇴할 뒷구멍도 만들어 놓았습니다."

"잘했네. 그런데 혈우림 내부에 뭔 일이 있냐?"

"그런 모양입니다. 들려오는 소문에 의하면 림주의 신상에 문제가 생겼다고 했거든요. 벌써 몇 달 째 모습을 드러내지 않고 있대요. 워낙 무공에 환장한 늙은이라 폐관수련을 하고 있어서라는 이야기도 있지만, 혈우림의 분위기가 예전과 확연히 달라졌다는 걸 보면 그게 아닌 거 같거든요. 그리고 집을 나갔다는 일공자가 돌아오고, 난데없이 날 때려잡겠다며 온다는 것도 그렇고, 얼굴도 드러내지 않는 놈이 나타나 그걸 또 알려주고 돈까지 주면서 죽이라 하는 걸 보면, 아무래도 혈우림의 주인 자리를 놓고 모종의 계략이 난무하고 있을 가능성이 높다고 봅니다. 일공자가 여길 오는 것도 자신의 능력을 과시해서 후계구도를 명확히 하겠다는 의도로 보이거든요. 형님도 그렇게 생각하시지 않습니까?"

"물론, 나도 그렇게 생각하지."

벽거길은 동감한다며 고개를 끄덕이면서도 내심으로는 혀를 내둘렀다.

'생긴 건 돼지 두 마리 합쳐놓은 것처럼 둔해 보이는 놈이 머리 굴리는 거 보면 여우 열 마리 모아놓은 거 같단 말이야.'

그래서 별호도 소면호리가 아니겠는가.

하지만 그런 점이 신기하고 기특하다기보다는 거슬린다는 게 솔직한 심정이었다.

'이놈이 무공 면에서 나보다 강해질 가능성은 거의 없지만, 세력을 성장시키고 관리하는 능력만 보자면 나보다 한 수 위에 있잖아.'

인정할 것은 인정해야 했다.

비등한 힘을 가진 세 개의 문파가 서로를 견제하느라 손을 뻗치기 힘든 동태산으로 산채를 옮겨서, 다른 산채들이 지리멸렬하는 중에도 꾸준히 전력을 키워왔음을 생각해 볼 때 남극종의 능력은 대단하다고 해야 하지 않겠는가.

문제는 남극종이 능력이 뛰어난 만큼 욕심도 많은 놈이라는 점이었다.

'앞으로 더욱 힘을 키우게 될 것이고, 언젠가는 녹림 총채주의 자리를 노리게 되겠지.'

물론, 녹림 총채주가 되기 위해서는 그만한 무공 실력이 있어야 하겠지만, 남극종이 산적들 중에서 매우 드물게 영리한 인간이라는 점을 감안하면 수단을 가리지 않고 어떻게든 방법을 찾아낼 게 분명했다.

'아무래도 조만간 구실을 만들어서 반쯤 죽을 만큼 때려 줘야겠어.'

어릴 때 한 번 무서움을 각인시켜 두었기에 지금까지도 자신의 앞에서 기를 펴지 못한다는 것 정도는 벽거길도 잘 알고 있었다.

그러니 한 번 더 자신의 강함과 무서움을 인식시키면 나중에 총채주의 자리를 두고 자신과 경쟁하는 상황이 오더라도 파고들 수 있는, 혹은 흔들어놓을 수 있는 약점이 생길 수 있을 거라는 게 벽거길의 생각이었다.

"그럼 그 일공자란 놈이 오면 나보고 죽여달라는 거냐?"

"하하하, 제 말을 오해하셨군요. 사실 형님이 앞으로 나설 필요도 없을 겁니다. 이미 감시를 강화하고 일정한 간격마다 덫을 설치하고 애들을 매복시켜두었으니, 일당 백의 용력을 자랑하는 무사들 수십 명이 한꺼번에 떼거지로 오지 않는 이상에는 산채에 도착하기도 전에 지리멸렬하고 말 겁니다."

"그럼 나보고 무게감을 실어달라는 이야기는 뭐야?"

"그냥 조심하는 차원에서 부탁드리는 겁니다. 예상 이상으로 엄청나게 많은 숫자가 올 수도 있고, 형님이 우려하신 대로 모든 게 놈들의 계략일지도 모르니까요."

"흠, 그렇기는 하지."

"그래서 상황이 마무리될 때까지 형님이 있어주셨으면 하는 겁니다. 아무리 혈우림이 강소 삼대문파 중에 하나라고 해도 형님이 여기 있다고 하면 감히 덤벼들 용기가 나겠습니까."

아부라는 걸 알면서도 벽거길은 저도 모르게 우쭐해져 고개를 주억거렸다.

"암, 그렇고말고."

"그럼, 제 부탁대로 있어주시는 겁니까?"

"그거야 문제될 것이 없지. 다만……."

벽거길은 말을 하다 말고 갑자기 술 한 잔을 쭉 마시고 천하진미를 음미하듯이 지그시 눈을 감고 아주 천천히 닭고기를 씹었다.

마치 그가 말하고자 하는 바를, 그의 속내를 남극종이 알아서 눈치채고 불만 없이 충족시켜 주길 바란다는 듯이.

남극종은 계속 닭고기만 씹고 말이 없는 벽거길을 빤히 쳐다보다가 떨떠름한 표정으로 물었다.

"설마 형님과 저 사이에 뭔가 물질적인 게 오고가야 한다는 건 아니시죠?"

벽거길은 씹던 고기를 꿀꺽 삼키고 히죽 웃었다.

"그렇게 말하면 너무 정 없이 들리잖아. 그냥 친한 사이에 빚을 지는 느낌을 주지 않기 위한 배려와 성의의 표시라고 해두자."

"얼마나요?"

"반만 줘."

"열 냥요?"

"사실 내가 급히 떠나오느라 주머니 사정이 좋지가 않다. 경비도 경비지만 친구 놈을 찾아가는데 빈손으로 가는 건 너무 쪽팔리잖아."

남극종은 어처구니가 없다는 듯 따져 물었다.

"여기 올 때는 빈손으로 왔잖아요?"

"우리 사이에 왜 또 그런 걸 따지고 그러냐. 그냥 잘 사는 동생이 궁핍한 형님 한 번 챙겨준다고 생각해라. 응?"

남극종은 정말 욕지거리가 목구멍까지 차올랐지만 내심 한숨을 내쉬는 것으로 대신하며 꾹 억눌러 참았다.

"세 냥 드리죠."

"너 진짜 이럴 거냐? 나까지 입이 네 개야. 이왕 쓰는 거 조금 더 써."

"이게 제 한계입니다."

남극종의 눈동자는 이 이상의 협상도 배려도 있을 수 없다는 듯 단호하게 빛났다.

'독한 새끼.'

벽거길은 아쉬움이 들었지만 어쩔 수 없이 수용하기로 했다.

너무 버티다가 필요 없으니 그냥 가요, 하면 산동으로 가는 여정 동안 강도질이라도 해야 할 판이기 때문이었다.

"알았으니까, 지금 내놔."

품에서 가죽 주머니를 꺼낸 남극종은 고개를 끄덕이며 손을 내미는 벽거길에게 느릿하게 금 세 냥을 건네주고 얼른 다시 집어넣었다.

더 달라고 생떼를 부릴 여지조차 주지 않기 위해서였다.

'생긴 거 같지 않게 잽싼 새끼.'

"딱딱한 이야기는 이제 그만 하고 어서 술이나 마시자. 자, 한 잔 받아."

"예, 형님."

조금 전의 계산적이고 이기적인 주장과 강요의 상황들을 가슴 한쪽에 묻어둔 두 사람은 서로 주거니 받거니 하며 술을 마셨다.

그리고 그 다음 날.

똑같이 마셨는데도 벽거길은 멀쩡히 해장술을 마시고, 남극종은 숙취로 인해 헛구역질과 두통에 시달리고 있을 때 낯선 사내 둘이 첫 번째 경계 지역에 나타났다는 보고가 올라왔다.

*　　　*　　　*

'둘?'

남가채에 돈과 서신을 던져두고 진행 상황을 지켜보고 있던 육관명은, 나뭇가지 위에 올라서서 한위강과 반악이 동태산 산자락을 따라 느긋하게 올라오는 걸 발견하고 황당하다는 표정을 지었다.

아무리 살펴봐도 두 명밖에 보이질 않았기 때문이었다.

'어떻게 된 거야?'

회합에서 빙미상과 한보단이 성공적으로 방해 공작을 펼쳤다고 해도 최소한 무사 열 명 이상은 데리고 올 것이라 예상했었다.

그런데 장로들이나 단주들도 아니고 반룡복고당에서 왔다는 외인을, 그것도 한 명만 데리고 오다니.

'그만큼 자신이 있다는 건가?'

한위강은 무림 최강의 고수들 중 한 명인 광존의 무공을 익히고 있었다.

게다가 빙좌성의 기습을 어려움 없이 막은 걸 보면 그 성취도 높다 할 수 있을 것이다.

그러니 고작 둘이 와서 강소 최대의 산채 두목을 때려잡겠다고 하는 건 그만큼 자신이 있다는 뜻 말고는 다른 의미를 떠올릴 수가 없었다.

'혹시 장로들과 단주들이 은밀히 뒤를 따라오는지도 모르지.'

의문은 해소되지 않았지만 육관명은 일단 지켜보기로 했다.

결과적으로 한위강이 죽기만 하면 되는 것이니까.

그는 조용히 말했다.

"난 저자들을 따라갈 것이니, 새로운 무리들이 나타나면 내게 알려라."

대답은 잎사귀가 무성하게 자란 나뭇가지가 촘촘하게 뻗어 있는 아래쪽에서 들려왔다.

"존명."

회색 복면으로 얼굴을 가린 육관명은 가지를 가볍게 박차고 산 위쪽으로 몸을 날렸고, 몸을 숨긴 채 주변을 감시하고 있던 수하들 중에 한 명만 빼고 나머지가 모습을 드러내며 조용히 그의 뒤를 따라 이동했다.

　　　　*　　　*　　　*

'이상하군.'

반악은 내심 고개를 갸웃거리며 멈춰 섰다.

길이라 할 수도 없는 산자락을 앞장서 가고 있던 한위강은 발걸음 소리가 들려오지 않자 뒤를 돌아보았다.

"왜 그러시오?"

감각을 민감하게 하여 주변을 날카롭게 살피던 반악이 말했다.

"저 위쪽에 십여 명 정도가 매복을 하고 있소."

한위강은 반악의 말을 듣고 위를 뚫어지게 쳐다보았지만, 사람의 기척이나 존재감을 느낄 수가 없었다.

'이 사람의 감각은 나를 훨씬 웃도는구나.'

감각이 그보다 뛰어나다 해서 무공 실력까지도 우위에 있다고 단정 지을 수는 없겠지만, 반악에 대한 믿음이 조금 더 커지게 된 것은 부정할 수 없었다.

"이제부터 조심을 해야겠구려. 도와주지 않을 테니 자신의 몸은 알아서 챙기시오."

한위강의 말에 반악은 대꾸 없이 피식 웃었다.

자신을 무시해서 한 말이 아니라, 이 임무는 그가 중심이라는 의미로 호기를 부리는 것처럼 들렸기 때문이었다.

그가 먼저 알아채지 못했다는 일종의 호승심, 혹은 질투라고 해야 할까.

두 사람은 다시 이동하기 시작했다.

그런데 채 몇 걸음 걷지 않았을 때 갑자기 위에서 묵직한 기음이 들리며 커다랗게 자른 통나무 대여섯 개가 한꺼번에 그들을 향해 굴러 떨어져왔다.

쿠르르르.

허나, 한위강과 반악은 전혀 당황하지 않았다. 매복자가 있다는 걸 알고부터 어떤 기습에도 대처할 마음의 준비를 갖춘 상태였으니까.

호흡을 가다듬은 한위강은 눈빛을 날카롭게 번뜩이며 맹렬한 속도로 짓쳐들어오는 통나무를 향해 손을 내질렀다.

타타타타타탁—

순식간에 대여섯 개로 불어난 손바닥이 묵직한 통나무를 연달아 밀어 쳤고, 그때마다 지척까지 이르렀던 통나무들은 통통 튕겨오르며 결국 한위강의 좌우로 밀려나 저 아래로 굴러갔다.

"……."

한위강은 살짝 득의한 표정으로 뒤를 돌아봤다.

나름 위험스럽다 할 수 있는 상황을 자신의 능력으로 가볍게 해결했다는 자신감의 표정이었고, 반악에게도 인정받고 싶다는 살짝 치기 어린 마음으로 돌아본 것이다.

하지만 조금 전까지 뒤에 있었던 반악의 모습은 보이지 않았다.

"통나무를 굴린 놈들이 꽤 놀라고 있군. 도망치기 전에 처리해야 하지 않겠소?"

한위강은 머리 위쪽으로 시선을 들어올렸다.

느긋한 자세로 나뭇가지 위에 서 있는 반악이 어찌할 거냐고 묻는 시선으로 그를 내려다보고 있었다.

'바보가 된 기분이군.'

그냥 나무 위로 피했으면 쉽게 해결할 수 있는 것을 뭔가 보여주고 싶다는 생각에 쓸데없이 힘을 낭비하는 바보짓을 해 버린 것이다.

허나, 반악은 그가 자신의 행동을 후회하고 민망스러워한다는 것에 전혀 신경도 쓰지 않는 듯 서둘러 결정하라고 말했다.

"그냥 보내주면 나중에 귀찮아질 거요."

"당신의 말이 맞소. 놈들을 이대로 보내줘서는 안 되겠지. 그리고 이제부터 조금 더 속도를 내서 올라갑시다. 놈들이 우리가 오는 걸 알고 제대로 준비를 하기 전에 본거지로 치고 들어가 최대한 빠르게 채주를 처리하고 빠지는 게 좋겠소."

"결과의 책임은 당신 몫이니, 마음대로 하시오. 난 당신이 살아 있는 채로 돌아가 약속만 지켜주면 되는 것이니까."

"걱정 마시오. 지키지 않을 약속이었다면 하지도 않았을 거요."

한위강은 즉시 위로 뛰어 올라갔고, 반악도 그 뒤를 따라 몸을 날렸다.

*　　　*　　　*

'이거 정말 예상 이상인걸.'

반악과 한위강이 산적들이 만든 덫과 방어망, 그리고 화살 등을 비롯한 여러 가지 장거리용 무기를 활용한 기습을 와해시키며 빠르게 전진하는 모습을 멀리서 지켜보고 있는 육관명은 놀라움을 금치 못하고 있었다.

쉽게 당하지는 않을 거라고 짐작은 했지만 저렇듯 쉽게 뚫어 버릴 줄은 몰랐던 것이다.

특히 박도를 지니고 있음에도 전혀 사용도 않고 싸우는 반악의 움직임이 인상적이었다.

난화무영수라고 하는 화려함의 정점을 찍은 무공으로 산적들을 물리치는 한위강과 달리, 간결하고 적절한 대응으로 상대를 빠르고 간단히 제압하는 반악의 손과 발의 움직임은 대단히 효율적이면서 실리적으로 보였기 때문이었다.

하지만 그 반면에 특징을 드러내지 않고 있어서 반악의 무공이 어디에 근원을 두고 있는지를 아직도 파악하지 못하고 있었다.

'반룡복고당에 저런 놈이 있는 걸 보면 함부로 무시할 수도 없겠는걸. 그건 그렇고, 이러다 나까지 나서야 하는 거 아닌가 모르겠군.'

물론, 남가채에 산괴 벽거걸이란 엄청난 고수가 예상도 못하게 합류하게 되었음을 감안하면 염려할 이유가 없었다.

하지만 한위강과 반악의 모습을 보고 있자니 그래도 약간은 불안감이 드는 게 사실이었다.

이때, 아래쪽을 감시하라고 남겨두었던 수하가 올라와 조용히 그의 곁에 섰다.

"사궁주님. 이공자 한보단이 일단의 무리를 데리고 나타났습니다."

육관명은 반색을 하며 물었다.

"몇 명이나?"

"야월당의 살수들만 열다섯 명입니다. 모두 복면을 쓰고 있어 명확하게 확인할 수는 없었지만, 빙좌성도 함께 있는 것으로 보입니다."

"적당하군."

한보단이 어떤 이유로 나타난 것인지는 직접 듣지 않아도 짐작이 가능했다.

'직접 확인하기 전에는 안심할 수 없다는 거겠지. 하지만 배다른 형제라고 해도 분명 한 핏줄인데, 그 죽음을 자신의

눈으로 봐야겠다니……'

솔직히 감탄스러웠다.

'살모사 같은 놈이야. 염비 녀석만큼은 아니지만 이대로
혈우림의 주인이 된다면 강소를 뒤흔들어 놓겠어. 그런데
과잉보호나 할 줄 아는 어미 밑에서 어떻게 그런 놈이 생길
수 있었는지 신기할 지경이군. 호부에 견자가 없기 때문이
라고 해야 하는 건가.'

부친이 광존에게 재능을 인정받아 제자가 되고, 고만고만
했던 문파였던 혈우림을 강소 삼대문파 중 하나로 끌어올렸
으니 틀린 생각은 아니었다.

그러나 한보단의 곁에는 빙미상만 있는 게 아니었다. 이
득을 위해서라면 수단 방법을 가리지 말아야 한다는 생각을
가지고 있는 빙좌성도 바로 지척에 자리를 잡고서 냉혹한
가치관과 행동의지를 주입시켜왔던 것이다.

물론, 한보단이 본래부터 내면에 어두운 구석을 가지고
있기 때문이라는 점도 배제할 수 없겠지만.

'어쨌든, 그놈 덕분에 내가 나설 필요가 없게 되었군.'

"넌 가서 이공자와 그 무리의 움직임을 계속 주시해라."

"존명."

수하는 곧 아래쪽으로 사라졌고, 육관명은 반악과 한위강
의 활약을 관찰하는 데 집중했다.

"던져! 어서 던져!"

급박한 외침과 함께 던져진 쇠사슬로 엮은 그물 세 개가 활짝 펼쳐지며 아래쪽에서 빠르게 올라오는 한위강과 반악의 머리 위를 뒤덮어갔다.

"비키시오."

반악은 한위강의 앞쪽으로 치고 올라가며 처음으로 박도를 뽑아 휘둘렀다.

슈아악—

박도의 움직임을 따라 새하얀 줄기가 가로로 길게 뽑아져 나오며 세 개의 그물을 향해 쭉 뻗어 올라갔다.

"……!"

그물을 던졌던 산적들과 반악, 한위강이 그물에 덮여 움직임에 제약을 받자마자 화살을 쏘고 도끼와 비수를 던지고 혹은 달려들 준비를 하고 있던 산적들은 경악에 찬 표정으로 입을 벌린 채 돌처럼 굳어 버렸다.

쇠로 만든 그물이, 그것도 세 개가 한꺼번에 두 쪽으로 잘려나가는 광경을 보았으니 당연한 반응이었다.

허나 그들만 놀란 건 아니었다. 한위강도 약간 다른 의미로 놀란 상태였다.

'강기!'

그가 볼 때 반악의 박도는 천하의 명도가 아니었다.

쇠를 잘라냈으니 도풍으로 볼 수도 없었다.

'강기를 발출할 정도라니…….'

광존이 그를 특별히 거론한 이유를 이제는 확실히 알 수 있을 것만 같았다.

'현 무림에서 저 정도로 젊은 나이에 강기를 발출할 정도의 고수가 있던가?'

그가 알기로는 없었다.

그래서 새삼 의문스럽기도 했다. 아무리 비밀스럽게 활동하는 반룡복고당의 일원이라고 해도 아직까지 이렇다 할 명성과 별호가 없다는 게 그의 상식으로는 이해가 되지 않았기 때문이었다.

무림에 알려지지 않은 기인이사가 모래알처럼 많다고 하는 말이 있긴 하지만, 그거야 갓 무림 출도한 초출들에게 패배한 자들과 원래부터 거품이 낀 명성으로 거들먹거리다가 무명의 무인들에게 굴욕적인 패배를 당한 자들의 변명에서 생겨난 말이라는 게 한위강의 생각이었다.

"후, 후퇴하라!"

이제까지 매복을 하고 있다 기습을 해왔던 산적들이 잠깐 동안이라도 저항을 하다가 도망친 것과 달리 이번에는 바로 도망을 쳤다.

그만큼 반악의 무위에 겁을 먹었다는 뜻일 것이다.

"방금 그게 강기 맞소?"

뭔가 골똘히 생각을 하느라 산적들이 도망을 치는데도 쫓지 않고 있던 반악이 고개를 끄덕였다.

"맞소."

"그렇다면 반 소협의 이름이 아직까지 무림에 알려지지 않았다는 게 더 이상하게 여겨지는구려. 도대체 이제껏 어디서 뭘 하고 있었던 거요?"

반악은 이런 질문이 있을 줄 예상하고 있었기에 당황하지 않고 남궁세가와 자신이 어떤 관계인지에 대해서, 그리고 오지에 있다가 뒤늦게 안휘 무림의 사정을 알게 되었다는 이야기를 차분한 음성으로 들려주었다.

"반 소협이 진정 남궁세가의 전인이란 말이오?"

"그렇소."

"그래서 반 소협이 반룡복고당에 들어간 것이구려."

한위강은 이제 조금 이해가 되었다.

"나에 대한 궁금증은 해결되었으니, 이제 당신의 문제를 해결해야 할 거 같소."

"그게 무슨 말이오?"

문제를 해결하고자 지금 이곳에서 산적들을 상대로 싸우고 있는 게 아니던가.

반악은 그 뜻이 아니라며 말했다.

"이상하단 생각이 들지 않소?"

"무엇이 말이오?"

"아무리 이곳 동태산이 남가채의 근거지라고는 하지만, 산적들의 방어막이 너무 체계적이고, 철저하잖소. 마치 누군가 올 줄 알고 있었다는 듯 덫을 설치하고, 매복을 하고 있는 것처럼 보이지 않소?"

한위강은 별로 놀라지도 않고 씁쓸한 미소를 지으며 물었다.

"내가 굳이 대답하지 않아도 그 이유에 대해 반 소협도 짐작하고 있을 거 같소만."

"이미 이런 상황을 예상하고 있었소?"

"회합에서부터 어느 정도 눈치채고 있었소. 어머님이 내가 뒤를 이어야 한다면서도 조건을 제시한 것이나, 보단이가 그에 반대하면서 날 옹호하던 것까지 모든 게 어색했소."

"그런데 왜 받아들인 거요?"

"피하면 지는 것 같아서 싫었소. 그래서 그냥 끝까지 가보자는 생각이었소."

"웃기는 생각이군."

바보 같은 생각이었다.

마치 죽기를 각오하고 불의에 당당히 맞서서 의를 이루겠다고 말하는 것 같지 않은가.

대외적으로 사파를 지향한다는 혈우림의 일공자와는 어

울리지 않는 생각이었다.

'광존 늙은이의 영향일까?'

모를 일이었다.

문파의 성향이나 화임손과는 별개로 한위강의 개인적인 성정 때문일 수도 있었다. 반악의 생각으로는 후자의 가능성이 더 높아보였다.

한위강은 반악의 말이 이상하다는 듯 말했다.

"나름 정도를 지향했던 남궁세가의 전인이 그렇게 말하니 어울리지 않는구려."

"당신도 어울리지 않는 건 마찬가지요."

"하긴, 내가 뭐라고 할 처지는 아니지."

반악은 계모와 동생의 간계에 실력으로 당당히 맞서겠다는 고집스러움뿐만이 아니라, 자신의 바보 같은 결정을 순순히 인정하는 한위강이 마음에 들었다.

'이런 자와 맹약을 맺어야 믿을 수가 있겠지.'

"앞뒤 사정이야 어찌 되었든, 그 소면호리란 놈만 처리하면 되는 거잖소. 얼른 끝내고 당신을 사지로 밀어넣은 자들이 당황하는 얼굴이나 보러 갑시다."

"하하하, 좋은 생각이오."

한위강은 기분 좋게 웃으며 다시 위로 나아갔고, 반악도 그 뒤를 따랐다.

　　　　　　*　　　　*　　　　*

　호리병 모양을 한 작은 협곡에 자리잡고 있는 남가채의
앞마당.

　사십여 명의 산적들이 좌우로 도열해 서 있고, 문을 활짝
열어놓은 입구를 정면으로 바라볼 수 있는 위치엔 남극종과
벽거길이 술상을 차려놓고 앉아 있었다.

　"술맛은 좋은데, 좀 지루하다."

　벽거길은 잔에 술을 가득히 따르며 하품을 했다.

　남극종은 내심으로 정말 많이도 마신다고 투덜거리며 육
포를 입에 넣고 씹었다.

　"슬슬 소식이 올 때가 됐습니다."

　남극종이 소두목들에게 지시한 건 일망타진이 아니었다.

　아무리 두 명뿐이라도 고수를 정면으로 상대하다 보면 적
지 않은 피해가 생길 것은 자명하고, 그래서 피해를 최소화
하기 위해 야금야금 힘을 빼며 여기까지 유인해 오라고 지
시했던 것이다.

　'놈들이 진이 빠진 상태로 여기 왔을 때 내가 나서서 목을
따 버리면……'

　그의 계획은 완벽하게 성공하는 것이다.

　"드디어 오는 모양이군."

　벽거길이 눈을 게슴츠레하게 뜨며 말했다.

남극종은 입구를 빤히 쳐다보며 내심 고개를 갸웃거렸다.

'뭐가 보이나?'

그럴 리가 없었다.

벽거길은 뭔가를 본 게 아니라, 많은 무리가 급하게 달려오는 기척을 느낀 것이기 때문이었다.

벽거길과 남극종의 실력 차이라고나 할까.

"어라? 뭐냐, 네 수하들의 저 꼬락서니들은."

벽거길은 입구를 통해 우르르 몰려들어오는 산적들을 보며 어리둥절해했다.

나뭇가지에 긁히고 바닥을 뒹굴기라도 했는지 옷이 여기저기 찢기고, 한 마디로 낭패한 몰골들이었던 것이다.

마치 좌우 볼 것도 없이 급박하게 도망쳐 온 것처럼 보인다고나 할까.

허나, 황당한 것은 남극종도 마찬가지였다. 그들의 몰골만 문제가 아니라, 들어온 숫자가 사십여 명에 불과했으니 대략 이십 명도 넘게 당했다는 계산이 나오기 때문이었다.

그리고 또 하나.

수하들 모두가 잔뜩 겁을 먹은 얼굴들이었다.

"어떻게 된 거야!"

벌떡 일어난 남극종은 그의 앞에 당도하여 털썩 주저앉아버리는 수하들을 향해 버럭 고함을 질렀다.

소두목들을 비롯한 수하들은 헐떡거리며 서로 눈치만 살필 뿐 누구도 감히 대답을 하지 못했다. 괜히 용기 있게 나섰다가 두들겨 맞을 수도 있다는 두려움 때문이었다.

이때 벽거길이 남극종의 불룩한 옆구리를 쿡 찌르며 말했다.

"놈들이 온다. 애들 그만 다그치고 싸울 준비나 해라."

남극종은 입구 저 밖에서 빠르게 달려오는 한위강과 반악을 발견하고 인상을 찡그렸다.

"병신 새끼들, 옆으로 가 있어!"

지쳐 주저앉아 있던 산적들은 서둘러 일어나 좌우로 도열해 있던 동료들의 옆으로 움직였다.

그 사이 한위강과 반악이 입구 안으로 들어와 섰다.

"우리가 찾아온단 말을 듣고 술상까지 차려놓은 건가? 하하하, 소면호리는 소문과 달리 예를 아는 사람인 모양이오."

한위강은 숫자가 팔십여 명에 이르는 산적들은 신경도 쓰지 않는다는 듯 남극종만을 똑바로 쳐다보며 조롱 섞인 말을 늘어놓았다.

"주인 된 입장에서 손님을 맞아 예를 갖추는 것이야 당연한 도리가 아닌가. 허나, 초대도 하지 않은 손님의 이름도 모르고 맞이할 수는 없는 일. 두 젊은이는 이름이나 밝히고 나서 술을 받으시게."

남극종은 우두머리다운 태도를 보이며 제법 그럴듯하게 말을 받아쳤다.

다만, 옆에서 벽거길이 낄낄거리며 웃는 바람에 무게감이 많이 떨어지기는 했지만.

한위강은 반악과 잠깐 시선을 마주치고는 남극종을 향해 어깨를 으쓱였다.

"이보시오, 소면호리. 우리가 누구인지 다 알고 있으면서 웬 헛소리요. 서로 간에 쓸데없이 머리 굴리는 일은 하지 맙시다."

남극종의 얼굴이 살짝 굳어졌다.

'우리가 알고 있다는 걸 저놈이 알고 있다는 건……'

회색 복면인이 한위강 등의 방문을 알려주고 돈까지 주며 제거하라고 청부를 한 게 역으로 자신과 남가채를 무너트리기 위한 혈우림의 계략일 가능성이 높아진 것이다.

그리고 그의 불길한 예감에 힘을 실어주기라도 하겠다는 듯이 저 뒤쪽에서 죄다 복면을 한 일단의 무리가 몰려오고 있는 게 아닌가.

"혈우림 개새끼들! 날 속였구나!"

"……?"

한위강은 갑자기 분노를 토하는 남극종의 외침에 어리둥절해했다.

게다가 뒤쪽에서 나타난 복면인들은 뭐란 말인가.

모두 다 죽여 버리라고 외치는 남극종과 뒤쪽의 복면인들을 번갈아 쳐다본 반악이 박도를 뽑아들며 말했다.

"안쪽으로 치고 들어갑시다."

"……?"

"그냥 내 말대로 하시오."

　반악은 설명도 않고 그들을 향해 우르르 몰려오는 산적들을 향해 뛰어나갔다.

　한위강은 반악의 의도가 무엇인지 알 수가 없었지만, 우선 남극종을 처리하는 데 집중하자는 생각에 바로 뒤쫓아 달려 나갔다.

＊　　　＊　　　＊

　'뭐, 뭐야!'

　일단 입구 뒤쪽을 막아서듯 자리를 잡고서 지켜보다가 남극종이 제대로 하지 못한다 싶으면, 혹은 한위강이 포기하고 도주를 선택할 경우에나 나서려고 했던 한보단은 산적들 일부가 반악 등을 그냥 지나쳐서 다짜고짜 그들을 향해 몰려오자 깜짝 놀랄 수밖에 없었다.

"우릴 오해한 거 같은데, 어쩌지?"

　빙좌성이 양손에 칼을 뽑아들고 대비 태세를 갖추며 물었다.

'젠장, 숨어서 지켜봤어야 하는 건데!'

한보단은 내심 후회하면서 다급히 산적들을 향해 소리쳤다.

"우린 적이 아니다!"

하지만 산적들은 전혀 설득이 되지 않았다.

오히려 개소리 말아라, 누굴 속이려고 하느냐고 욕지거리를 내뱉으며 더욱 투지를 불태울 뿐이었다.

'빌어먹을!'

"적극적으로 싸우지 말고 뒤로 물러나면서 방어하는 데만 치중하십시오."

빙좌성에게 책임을 맡긴 한보단은 그대로 땅을 박차고 뛰어올라 통나무를 박아 만든 담장 위로 올라섰다.

그는 굳어진 얼굴로 반악과 한위강을 노려보고 있는 남극종의 위치를 확인하고 크게 소리쳤다.

"소면호리—!"

수십 명이 내지르는 고함이 난무하고 있어서 한보단의 외침은 남극종에게까지 전달되지 않았다.

그러나 상대적으로 가까운 위치에 있었던 한위강은 그 외침을 분명하게 들었다.

'설마……'

한위강은 아니길 바라는 마음으로 뒤쪽을 돌아보았다.

허나, 현실은 잔인하고 혹독하여 바람대로 되지 않는 경우가 더 많은 법이었다.

　그는 나무 담장 위에서 계속 소면호리를 부르고 있는 한보단을 보며 우울한 표정을 지었다. 복면을 쓰고 있어 용모는 알 수가 없었지만 분명 아우의 목소리였던 것이다.

　'보단아, 내가 죽는 걸 보겠다고 여기까지 찾아온 거냐.'

　정말 그런 것이라면 너무나 괴로운 일이었다.

　형제간에 깊은 우애를 나누지는 못했지만, 그렇다고 누군가 죽기를 바랄 만한 사이도 아니었는데.

　한보단은 언제부터 그를 형제로 여기지 않게 되어 버린 걸까.

　'네 눈앞에서 죽는다고 해도 진정 아무런 감흥도 느끼지 못 할 정도로 내가 싫은 거냐.'

　아니면 혈우림의 주인이 된다는 게 형제의 목숨 따위는 안중에도 없을 만큼 그렇게 중요하고 가치가 있었단 말인가.

　"상념에 빠질 여유가 있으면 한 놈이라도 더 죽일 생각을 하시오."

　한위강은 매섭게 칼을 휘둘러오는 산적을 베어 버리고 그의 앞을 막아선 반악의 질책에 퍼뜩 정신을 차렸다.

　"미안하오."

　"목표가 코앞에 있소. 얼른 처리하고 돌아갑시다."

　반악의 말대로였다.

산적들 일부가 뒤쪽으로 빠져 한보단과 그 무리에게 달려들고, 자신들은 그걸 기회 삼아서 전진하는 데만 집중했더니 굳어진 얼굴을 하고 있는 남극종이 얼마 떨어지지 않은 곳에서 자신들을 노려보고 있었던 것이다.

'그런데 저자는 누구지?'

오른쪽 어깨로 떨어지는 도끼를 피하면서 상대의 상체를 연달아 세 번 가격해 쓰러트린 뒤 앞으로 두 걸음 전진한 한위강은 남극종의 바로 옆에서 술을 마시고 있는 벽거길을 쳐다봤다.

이런 상황에서 느긋하게 술을 마시고 있는 것도 그렇지만, 이쪽을 보고 히죽히죽 웃고 있는 게 특히나 눈에 거슬렸던 것이다.

벽거길을 향한 한위강의 눈길과 그 표정을 통해 궁금증을 느끼고 있다는 걸 알아챈 반악이 한 명의 목을 가르고, 연이어 쇠망치를 쳐내면서 벽거길의 정체를 말해주었다.

"그는 산괴요."

"저자가 흑광옹 벽거길이란 말이오?"

"예전에 한 번 본 적이 있소. 저자가 여기 왜 있는지는 몰라도 나중에 소면호리를 거들고 나설 게 분명하오. 어쨌든, 지금은 건드리지 말고 그냥 구경이나 하게 놔두시오."

두렵기 때문이 아니었다.

오해가 생겨 한보단의 무리와 산적들이 치고박고 있지만,

얼마 있지 않아 오해가 풀려서 모두가 합심하여 한꺼번에 몰려오게 될 텐데, 그 전에 벽거길까지 합류해 귀찮아지는 상황을 원치 않기 때문이었다.

'내 몸 하나 건사하는 거야 문제될 게 없지만……'

솔직히 벽거길이 달라붙는 상황에서 한위강까지 챙기기는 어려울 것 같았다.

그렇다고 혈우림과 맹약을 맺기 위해선 반드시 살아 있어야 하고, 존재감이 필요한 한위강을 그냥 두고 떠날 수도 없는 일이 아닌가.

하지만 한위강은 그러한 내심도 모르고, 자신감이 넘치던 반악도 천하 오십삼 명 중 한 명으로 호명될 정도의 고수가 있으니 기가 죽을 수밖에 없구나, 하고 생각했다.

이때, 계속 소리쳐도 듣지 못하고, 아니 고의로 못 들은 척하고 있는 듯한 남극종 때문에 짜증이 난 한보단은 더는 참지 못하고 담장 아래로 몸을 날렸다.

계속 이런 상황이라면 빙좌성과 살수들도 방어에만 치중할 수가 없을 것이기 때문에, 그 전에 어떻게든 오해를 풀어야만 하는 것이다.

한보단은 그를 발견하고 달려드는 산적들의 공격을 피하고 막아내고 때론 뛰어넘으며 소리쳤다.

"남 채주, 당신과 싸우려고 온 게 아니오!"

수하들이 한위강과 반악에게 제대로 된 공격 한 번 성공시키지 못하는 상황인지라, 슬슬 앞으로 나설까 말까를 심각하게 고민하던 남극종은 그를 향해 다가오며 소리치는 한보단의 외침에 눈살을 찌푸렸다.

'저 새끼가 날 바보로 아나!'

"염병할 새끼, 내가 그런 개수작에 속을 줄 아냐!"

한보단은 답답해 미칠 지경이었다.

나름 머리 좀 굴릴 줄 아는 자라서 자세한 설명을 해주지 않아도 한위강을 잘 처리할 수 있으니 다행이라 생각했는데, 쓸데없이 생각이 많아 의심하고 짐작하고 오해를 해 버렸으니, 지금과 같은 상황에선 머리를 굴릴 줄 아는 게 오히려 역효과가 되어 버린 것이다.

"오해요! 남 채주를 돕기 위해 온 것이지, 싸우러 온 게 아니란 말이오!"

"난 누군지도 모르는 놈의 말은 안 믿어!"

"내가 누구인지는 중요하지 않소! 당신에게 정보를 준 사람이란 것만 알면 되오!"

"그거야 찔리는 구석이 많아서 얼굴 가리는 놈들이나 할 법한 개소리지!"

"이래도 안 믿을 거요!"

아무리 설명해도 말이 통하지 않는다고 여긴 한보단은 바닥에 떨어진 도끼 두 자루를 집어들고 지체 없이 한위강을 향해 던졌다.

"악!"

"컥!"

반악이 좌우에 있던 산적들을 재빨리 끌어당겨 한위강의 앞으로 밀어 버리는 바람에 그들이 대신 도끼에 맞으며 쓰러지고 말았다.

남극종의 얼굴이 더욱 딱딱하게 굳어 버린 것은 당연지사.

'저 개자식이!'

한보단은 일이 더욱 꼬여 버렸기에 이를 악물었다.

이렇게 되면 한위강과 직접 싸우기라도 해서 남극종을 납득시키겠다고 결심한 것이다.

허나, 다행이도 그럴 필요가 없게 되었다.

"좋다! 그쪽의 말을 한 번 믿어보도록 하지."

남극종은 두 명의 수하가 한보단이 던진 도끼 때문에 죽었음에도 그게 의도한 것이 아니고, 진짜 돕기 위한 행동임을 알아챈 것이다.

허나, 산적들을 상대하며 두 사람의 대화를 주목하고 있던 반악과 한위강에겐 결코 반길 수 없는 변화였다.

"서둘러야겠소."

남극종이 빙좌성 등을 공격하고 있는 수하들에게 다른 명령을 내릴 기미를 보이자, 반악은 한위강과 시선을 교환하고 정면을 막고 있던 산적의 머리를 짓밟아 박살내며 앞으로 높이 솟구쳐올랐다.

한위강도 뒤이어 산적의 어깨를 주저앉힐 만큼 강하게 짓밟고 반악보다 더욱 높이 솟구쳐올랐다.

"소면호리, 머리를 내밀어라!"

한위강의 외침에 남극종은 비웃음을 지었다.

"애송이 새끼가, 감히 누구한테 머리를 내밀라고 지랄을 떠는 거야!"

남극종은 우선 의자를 잡아 한위강을 향해 던진 뒤 탁자에 놓아두었던 철곤(머리에 뾰족한 쇠심이 드문드문 삐져나와 있다)을 집어들고 앞으로 풀쩍 뛰어오르며 휘둘렀다.

훅—

공중에서 의자를 걷어차고 동시에 허리를 뒤쪽으로 재낀 한위강의 코앞을 철곤이 스치고 지나갔다. 만약 그의 반응이 조금만 더 늦었다면 코와 입술이 뜯겨나가고 말았을 것이다.

"이번에도 막아봐라!"

땅에 내려선 남극종은 쉴 틈 없이 바짝 전진하며 다시 철곤을 휘둘렀다.

한위강은 폭풍처럼 몰아치는 험악한 기세에 밀려 피하기 급급할 뿐, 반격의 기회조차 찾지 못했다. 남극종의 공격은 정교함과는 거리가 멀었지만, 힘과 속도 그리고 거친 움직임과 무기의 이점으로 인해 맨손으로 맞서기가 힘들었던 것이다.

'다행히도 저놈은 합공할 생각을 않고 있군.'

남극종이 마음 놓고 한위강을 몰아붙일 수 있는 것은 반악이 둘 사이에 끼어들지 않고 있기 때문이었다.

반악은 마치 두 사람의 싸움에 개입하는 것 자체가 금기라도 된다는 듯 적당한 거리를 두고 소두목들을 비롯한 수하들만을 상대로 싸우고 있었던 것이다.

그래서 남극종은 저 뒤쪽에서 고집스럽게 빙좌성 등을 공격하고 있는 수하들에게 다른 명령을 내릴 여유까지도 얻을 수 있었다.

"그들과 싸우지 말아라! 내 말 안 들리냐! 걔들은 우리 편이니까 싸우지 말란 말이야—!"

빙좌성을 비롯한 살수들을 끈질기게 따라붙으며 공격하던 산적들은 남극종의 고함소리를 듣고 공세를 멈췄지만 당혹스러울 수밖에 없었다.

싸울 상대가 없어져 버렸으니, 이제 누굴 공격한단 말인가.

그런 산적들의 고민을 해결해준 것은 살수들을 향한 한보단의 명령이었다.

"저놈을 죽여라!"

한보단이 반악을 손으로 가리키자마자 빙좌성과 살수들이 빠르게 담장 안으로 달려 들어갔다.

"우리도 가자!"

어찌할 바를 몰라 하던 산적들도 시선을 교환하고 살수들의 뒤를 따라 움직였다.

물론, 그들 중 일부는 반악의 놀라운 무위를 이미 경험하여 두려움을 느끼고 있었지만, 압도적으로 우세한 숫자와 모두가 함께라는 군중심리에 휩쓸려 반악을 향한 발걸음에는 조금의 망설임도 없었다.

*　　　*　　　*

"채주님, 저희도 나설까요?"

수하 두 명과 함께 벽거길의 뒤에 서 있던 소두목 속저가 조심스럽게 물었다.

벽거길은 고개를 내저었다.

"지금은 그냥 구경이나 하고 있어."

변함없이 느긋한 태도로 술을 마시고 있는 벽거길은 남극종과 한위강의 싸움이 아니라, 산적들에 둘러싸여 있는 반악을 주시하고 있었다.

'애송이, 저리 개떼처럼 달라붙는데 이제는 어떻게 할 테냐.'

모양새와 행색, 박도를 들고 있다는 점 등이 완전히 달라져 있어 처음엔 몰라봤지만, 얼마 있지 않아서 반악이 예전

철수룡 구지행을 죽이려고 했던 그를 방해한 사람이었다는 걸 알아본 것이다.

'저 자식의 이름이 반악이라는 괴상한 이름이었지. 그런데 철수룡의 일이 아니라도 이상하게 저 자식의 이름이 귀에 익숙하단 말이야.'

분명 어디선가 들어보았기 때문인 것 같은데, 무엇을 들었는지는 명확히 떠오르는 게 없었다.

어쨌든, 그의 입장에서 반악은 찢어 죽여도 시원치 않을 만큼 거슬리는 존재였다.

당시 반악 때문에 구지행을 제거할 절호의 기회도 놓쳤고, 능력 있는 소두목을 두 명이나 잃었으니까.

그런데도 바로 나서지 않는 것은 실리를 얻기 위해서였다.

'저 애송이 놈은 결코 쉽게 죽지 않을 거다.'

오히려 남가채에 엄청난 피해를 입힐 가능성이 높았다.

실력 있는 소두목 둘을 순식간에 격살시킨 능력이라면 충분히 가능했다.

'아무리 형편이 궁색해졌다 해도 천하의 벽거길이 고작 금 세 냥으로 움직일 수는 없는 노릇이지.'

그의 필요성이 높아질수록 남극종이 내밀 돈의 양이 늘어날 게 분명했다.

그리고 위급할 때 구해주면 남극종이 그에게 빚을 지게

되는 게 아닌가.

벽거길은 바로 그 때를 기다리며 당장에 반악을 죽이고 싶은 마음을 꾹 억누르고 있는 것이다.

＊　　＊　　＊

'일단 소면호리가 우세하기는 한데…….'

육관명은 멀찍이 떨어진 나무 꼭대기에서 싸움을 지켜보고 있었다.

그는 한위강과 남극종의 승패 결과가 어찌 될지에 대해 확신하지 못했다.

지금이야 남극종이 패도적인 공격으로 한위강을 몰아치고 있지만, 조금씩 한위강의 움직임이 안정감을 찾아 가고 있는 것처럼 보였기 때문이었다.

'광존의 난화무영수를 상대로 한다는 걸 감안하면 저리 혼자서 고집을 피워서는 안 되는 것인데…….'

썩어도 준치라 했다.

무림 최고의 고수 중 하나로 꼽히는 인물의 무공이라면 아무리 어린애가 펼친다고 해도 위협적이고, 함부로 무시해서는 안 되었다.

그런데 남극종은 처음의 기세 그대로 계속 몰아붙이고 있다는 만족감에 빠져서 아직 한위강에게 이렇다 할 상처도 입히지 못했다는 점을 간과하고 있었던 것이다.

'당장 가서 한 마디 충고라도 해주고 싶군.'

그가 볼 때 남극종은 당장 정신을 차리고 수하들과 함께 합공을 하는 게 옳았다.

'게다가 저자가 어떤 변수로 작용할지 예측도 안 되고…….'

야월당의 살수들까지 가세하여 거의 백 명에 이르는 자들이 꾸역꾸역 모여들어 사방을 포위한 채 공세를 가하는데도 이렇다 할 위기 없이 막아내고, 반격까지 하며 한 명씩 한 명씩 차곡차곡 숫자를 줄이고 있는 반악을 어찌 무시할 수 있단 말인가.

'저건 마치…….'

반악의 움직임은 한위강이 남극종을 홀로 맞서서 죽일 기회를 주기 위해 나머지를 고의로 자신 쪽에 집중시키는 것처럼 보이기까지 했다.

과민한 상상일 수도 있겠으나, 어찌 되었든 반악의 존재감 자체가 신경 쓰인다는 점은 변함이 없었다.

'물론, 산괴가 아직 움직이지 않고 있으니…….'

무슨 생각으로 나서지 않는 것인지 속내를 알 수가 없는 벽거길이 결국 나서게 된다면 상황은 달라지겠지만, 아직까지는 한위강이 죽지 않았고, 또 쉽게 죽을 것 같지도 않아 보였다.

그래서 상황의 흐름을 제대로 읽지 못하고 알아서 잘 되리라 여기며 지켜만 보고 있는 한보단이 얼간이처럼 보일 수밖에 없는 것이다.

'맹독을 가진 살모사인 줄 알았더니, 이빨로 물기만 할 뿐 독이 없어서 전혀 위험하지 않은 물뱀이었어.'

한보단에 대한 육관명의 기대감은 현저하게 엷어졌다.

말만 번지르르하고 막상 중요한 때에 판단력과 행동력이 저렇게 부족한 녀석이니 이용해먹기 쉽겠구나, 하는 생각밖에 들지가 않았다.

"사궁주님."

혹시 모를 상황에 대비하여 계속 산 아래 숨어서 주변을 감시하게 했던 수하가 언제 올라왔는지 그의 뒤로 조심스럽게 다가왔다.

"또 다른 자들이 나타났습니다."

"몇 명이나?"

"반룡복고당에서 왔다는 나머지 두 명과 포임옥까지 해서 모두 세 명입니다."

"포임옥이?"

육관명은 웃었다.

상황이 재미나게 돌아가고 있었기 때문이었다.

'이거 점점 결과를 알 수가 없게 되어 가고 있군.'

한위강이 죽고 림주가 된 한보단과 좋은 관계를 맺어 거

롱성을 압박한다는 목적이 중요하긴 했다.

하지만 앞을 예측하기 힘들게 돌아가는 지금의 상황이 육관명의 흥미를 더욱 강하게 끌었다.

보고를 한 수하가 물었다.

"제거할까요?"

그들의 목적을 이루기 위해서는 한보단이 성공해야 하니, 당연히 방해자들이 될 포임옥 등이 여기로 와서 한위강 등과 합류하기 전에 죽이는 게 이치에 맞았다.

하지만 육관명은 예상치 못한 재미를 놓치고 싶지가 않았다.

'나의 이런 변덕스런 성격 때문에 사형들이 날 여기로 보내지 않으려 했던 거겠지.'

"놔둬. 어떻게 돌아가는지 조금 더 지켜봐야겠다. 또 누가 올지도 모르니 넌 내려가서 감시를 계속하고."

"존명."

수하는 곧장 산 아래로 사라지고, 육관명은 포임옥 등이 어서 올라와 재밌는 광경을 연출해주기를 기대하며 다시 산채 쪽으로 시선을 고정시켰다.

* * *

파팡!

252

"……!"

듣기 좋은 울림과 함께 남극종의 신형이 뒤로 세 걸음 밀려났다.

한위강과 맞붙기 시작한 이후 처음으로 허용한 공격이었고, 신음이 나올 만큼의 충격을 받은 것도 아니었다.

허나 남극종의 얼굴은 칼에 찔리기라도 한 것처럼 심하게 일그러져 있었다.

왜?

처음이기 때문이었다.

시작부터 압도적으로 몰아붙였고, 내내 우위를 점하고 있었기에 조금만 더 압박하면 그의 철곤으로 한위강의 머리를 박살낼 수 있을 거라 믿고 있었다.

그런데 막을 수 있었다고, 피할 수 있었다고 생각한 공격을 막지도 피하지도 못하고 얻어맞았으니 황당하고, 짜증이 날 수밖에.

"씨발놈이, 감히 날 건드렸겠다! 넌 아주 죽었어!"

산적치고는 나름 언행이 정갈한 축에 속하는 남극종이었지만, 한번 감정선이 흐트러지자 유치하고 험악한 말들을 마구 뱉어내기 시작했다.

하지만 그럴수록 유리해지는 건 묵묵히 공격에만 집중하는 한위강이었다.

타타타타타타―

한위강의 수영은 두 개에서 다섯 개로, 연이어 일곱 개까지 늘어났다가 다시 세 개로 줄어들기를 반복하며 남극종의 철곤을 쳐내고, 밀어내고, 때론 내리누르며 공격의 반경을 넓혀나갔다.

남극종의 상황은 열세로 곤두박질쳤고 결국 다시 두 번의 타격을 허용하고 말았다.

파팡!

"큭!"

남극종은 뒤로 단 한 걸음만 물러났다.

확실히 아까보다 더 적게 물러났지만, 밀려나지 않기 위해 안간힘을 썼기 때문이었지 충격은 그 이상으로 컸다. 그의 입술 한쪽에서 가는 핏줄기가 흘러나오는 걸 보면 약간의 내상까지 입은 게 분명했다.

그걸 보고 벽거길은 때가 되었다고 생각했다. 이제는 그의 도움이 절실해질 시기가 되었다고 말이다.

하지만 남극종의 생각은 달랐다. 그는 벽거길에게 도움받는 걸 최대한 자제하고 싶었다.

자신의 목숨이 경각에 달리고 남가채의 존립 자체가 걱정될 정도의 상황이면 모르겠지만, 되도록 그를 배제하여 자신의 명성을 높이는 쪽으로 만들어야 하기 때문이었다.

금 세 냥이나 주고 그를 붙잡은 것은 말 그대로 최악의 상황을 대비한 포석인 것이다.

그래서 남극종은 벽거길이 아니라 다른 사람에게 도움을
청하는 게 좋겠다고 판단했다.

'수하들을 부르는 것보다……'

그는 철곤을 힘껏 휘둘러 잠시 틈을 만든 다음, 아무것도
하지 않고 어정쩡한 위치에서 지켜만 보고 있는 한보단을
향해 소리쳤다.

"염병할, 거기서 구경만 하지 말고 여기 좀 도와!"

한보단은 눈살을 찌푸렸다.

그를 눈 아래로 보는 듯한 남극종의 천박한 말투가 마음
에 들지 않았기 때문이었다.

하지만 도와달라는 말을 외면할 수가 없었다. 확실히 남
극종이 밀리기 시작했고, 수십 명이 달라붙고도 반악 한 명
을 처리하지 못하고 있는 어이없는 일이 벌어지고 있었으니
까.

'저놈도 슬슬 힘이 빠질 때가 되었는데……'

한보단은 남극종을 돕기 위해 움직이며 짜증스런 시선으
로 반악 쪽을 쳐다봤다.

사실 그는 이해가 가지 않았다.

한 손이 열 손을 당하기 어렵다거나, 중과부적이란 말이
괜히 나온 말은 아니었다. 아무리 실력이 고만고만한 산적
들만 수십 명이라고 해도 그들이 만들어내는 공격의 연속성
이란 게 결코 무시할 수 없는 것이기 때문이었다.

그렇다고 산적들만 있는 것도 아니고 빙좌성과 야월당의 살수들 십여 명이 그들을 지원하고 있었다. 그들이 기회가 생길 때마다 비수와 표창을 날려 대고 있는 것이다.

그런데도 반악은 아직까지 멀쩡했다.

화려하거나, 웅장하거나, 혹은 등골이 오싹할 만큼 매서운 무공을 펼치는 것도 아니었다.

한 마디로 단순했다.

막고, 치고, 찌르고, 피하는 동작들은 무공을 배울 때 흔히 볼 수 있는 기본적이고 초보적인 동작들이 대부분이었던 것이다.

저런 움직임으로 아직까지 멀쩡하다니, 그로서는 이해불가한 일이었다.

'물론, 저놈이 고수이기 때문이겠지만…….'

그보다는 산적들과 살수들의 능력이 형편없어서라는 이유가 더 그럴듯하다는 생각이 들었다.

아니, 그렇게 생각하고 싶다는 게 더 솔직한 표현일 것이다.

"빨리 오지 않고 뭐하는 거야!"

한보단이 반악 쪽을 보느라 지체하자 한층 수세로 몰리고 있던 남극종이 버럭 고함을 질렀다.

'머저리 같은 새끼.'

한보단은 짜증나는 속내를 말로 표출하고 싶은 걸 억지로 참으며 조금 더 빠르게 움직였다.

그런데 바로 그 순간, 오른쪽에서 날카로운 기운이 느껴졌고 한보단은 상체를 급하게 뒤로 젖혔다.

스악—

"······!"

한보단의 얼굴은 딱딱하게 굳어졌다.

재빨리 피한 덕분에 그의 몸이 아닌 눈앞으로 지나간 무형의 날카로운 바람이 반악과 산적들이 뒤엉킨 곳에서 날아온 것이기 때문이었다.

따져 볼 것도 없이 반악이 그를 향해 도풍을 날린 것이다.

'개자식이!'

한보단은 반악 쪽으로 고개를 돌렸다.

하지만 그는 분노의 고함을 지를 틈도 없었다. 어느새 공중으로 높이 솟구쳐오른 반악이 넉 장 이상이나 되는 간격을 단번에 줄이고 그를 향해 떨어져내리고 있었던 것이다.

하얗게 빛이 맺혀 있는 박도의 끝은 정확히 한보단의 머리를 노리고 있었다.

한보단은 생각할 것도 없이 급히 뒤로 몸을 뺐다.

펑!

방금 한보단이 서 있던 땅이 움푹 파이고, 흙먼지가 사방으로 비산했다.

'염병, 안 보이잖아!'

한보단은 눈앞을 뿌옇게 뒤덮은 흙먼지를 향해 손바닥을 정신없이 내질렀고, 그가 만들어낸 바람이 먼지를 밀어내며 막혔던 시야를 개방시켜주었다.

'어디냐?'

시야가 다시 열렸음에도 반악의 모습은 보이지 않았다.

하지만 놓쳤던 반악을 뒤쫓아오던 산적들과 살수들의 모습은 보였다. 그리고 그들의 시선이 자신의 머리 위쪽을 향하고 있는 것도.

정수리가 따끔해지는 느낌과 함께 오싹한 한기가 등골을 타고 올라왔다. 한보단은 체면도 생각 않고 옆으로 몸을 날리며 땅을 굴렀다.

"제법인걸."

땅을 구르자마자 벌떡 일어난 한보단의 귀로 반악의 조롱기 어린 음성이 들려왔다.

한보단은 방금까지 그가 있던 곳에 서 있는 반악을 보고 분노 어린 외침을 토했다.

"버러지 같은 새끼가, 감히 내가 누군 줄 알고!"

"네가 누군데? 복면을 쓰고 있어서 전혀 모르겠어."

"……."

"그렇게 대단하면 누군지나 알게 얼굴을 드러내봐."

한보단은 반악의 말에 대꾸하지 않았다.

아니 못했다. 너무 열이 받아 끓어오르는 살심을 주체할
수 없어 저도 모르게 말문이 닫혀 버린 것이다.

"왜, 싫어? 안 하는 거야, 못하는 거야?"

당연히 못했다.

설사 반악과 한위강, 남극종과 산적들 모두가 그의 정체
를 짐작하고 있다고 해도 복면을 벗어서 노골적으로 얼굴을
드러낼 수는 없었다.

한위강의 죽음에 직접적으로 개입되어 있다는 확실한 증
인이 있어서는 안 되고, 그로 인한 소문이 나돌게 만들어서
도 안 되었다.

왜?

만약 증인이 생기고, 소문이 나돌게 되면 결국 그가 혈우
림의 주인이 된다고 해도 평생 조롱과 비난에 시달릴 게 분
명하니까.

어쩌면 주화입마로 인한 부친의 의식불명 상태도 그의 소
행이 아니냐는 억측이 나돌 가능성까지 있었다.

반악은 비웃음을 지었다.

한보단이 왜 입도 뻥긋하지 못하고 있는지 알고 있기 때
문이었다.

"혈육의 피를 손에 묻히는 건 괜찮아도 무림에 퍼져나갈
소문은 두렵다는 거냐?"

한보단은 움찔하며 버럭 고함쳤다.

"닥쳐!"

"안 닥치겠다면?"

한보단은 반악과 그를 둘러싸고도 두 사람의 기묘한 대화 때문에 지켜만 보고 있던 산적들과 살수들을 향해 신경질적으로 소리쳤다.

"당장 이놈을 죽이지 않고 뭘 하고 있는 거냐!"

산적들은 한보단의 명령을 따를 필요가 없었지만, 반사적으로 반응해 달려들었다.

그러나 반악은 그들을 쳐다보지도 않고 말했다.

"욕심만 많을 뿐, 당당히 정체를 밝히고 권력을 틀어쥘 배포도 없는 쥐새끼 따위에게 당할 만큼 나는 약하지 않다."

우웅.

반악의 박도가 진동하고 빛을 내기 시작했다.

갑자기 엄청난 위압감이 반악을 중심으로 뿜어져 나오자 달려들던 산적들과 살수들이 저도 모르게 동작을 멈추고 몸을 움츠렸다.

'뭐, 뭐냐!'

놀라기는 한보단도 마찬가지였다.

그리고 반악이 그를 향해 한 걸음 내딛은 순간, 당장 피하라고 외치는 본능의 경고를 따라 산적들 사이로 몸을 날렸다.

스아악—

박도의 끝을 따라 새하얀 빛이 길쭉하게 늘어나 한보단이 피한 곳을 향해 빠르게 뻗어나갔다.

그리고 모두가 경악했다.

발출되어 날아간 빛이 지나간 곳에 서 있던 다섯 명의 산적들이 돌처럼 굳은 듯 보이더니, 곧 그들의 머리가 땅으로 떨어지고, 머리 없는 몸뚱이는 물에 젖은 짚단처럼 땅으로 무너졌기 때문이었다.

"도강……."

찰나의 침묵 뒤에 흘러나온 누군가의 작은 중얼거림이었다.

중얼거림은 빙좌성의 입에서 나온 것이었다. 도강이란 걸 알아볼 수 있는 이도 드물었으니까.

"도강?"

아주 잠깐이지만 주변이 너무나 고요했기에 반악을 둘러싸고 있던 모두가 빙좌성의 중얼거림을 들었고, 조금 뒤 그 말이 뜻하는 의미를 깨달은 산적들과 살수들이 창백해진 얼굴로 뒷걸음치기 시작했다.

어떻게든 반악과 거리를 두기 위한 몸부림이었다.

그러나 반악은 그들에 대해 신경도 쓰지 않았다. 지금 이 순간 그가 주목하는 건 오직 한보단뿐이었다.

'왜 아직도 안 오고 있는 거야!'

이제는 제대로 된 방어조차 하지 못해 벌써 몇 번이나 얻어맞고 나뒹굴었다 일어난 남극종은, 입술을 타고 흐르는 피를 신경질적으로 닦아내며 한보단을 찾았다.

그런데 한보단은 보이지 않고 반악을 둘러싸고 있던 산적들과 살수들이 뒤로 물러나고 있는 광경이 눈에 들어왔다.

'뭐야?'

이게 도대체 무슨 상황이란 말인가.

한위강의 공격을 막기 급급해서 큰 폭발음과 충격음이 들려도 확인해보지 못했더니, 갑자기 이해할 수 없는 상황이 펼쳐지고 있는 것이다.

남극종은 눈앞을 어지럽게 만드는 한위강의 손을 정신없이 피하면서도 수하들을 향해 소리쳤다.

"병신 새끼들! 물러나지 말고 싸워!"

하지만 무슨 이유 때문인지 그의 명령에 반응하는 수하는 아무도 없었다.

그를 돌아보고 눈치를 살피면서 더 이상 물러나진 않았지만, 반악과 싸우겠다고 나서질 않고 있었다.

'빌어먹을!'

무슨 내막인지는 모르겠지만 어떤 말로도 수하들을 설득할 수 없을 것 같아 보였다.

그가 가장 원치 않는 상황이 되어 버린 것이다.

남극종은 왠지 모르게 느긋함이 사라진 표정으로 반악 쪽을 노려보고 있는 벽거길을 힐끔 쳐다보았다.

'저 인간의 도움을 받을 수밖에 없구나.'

속이 쓰렸지만 어쩔 수 없었다.

이대로라면 자신의 목숨도, 남가채의 존립도 위험한 상황이었으니까.

"흑광웅 형님—!"

들었음이 분명한데도 벽거길은 반응이 없었다.

남극종은 조금 더 절박하면서도 간절하게 외쳤다.

"이 아우를 좀 도와주십쇼!"

하지만 여전히 무반응이었다.

언뜻 생각에 빠진 듯 보이기도 했다. 마치 반악에 대한 어떤 기억이 떠오를 듯 말 듯한 그런 표정이라고나 할까.

남극종은 내심 욕을 하면서 다시 소리쳤다.

"뭐든 형님이 원하시는 대로 다 들어드릴 테니, 아우의 어려움을 외면하지 말아주십시오!"

꼼짝도 않을 것 같던 벽거길의 시선이 남극종을 향해 움직였다.

그는 히죽 웃었다.

마치 이제야 네가 머리를 숙이는구나, 하고 말하는 듯했
다.

"아우야, 내가 저놈을 때려잡을 테니 조금도 걱정하지 말
아라! 얘들아, 가자!"

남극종의 표정이 일그러졌다.

한위강의 공격을 완벽히 막아내지 못하고 어깨를 한 대
얻어맞았기 때문이 아니었다. 벽거길이 그가 아닌 반악이
있는 쪽으로 움직이고 있어서였다.

'염병, 날 도와달란 말이야!'

하지만 벽거길은 이미 수하들의 머리 위를 뛰어넘어 반악
의 앞에 내려선 상태가 아닌가.

그러나 다행인 점은 벽거길이 나서면서 잔뜩 굳어 있던
수하들의 분위기가 풀어졌고, 안 보이던 한보단이 창백한
낯빛으로 수하들 틈에서 빠져나오는 걸 목격했다는 점이었
다.

남극종은 한위강의 공세를 피해 급히 뒤로 물러나면서 얼
른 소리쳤다.

"이봐, 지금껏 뭘 하고 있었던 거야! 어서 날 도와줘!"

*   *   *

후홍—

두 개의 쌍날 도끼가 묵직한 기음을 내며 반악의 머리 위로 떨어졌다.

한보단을 쫓아가려고 했던 반악은 허리를 뒤로 재껴 피하고 박도를 빠르게 위로 휘둘렀다. 벽거길은 도끼를 십자 모양으로 엇갈려 박도를 막아내고, 몸을 튕기며 허공을 한 바퀴 회전한 다음 땅에 착지했다.

벽거길은 히죽 웃으며 말했다.

"어이, 애송이! 날 기억하냐?"

반악은 고개를 끄덕였다.

"기억하지."

"그럼 내가 너한테 얼마나 열 받아 있는지도 알겠네?"

"알지."

"허면 내가 널 죽여서 분을 풀려고 하는 마음도 이해하겠지?"

"이해는 하지. 다만……."

"다만?"

"너한테 죽을 일이 없다는 게 문제일 뿐."

"크하하하!"

벽거길은 주변이 떠나가라 웃었다.

가까이 있던 산적들이 귀를 틀어막아야 할 정도로 커다란 웃음이었다. 단순히 소리만 큰 게 아니라 내공까지 실렸기 때문이리라.

벽거길은 갑자기 웃음을 멈추고, 주변을 향해 소리쳤다.

"어떤 새끼든 나서지 마! 괜히 돕겠다고 끼어드는 새끼 있으면 나한테 죽을 줄 알아! 속저, 누구든 움직이는 새끼 있으면 머리를 깨부숴 버려!"

속저와 두 수하는 알겠다고 크게 대답하며 칼을 빼어들고 산적들에게 칼침 맞기 전에 멀찍이 물러나라고 서슬 퍼런 경고를 날렸다.

산적들은 속저와 두 수하의 경고쯤은 그냥 외면할 수 있었다. 하지만 그 경고가 벽거길을 통해 나온 것이라 함부로 무시하지 못하고 멀찍이 물러났고, 그중 절반 이상은 남극종과 한위강이 싸우고 있는 쪽으로 우르르 움직였다.

벽거길은 마치 자신의 넓은 아량을 잘 보았느냐, 하는 표정으로 양팔을 활짝 펼치며 말했다.

"애송이, 이제 붙어보자."

반악은 잠시 벽거길을 빤히 쳐다보다가 말했다.

"너 혼자서 덤비게?"

"……!"

벽거길의 미간이 좁혀졌다.

'강기 한 번 썼다고 눈에 보이는 게 없나!'

당당히 혼자 맞서주어서 고맙다는 말은 못 할 망정, 오히려 그를 애송이 취급하다니.

"이 호로새끼가! 역시 너같이 싸가지 없는 새끼들한테는 말이 안 통해! 주먹이 약인 거야!"

벽거길은 쿵 하고 땅을 밟으며 반악을 향해 짓쳐 들어갔다.

석 장의 거리를 한 번에 줄여 버리는 속도와 치켜든 양날 도끼를 거의 동시에 내리찍어 버리는 힘은 가히 천하의 고수로 불릴 만큼 대단했다.

다만, 반악은 이전에도 벽거길이 싸우는 걸 본 적이 있었고, 실력 자체가 벽거길 이상의 고수라서 당황하지 않는다는 게 문제였지만.

카캉.

반악은 한 걸음 옆으로 움직여 두 개의 도끼를 가볍게 피해버리고, 거의 동시에 박도를 좌우로 휘둘러 벽거길의 목을 노렸다.

'개자식, 반응 한 번 빠르네!'

급히 허리를 앞으로 숙이며 박도를 뒤통수 위로 흘려보낸 벽거길은 그대로 납작 앉아서 반악의 무릎과 발목을 향해 도끼를 휘둘렀다.

피할 거란 예측과 함께 위로 뛰어오르게 만들기 위한 공격이었다. 그리고 의도한 대로 반악은 도끼를 피해 펄쩍 뛰어올랐다.

'됐다!'

벽거길은 벌떡 일어나며 도끼를 위로 휘둘렀다.

이번은 피하지 못할 것이란 확신과 함께.

하지만 반악은 그의 예측대로 뛰어오르는 데만 급급했던 건 아니었다.

"……!"

벽거길은 깜짝 놀라 휘두르던 도끼를 끌어당기며 급히 뒤로 물러났다.

그렇지 않으면 그의 눈앞을 가득히 채워 버리는 반악의 발길질에 맞아 얼굴을 비롯한 상반신이 엉망진창으로 망가질 게 분명했으니까.

퍽!

"큭!"

힘껏 뒤로 물러났음에도 집요하게 뻗어오는 발길질에 어깨를 얻어맞은 벽거길은 신음을 참기 위해 이를 악물었다.

그래도 다행스러운 건 반악의 공격이 바로 이어지진 않았다는 점이었다.

'젠장, 내가 저 따위 애송이 놈에게.'

벽거길은 땅에 착지하여 빤히 쳐다보는 반악의 눈길과 태도가 그를 무시하는 것 같아서 화가 나면서도, 다른 한편으로는 반악의 능력에 대한 의문을 떠올렸다.

'이 자식, 각법까지 익히고 있는 건가?'

예전 처음 보았을 때는 맨손으로 그가 아끼는 소두목들을 쳐 죽이지 않았던가.

그리고 조금 전까지는 박도를 주로 사용했다. 그런데 지금은 어디 내놓아도 일절이란 평가를 받을 만한 발차기로 그에게 낭패감을 주었으니.

벽거길은 묻지 않을 수 없었다.

"네놈은 도대체 뭐야? 정체가 뭐냔 말이야?"

"너하고 대화할 생각은 없지만, 남궁세가의 후인이란 것만 밝혀두지."

"뭐?"

벽거길은 깜짝 놀랐다.

오래전 멸문한 남궁세가의 후인을 자처한다는 말을 들었으니 당연한 반응이었다.

그 말을 들은 산적들의 반응도 크게 다르지 않았다.

"네놈이 남궁세가의 후인이라고?"

"넌 말로 싸워서 십괴의 일인이 됐냐? 닥치고 덤비기나 해."

반악은 이 이상의 대화를 할 마음이 전혀 없었다.

굳이 자신이 남궁세가의 후인이라 말을 한 것도 사실은 주변에서 지켜보고 있는 산적들을 통해 소문이 퍼져나가도록 만들기 위해서였으니까.

벽거길은 인상을 쓰며 말했다.

"난 못 믿겠다."

산적들도 거짓말을 하고 있다고, 허풍을 떨고 있다고 욕을 했다.

　충분히 예상했던 상황이라 반악은 당황하지 않고, 냉소적
으로 대응했다.

　"너희들의 믿음 따윈 필요 없어."

　반악은 곧장 앞으로 움직였다.

　그의 박도가 매섭게 공간을 가르며 의문과 불신을 떨치지
못한 표정의 벽거길을 향해 찔러 들어갔다.

　　　　＊　　　＊　　　＊

　파파파파파팡!

　손과 손이 연달아 맞부딪치며 듣기 좋은 울림을 터트렸
다.

　같은 무공과 같은 초식.

　부친으로부터 똑같이 난화무영수를 배운 한위강과 한보
단이 맞붙었기에 생겨날 수 있는 상황인 것이다.

　그러나 한 가지 다른 점이 있었으니, 한위강은 길지 않은
시간이었지만 사조인 광존에게 직접 가르침을 받았다는 점
이었다.

　퍽!

　"윽!"

　옆구리를 얻어맞은 한보단이 신음을 터트리며 뒷걸음쳤

다.

'확실히 더 강해졌구나.'

한위강은 원래부터 그보다 실력이 우위에 있었는데, 지금은 그때보다 더욱 정교하고 날카로웠다.

'하지만⋯⋯.'

그런 건 상관없고 신경도 쓰이지 않았다.

지금 자신은 일대일로 붙어 승부를 결하고자 하는 게 아니었다. 수단 방법을 가리지 않고 상대를 죽이고자 하는 것이다. 그런 관점에서 개인의 실력 차를 제외한 모든 점에서 확연하게 유리한 상황이 아닌가.

"그만 죽어라!"

뒷걸음치는 한보단을 따라붙으려고 했던 한위강은 그의 등 쪽을 노리고 찍어오는 철곤을 피하기 위해서 옆으로 움직여야 했다.

그러나 완벽하지 않아 옷과 함께 어깨가 길게 찢어졌다.

하지만 한위강은 그냥 당하고만 있지 않았다.

"엇!"

지금이 기회다 싶어 더욱 바짝 다가가며 철곤으로 머리를 찍으려고 했던 남극종은, 조금의 회피 동작도 취하지 않고 오히려 적극 앞으로 나오는 한위강의 손을 피해서 다시 뒤로 물러나야 했다.

만약 뒷걸음치던 한보단이 다시 한위강을 공격해 집중

력을 흐트러트리지 않았다면 도리어 위기에 몰렸을 것이다.

'지겨운 새끼!'

남극종은 너무 짜증이 났다.

한보단과 합공을 하기까지 하는데도 힘이 떨어지거나, 물러나는 기색도 없이 입을 꾹 다물고 고집스럽게 맞서는 한위강에 대한 분노가 새삼 들끓어올랐다.

'에라, 모르겠다. 체면이고 뭐고 간에 우선 이놈부터 죽이고 생각하자.'

사실 이미 굴욕적인 열세에 몰렸었고, 결국 버티지 못해서 구걸하듯이 벽거길에게 도움을 청했고, 지금은 정체도 얼굴도 드러내지 않고 있는 한보단의 도움을 받고 있으니 이 이상 잃을 체면도 없질 않은가.

남극종은 자리를 옮겨 그들의 싸움을 지켜보고 있던 수하들에게 명령했다.

"구경만 하지 말고 이놈을 공격해!"

산적들은 기다렸다는 듯이 한위강을 향해 달려들었다.

하지만 그들은 한위강을 포위하기도 전에 갑자기 그들의 앞에 나타난 두 사람으로 인해 진로가 막히고 말았다.

한보단과 그 무리의 종적을 뒤쫓아온 염서성과 포임옥이었다.

소두목 하나가 경계심 가득한 얼굴로 물었다.

"너희들은 뭐야!"

염서성은 대꾸 없이 쇠장갑을 낀 주먹을 꽉 틀어쥐며 내공을 운용했다.

그러자 그의 피부가 거뭇하게 물들기 시작했다.

산적들은 이 기이한 변화에 입을 벌리고 놀랐다. 개중 몇 명의 머릿속에서는 이런 특징적인 모습을 연상케 하는 누군가의 이야기가 가물거리며 떠돌았지만, 정확히 금노 독근궁의 대흑금마력을 떠올리진 못했다.

소두목이 불안감 섞인 음성으로 다시 물었다.

"네놈은 누구냐!"

염서성은 대꾸는 하지 않고 걱정 어린 표정으로 한위강 쪽을 바라보고 있는 포임옥에게 말했다.

"여긴 나 혼자 맡을 테니까, 당신은 저리로 가보시오."

"괜찮겠어요?"

염서성은 이를 드러내며 웃었다.

"싸움을 즐길 줄 알아야 무림인이지."

포임옥은 고맙다는 눈인사를 하고는 한위강 쪽으로 달려갔다.

염서성은 포임옥이 가자마자 곧장 가까이 있는 소두목을 향해 달려들었고, 좌우에서 반사적으로 찔러 들어오는 칼들을 손과 팔을 들어 막았다.

카카캉—

"……!"

산적들은 따가운 쇳소리와 함께 칼을 통해 전해지는 반탄력에 깜짝 놀랐다.

"자식들아, 난 몸뚱이가 철판갑옷이고, 사지가 흉기야!"

버럭 소리친 염서성은 다시 칼을 휘두르려고 하는 소두목의 팔목을 움켜잡아 힘껏 끌어당기며 그대로 무릎을 쳐올렸다.

"컥!"

무릎에 명치를 정확히 가격당한 소두목은 뭔가를 토해내고 싶다는 듯한 표정으로 허리를 숙였고, 그의 머리 위로 염서성의 발꿈치가 내리꽂혔다.

꽈직.

듣기 거북한 소리를 내며 머리가 박살난 소두목이 땅으로 풀썩 쓰러졌다.

확인해볼 것도 없이 즉사였다.

이때 기회를 보고 있던 야월당 살수들이 표창과 비수를 던졌고, 염서성은 피할 생각도 하지 않고 그대로 맞았다.

티티팅.

"……!"

비수와 표창 할 것 없이 모두 염서성의 몸에 맞고 튕겨나왔다. 대흑금마력에 보호되는 피부는 근력에 의지한 비수와 표창을 막아낼 만큼 질기고, 단단했던 것이다.

염서성은 당황한 살수들과 산적들을 싸늘한 눈길로 둘러보며 말했다.

"무릎 꿇고 빌 때까지 싸워줄 테니까, 이 악물고 덤벼!"

*   *   *

'저건 또 무슨 개 같은 상황이야!'

수십 명의 수하들이 염서성 한 명에게 막혀서 오지 못하는 걸 본 남극종은 황당하고 어이가 없었다.

반악의 경우도 그렇고, 어떻게 저 많은 숫자가 계속 한 명에게 휘둘린단 말인가.

게다가 더 미칠 노릇은 둘이 합공을 하고 나서야 한위강과 호각을 이루고 있는 상황에서 포임옥이 끼어들었다는 점이었다.

"계집년이 집에나 처박혀 있지, 어딜 끼어들어!"

한위강의 등을 노리고 철곤을 내리치려 했던 남극종은 갑자기 나타난 포임옥이 그의 옆구리를 향해 매섭게 손을 내뻗자 욕을 내뱉으며 옆으로 물러났고, 곧바로 포임옥의 얼굴을 향해 주먹을 내질렀다.

타탁.

하지만 포임옥은 그의 주먹을 부드러운 손짓을 통해 좌우로 밀쳐내고, 살짝 뛰어올라 그의 얼굴을 향해 좌우 양발을 번갈아 차올렸다.

퍽.

"큭!"

왼발은 피했으나 간발의 차이로 날아온 오른발에 턱을 얻어맞은 남극종은 순간적으로 균형을 잃고 비틀거리며 뒷걸음쳤다.

"이 씹어 먹을 년이!"

공격이 이어져오기 전에 균형을 잡고 부러진 앞니 한 개와 핏물을 뱉어낸 남극종은 악귀처럼 얼굴을 일그러트리며 포임옥을 향해 철곤을 마구 휘둘렀다.

공격은 거칠고 맹렬했지만, 포임옥은 당황하지 않고 차분하게 피하고 막고 때론 반격을 하며 그를 더욱 흥분하게 만들었다.

＊　　　＊　　　＊

'사매.'

한위강은 어지럽게 찔러 들어오는 한보단의 손을 연달아 쳐내고 뒤로 물러나며 포임옥을 바라봤다.

'왜……'

왜 이곳에 나타났단 말인가.

자신이 걱정돼서? 아니면 형제간에 일어나지 말아야 할

극단의 상황을 막기 위해서? 포임옥도 자신과 싸우는 복면인이 한보단임을 알고 있는 걸까?

모를 일이었다.

지금으로선 알 수 없고, 모든 게 의문으로 남을 수밖에 없었다. 하지만 확실한 것은 포임옥이 한보단이 아니라 자신을 돕고 있다는 점이었다.

그리고 바로 그 점이 한보단을 분노하게 하고, 가슴 속에 더욱 강한 살기를 품게 된 이유였다.

'왜냐?'

한보단은 당장이라도 포임옥과 얼굴을 맞대고서 묻고 싶었다.

왜 여기에 왔냐고, 왜 한위강을 위해 위험을 자초하고 있냐고.

단순히 포임옥과 약혼한 사이이기 때문은 아니었다.

'내가 옆에 있었잖아. 형이 내팽개치고 떠난 빈자리를 내가 채워주었잖아. 사매가 외로울 때 내가 안아주었잖아. 그런데…….'

왜?

포임옥은 무엇 때문에 한위강을 위해서 위험천만한 이곳을 찾아온 것이란 말인가.

'네놈 따위가 뭔데?'

의문이 커질수록 한위강을 향한 분노의 감정 또한 몇 배나 짙어졌다.

　남극종이 포임옥에게 유인되어 버리면서 한위강을 상대하기가 벅차졌지만 그런 것 따위는 전혀 중요하게 느껴지지 않았다. 어깨와 옆구리, 얼굴을 스치고 지나가는 한위강의 손짓 따위는 아프지도 않고, 두렵지도 않았다.

　지금 그의 심신을 지배하는 것은 오직 분노뿐이었으니까.

　한위강의 손이 어깨를 강타하며 고통이 밀려들어왔지만 한보단은 더욱 가까이 따라붙으며 고함을 질렀다.

　"뺏기지 않겠다!"

　"……."

　"모두 내 것이야! 단 하나도 네놈에게 넘겨주지 않겠어!"

　내공을 잔뜩 끌어올린 한보단의 손은 순식간에 십여 개로 늘어나 한위강의 정면을 가득 채웠다.

　방어하기 위해 손을 내뻗는 한위강의 얼굴은 심각하게 굳어있었고, 왠지 모르게 슬픔이 드리운 것처럼 보였다.

　한보단과 싸우고 싶지 않기 때문일까?

　아니면 한보단이 외친 말의 의미를 이해했기 때문일까?

　알 수 없었다.

　하지만 한보단의 손을 마주쳐가는 그의 손짓은 변함없이 매섭고, 화려하며, 강력했다.

*　　　*　　　*

　츠창—

　반악의 어깨를 노리고 묵직하고 빠르게 휘둘러진 쌍날 도끼는 박도와 스치듯 부딪치며 빈 공간을 내리찍었다.

　'염병!'

　벽거길은 내심 욕을 내뱉으며 반악을 노려보았다.

　그의 무공이자 사부의 무공이기도 한, 두 사람을 천하 오십삼 명의 고수로 꼽힐 수 있게 해준 유성쌍인부의 패도적인 초식을 펼치고 있었지만, 한 번도 성공하지 못하고 실패만 거듭하고 있기 때문이었다.

　물론, 그는 온 힘을 다하고 있지 않았다. 그렇다고 대충 싸우는 것도 아니었다. 그는 지금껏 많은 이들을 상대로 승리해왔던 수준 정도로 힘을 쓰고 있었다. 그런데도 공격이 먹혀들지가 않는 것이다.

　지금껏 이처럼 무기력한 싸움을 해본 적이 없었다. 마치 바람을 상대로 도끼를 휘두르는 바보가 된 것처럼 느껴질 정도였다.

　설사 반악이 남궁세가의 진전을 이었다는 게 진짜라고 해도 자신의 공격이 이렇게 완벽히 먹혀들지 않는다는 건 말도 되지 않는 일이었다.

　'요즘 수련을 너무 안 했나.'

만약 사부가 이 광경을 보았다면 참으로 한심스러워했을 것이다.

아직도 정신을 못 차리고 있다고 그 커다란 주먹으로 머리를 쿵쿵 내리찍을 게 분명했다.

'정말 미쳐 버리겠구나. 천하의 흑광웅 벽거길이 어린놈의 새끼에게…… 아!'

머릿속이 짜증과 분노로 휘몰아치며 잡생각이 없어졌기 때문일까.

번개가 치듯 너무도 갑자기 반악의 이름이 귀에 익은 이유가 떠올랐다.

벽거길은 공격을 멈추지 않고 소리쳤다.

"이제 생각났다! 네놈이 바로 철심무정객이구나!"

"……?"

박도를 부드러우면서도 짧게, 짧게 휘두르며 내리찍어오는 도끼의 방향을 살짝 바꾸어 좌우로 흘려보낸 반악은, 곧장 뛰어올라 쌍날 도끼로 막기 전에 벽거길의 가슴과 복부를 연달아 두 번 걷어찼다.

타의 반, 자의 반으로 밀려난 벽거길은 이를 악물어 고통을 참아냈다. 그리고 멈추지 않고 계속 뒷걸음치면서 두 개의 도끼를 풍차처럼 휘두르는 것으로 반악이 계속 공격해 들어오지 못하게 견제했다.

반악은 일정한 거리를 유지하고 벽거길을 중심으로 천천

히 돌면서 물었다.

궁금하기도 했지만, 말을 하게 해서 집중력을 조금이라도 흐트러트리려는 속셈인 것이다.

"뭐가 철심무정객이냐?"

벽거길은 반악에게 등을 보이지 않기 위해 그를 따라 움직이면서 신경질적으로 대답했다.

"뭐긴 뭐야, 네놈이 철심무정객이잖아!"

"철심무정객이란 놈이 어디서 뭐 하는 놈인지는 모르지만, 나는 아니다."

"개소리 마! 네놈이 혈랑금조님을 죽이고 노호채를 무너트렸잖아! 사실을 부정하겠다는 거냐!"

주변에 남아서 포위의 형태를 갖추고 지켜보던 산적들이 크게 놀란 얼굴로 웅성거리기 시작했다.

그들도 철심무정객, 혹은 철심무정협객이라고도 불리는 단 한 사람에게 절강의 노호채가 무너졌다는 쉽사리 믿기 힘든 소문을 들은 적이 있었다.

하지만 녹림에서도 손에 꼽힐 만큼 강하다는 혈랑금조도 그때 그자에게 죽임을 당했다는 소리는 처음 들었고, 그자가 바로 눈앞에 있는 반악이라고 하니 어찌 놀라지 않을 수 있겠는가.

'노호채의 산적들이 퍼트린 모양이군.'

반악도 그때의 일이 퍼져나갈 줄은 예상하고 있었다.

노호채가 불타고 대부분의 산적들이 사방으로 뿔뿔이 흩어졌으니, 오히려 소문이 나지 않는다면 그게 더 이상한 일일 것이다.

 '하지만······.'

 자신에게 철심무정객란 괴상한 별호까지 붙어서 나돌 줄은 몰랐다.

 벽거길은 반악의 표정을 통해 자신의 짐작이 맞았다는 걸 알고는 분노한 음성으로 말했다.

 "역시 네놈이었어! 빌어먹을 놈! 처음 보았을 때부터 마음에 들지 않았다! 뭔가 이상하다 생각했지! 그런데 알고 보니 네놈은 우리 녹림과 단단히 원한을 가진 놈이었구나!"

 반악은 어리둥절해졌다.

 원한이라니.

 이건 또 무슨 헛소리란 말인가.

 "모두 들어라! 이놈은 나의 사부이신 총채주님의 의동생이자 녹림의 원로이고 영웅이신 혈랑금조님을 잔혹하게 살해한 놈이다! 내가 살아남은 노호채의 형제들에게 직접 듣기로 이놈이 갑자기 찾아와 살수를 펼친 핑계라고 나불거린 이유는 너무나 사소하여 황당하기 그지없었다고 했다. 즉, 우리 녹림에 크나큰 원한을 갖고 있음에도 고의로 밝히지 않고 있거나, 그게 아니라면 우리를 개돼지만도 못하게 생각하여 이유도 없이 그냥 죽여도 상관없다고 믿고 있는 게 분명하다!"

산적들은 벽거길의 일방적이고 극단적인 주장과 설명이 진짜라고 믿어 버린 듯 분노의 감정을 얼굴에 드러냈다.

벽거길은 의도대로 되어 간다고 내심 득의의 미소를 지으며 소리쳤다.

"나 혼자 상대하려고 했으나, 이런 놈에게 정정당당함을 베푸는 건 바보 같은 짓이란 생각이 들었다! 지금은 우리 모두가 힘을 합쳐 이놈을 죽여야 할 것이다!"

"모두 흑광웅님의 말씀을 따라 놈을 죽이자!"

속저와 다른 두 수하들도 얼른 동조의 목소리를 높였고, 삼십여 명의 산적들은 분위기에 휩쓸려 녹림의 적을 가만히 둘 수 없다고 한목소리로 외치고 함성을 지르며 반악을 향해 달려들었다.

'여우같은 새끼.'

반악은 벽거길의 의도를 알아채고 헛웃음을 지었다.

결국 힘의 열세를 느끼고 혼자서 이길 수 없다는 판단이 서자 체면을 잃지 않고 합공을 할 핑계로 노호채와 혈랑금조의 죽음을 이용한 것이다.

하지만 그를 비난할 생각은 없었다. 오히려 하는 짓이나 생긴 것 답지 않게 영리한 선택을 했다고 칭찬을 해주고 싶은 마음이었다.

환골탈태 후 여러 사람을 만나고 경험을 하면서 살아가는 방법과 과정에 대해서 새로운 시각과 개념을 가지게 되긴 했지만, 그래도 아직까지는 정정당당히 싸우다 죽는 자가 아니라 어떻게든 살아남는 자가 승리자라는 게 반악의 생각이었으니까.

다만, 벽거길은 같은 편이 아니고 적이라서 칭찬만 늘어놓을 상황이 아니라는 점이 문제일 뿐이었다.

반악은 박도에 공력을 가득히 주입하며 그를 향해 달려드는 산적들과 그들의 뒤쪽에서 기회를 노리고 있는 벽거길을 향해 말했다.

"네놈들이 지금 누굴 상대하고 있는지 확실하게 깨닫게 해주마."

반악은 공력으로 충만하여 진동하는 박도를 꽉 움켜쥐고 공중으로 뛰어올랐다가 산적들 사이로 뚝 떨어졌다.

푹.

발끝이 땅에 닿기도 전에 찌른 박도가 산적의 가슴을 깊숙이 파고들었다.

하지만 그게 끝이 아니었다. 반악은 박도를 뽑지도 않고 그대로 옆으로 휘둘렀다.

"악!"

상체를 반쯤 가르고 빠져나온 박도가 바로 옆에 서 있던 산적의 옆구리로 박혀 들어가자 그의 입에서 끔찍한 비명이 터져나왔다.

반악의 공격은 정확하면서도 단호했고, 치명적이었으며 멈춤이 없었다. 두 명을 시작으로 연이어 네 명이 끔찍한 상처를 입고 쓰러졌다.

"끄아—!"

내장을 쏟아내며 처참한 몰골로 쓰러지는 동료의 모습에 가까이 있던 두 명이 비명과 같은 괴성을 지르며 칼과 도끼를 휘둘렀다.

반악은 순간적으로 공력을 배가했고, 박도는 새하얀 빛에 휩싸이며 칼과 도끼와 정면으로 부딪쳤다.

스악.

"……!"

산적들은 말 그대로 경악했다.

쇠로 만들어진 칼과 도끼가 박도에 의해 깔끔하게 잘려나가는, 그리고 동료의 팔과 어깨, 가슴까지 그대로 베어지는 믿기 힘든 광경을 보았기 때문이었다.

게다가 여덟 명을 순식간에, 그것도 입이 떡 벌어질 만큼 잔혹하게 죽이고도 무미건조하기만 한 반악의 표정은 흉가에 들어선 듯 을씨년스럽기까지 했다.

"정신 차려!"

공력이 담긴 벽거길의 쩌렁한 고함이 넋이 빠졌던 산적들의 정신을 일깨웠다.

벽거길은 그의 왼쪽에 자릴 잡은 속저와 두 수하에게 이제부터 자신이 공격할 것이니 반악의 뒤쪽을 노리라는 눈짓을 보내며 다시금 소리쳤다.

"놈의 운이 좋았던 것뿐이니 두려워할 거 없다!"

쇠를 잘라 버렸는데 운이 좋았다니.

물론, 벽거길도 억지스런 소리란 건 알고 있었다.

하지만 그렇게라도 말하지 않으면 산적들은 완전히 겁에 질려서 덤벼들 생각도 하지 못할 것이다.

"내가 앞장서겠다! 이 자식이 운만 좋은 놈이란 걸 내가 보여주겠다!"

벽거길은 계속해서 선동의 말을 내뱉었지만, 상황은 아까처럼 의도한 방향으로 변화하지 않았다.

산적들 중에 벽거길의 말을 믿는 이도, 호응하는 이도 없었다. 오히려 더욱 뒤로 물러나기만 할 뿐이었다. 그만큼 반악이 보여준 무위는 대단한 것이었고, 녹림의 의리 등을 포함한 모든 상황을 고려하더라도 자신의 목숨만큼 중요한 것은 없었으니까.

'병신 새끼들!'

벽거길은 물러나던 산적들 중 가장 가까이 있던 자의 등을 가차 없이 도끼로 내리찍었다.

"컥!"

벽거길이 즉사한 산적의 몸에서 뽑아든 도끼는 핏물로 흥건했다.

그는 도끼를 위협적으로 치켜들고 살기 어린 눈빛으로 산적들을 노려보며 말했다.

"싸우지 않고 물러나는 놈은 녹림을 배반하려는 겁쟁이니 죽어 마땅하다!"

그의 말인 즉, 죽기 싫으면 목숨을 걸고 싸우라는 경고였다.

녹림의 의리를 내세워도 선동이 되지 않으니 공포심으로 등을 떠밀겠다는 것이고, 결코 나쁘지 않은 방법이었다.

하지만 반악은 아까처럼 생긴 것 답지 않게 영리하네, 하며 칭찬해주고 싶은 마음이 생기질 않았다.

'짜증나.'

자신의 무서움을 충분히 보여주었기 때문에 원래 이쯤 되면 산적들이 겁을 먹고 도망쳐야 하는 건데, 벽거길이 자꾸만 피를 보게 하는 분위기로 만들고 있는 것이다.

'저놈 때문에 여기 있는 놈들을 다 죽일 때까지 끝나지 않겠네.'

반악은 공력을 가득히 끌어올리고 눈동자 가득 살기를 머금었다.

벽거길과 싸우려면 잡스런 상대에게 함부로 힘을 써서도 안 되고, 나름 정파를 지향하는 듯한 모습을 보여야 하기에 무차별적인 살인을 자제하려고 했지만, 도저히 더는 시간 낭비를 하고 싶지 않았던 것이다.

우우웅.

박도를 둘러싼 빛이 한층 밝아지고 진동음도 확연하게 커졌다. 반악의 전신에서 뿜어지는 기세 또한 피부가 따끔할 만큼 강력해지자 벽거길을 비롯하여 억지로 싸울 태세를 갖춘 산적들의 얼굴에 긴장감이 어렸다. 일부는 여차하면 도망쳐야지, 하는 표정이었다.

헌데, 바로 그때 생각도 못했던 인물이 장내에 나타났다.

"흑광웅, 이놈―!"

소리가 들려온 곳을 돌아본 벽거길의 얼굴이 당혹감으로 굳어졌다.

산채에 들어서서 주변이 떠나가라 노성을 내지른 이는 반악도 알고 있는 철수룡 구지행이었다.

'염병할 늙은이, 용케도 여기까지 쫓아왔구나.'

벽거길은 내심 욕을 내뱉으며 주변을 살폈다.

산적들의 절반은 반악에게 잔뜩 겁을 먹었고, 나머지 절반은 염서성 한 명에게 압도되어 지지부진한 싸움을 하는 중이었다.

그리고 남극종은…….

'고작 여자 하나에 쩔쩔매고 있다니, 저 머저리 같은 돼지새끼.'

빙좌성을 비롯한 살수들의 지원을 받아 한위강과 싸우는 한보단의 상황도 별달리 좋아보이지 않았다.

'고민할 것도 없군.'

구지행까지 나타난 상태에서 고집스럽게 버티다가는 이대로 초상 치른다는 결론밖에 나오지 않는 것이다.

벽거길은 속저와 수하들에게 눈짓을 보내고는 조금씩 뒤로 물러나기 시작했다.

"이놈! 또 도망을 치려는 거냐!"

낌새를 눈치챈 구지행이 등에 매고 있던 낚싯대를 뽑아들었다.

벽거길은 망설임 없이 뒤돌아 뛰면서 외쳤다.

"모두 도망쳐라! 저 늙은이야말로 녹림을 악귀의 무리로 생각한다는 수노 철수룡이다!"

산적들의 안위를 염려하여 하는 말이 아니었다.

구지행의 등장으로 크게 놀라고 당황해 우왕좌왕하는 산적들을 이용해서 그를 뒤쫓으려고 하는 구지행의 움직임을 방해하기 위함이었다.

그리고 그의 의도는 제대로 성공했다.

"저 약삭빠른 놈이!"

구지행은 몇 번이나 도약하여 산적들을 지나쳐 가려고 했지만, 우왕좌왕하는 그들의 혼란스러움 때문에 땅에 내려설 때마다 진로가 막히고 말았다.

물론, 막힌 시간이란 게 길진 않았다. 하지만 벽거길과 세 수하가 입구와 반대쪽 산 아래로 도주하여 모습을 감추기에는 충분한 시간이었다.

'저놈은 무공 실력이 안 늘고 쥐새끼처럼 도망치는 걸음만 빨라지는구나. 응?'

"넌 반악이 아니냐? 네가 어찌 여기에 있는 것이냐?"

늦었다 싶으면서도 바로 뒤쫓아가려던 구지행은 반악을 발견하고 놀라서 물었다.

하지만 그건 반악이 묻고 싶은 말이었다.

"노인장이야말로 여긴 어쩐 일이오?"

"흑광웅 녀석을 쫓아왔지. 놈에게 받을 빚이 있거든. 아, 내가 이러고 있을 때가 아니다."

구지행은 다시 벽거길이 도주한 쪽으로 몸을 날리며 말했다.

"나중에 다시 보자꾸나!"

"……."

반악은 구지행이 사라지는 걸 지켜보며 내심 헛웃음을 지었다.

'이렇게 어이없이 해결이 되다니.'

산적들을 방패 삼아 싸우려는 벽거길을 죽이는 것은 결코 쉽지 않은 일이었다.

벽거길의 실력도 무시할 수 없고, 산적들도 적지 않게 죽여야만 할 테니까.

그런데 구지행이 나타나면서 순식간에 문제가 해결되어

버린 것이다.

'하여튼, 한 치 앞도 알기 어려운 세상이 무림이라니까.'

*   *   *

"주인님."

싸울 상대가 없어진 염서성이 옆으로 다가왔다.

구지행이 등장하고 벽거길이 도주하면서 놀라고 당황한 산적들이 모두 남극종이 있는 곳으로 몰려갔던 것이다.

"이제 저쪽만 해결하면 되겠군."

반악은 포임옥에게서 떨어져 그를 중심으로 모여든 수하들을 데리고 뒤로 물러난 남극종을 향해 빠르게 걸어갔다.

남극종은 반악과 염서성이 이젠 끝장을 보자, 하는 얼굴을 하고 그를 향해 다가오자 다급히 소리쳤다.

"이제 그만합시다!"

"······?"

"우리가 졌소. 댁들이 원한다면 이대로 조용히 물러나 동태산을 떠날 테니, 그만하잔 말이오! 솔직히 까놓고 말해서 이건 우리가 원한 싸움도 아니고, 댁들 사이에 생긴 문제를 끝내겠다고 벌인 싸움이잖소! 그러니 이제 그만합시다!"

"일리 있는 말이기는 한데, 그건 내가 결정할 문제가 아니라서."

반악은 꽤 지쳤을 텐데도 아직까지 잘 싸우고 있는 한위
강을 눈짓으로 가리켰다.

모든 건 그의 선택에 달렸다는 의미였다.

남극종은 잠시 고심하더니 수하들을 향해 명령했다.

"저 복면 쓴 새끼들을 공격한다."

산적들은 어리둥절한 표정을 지었다.

생면부지의 사이이기는 해도 조금 전까지 손발을 맞추며
싸웠던 자들을 공격하라니.

허나, 남극종에게 다른 선택은 있을 수 없었다.

엄청난 고수인 반악과 만만치 않은 실력의 염서성, 그리
고 포임옥과 한위강을 상대로 싸우느니, 처음부터 별로 도
움도 안 되고 자신들을 이용해 차도살인하여 이득이나 얻으
려 했던 한보단을 적으로 삼는 게 더 낫기 때문이었다.

"공격하라면 공격하는 거지 뭘 망설이고 있어!"

버럭 화를 내며 수하들을 다그친 남극종은 앞장서서 야월
당의 살수들을 향해 달려들었다.

        *   *   *

"무, 무슨 짓이오!"

빙좌성은 남극종이 갑자기 그의 옆으로 달려들어 철곤을
휘두르자 다급히 몸을 빼며 버럭 화를 냈다.

"개자식아, 더 이상 네놈들에게 이용당하지 않으려는 거다!"

그리고는 한위강을 향해 소리쳤다.

"일공자, 나는 당신들과 척을 질 생각이 조금도 없소! 우린 이 복면 쓴 개자식들에게서 당신이 온다는 제보를 받고 대비했던 것뿐이지, 처음부터 악의를 품고 당신과 일행을 죽이려한 게 아니었소!"

남극종과 산적들이 개입하여 빙좌성과 살수들을 공격하기 시작하면서 다시금 홀로 한위강과 맞서게 된 한보단이 배신감과 짜증이 가득 찬 음성으로 소리쳤다.

"겁쟁이 새끼들! 이제 와서 같은 편을 버리고 적과 손을 잡겠다는 거냐!"

"염병할, 누구 마음대로 같은 편이야! 원하지도 않았는데 네놈들이 알아서 정보를 주고, 일공자를 죽이라고 등을 떠민 거잖아!"

"돈까지 받아놓고 발뺌을 하겠다는 거냐!"

남극종은 내심 움찔했지만 곧바로 반박을 했다.

"미친 새끼, 내가 받고 싶어서 받았냐? 네놈들이 다짜고짜 던져주고 사라져서 돌려줄 틈도 없었어!"

남극종은 지금 당장 돌려줄 생각으로 품에서 가죽 주머니를 꺼냈다.

하지만 그는 내심 아차 싶었다. 벽거길에게 세 냥을 주고 일곱 냥밖에 없다는 사실이 떠오른 것이다.

'방에 가서 돈을 가져와야 하나…… 하지만 주머니까지 꺼냈는데 안에 들어갔다 와서 주겠다고 할 수도 없잖아. 에라, 모르겠다.'

남극종은 그냥 다 있는 척하기로 하고 주머니를 한보단에게 던졌다.

받아서 바로 확인할 수도 있으니, 그러지 못하도록 땅으로 던졌다.

"임마, 그딴 돈 필요 없으니 도로 가져가!"

"배반자새끼!"

한보단은 주머니는 쳐다보지도 않고 남극종을 향해 비난의 욕지거리를 내뱉었다.

허나, 지금과 같은 상황에서 그런 비난을 해보았자 무슨 소용이 있겠는가.

공격을 이어가지 않고 거리를 둔 채 대화를 가만히 듣고만 있던 한위강이 한숨을 내쉬며 말했다.

"다 끝났으니, 이제 포기해라."

그의 말대로였다.

빙좌성과 살수들은 압도적인 숫자로 밀어붙이는 산적들의 공세를 간신히 막으면서 한보단의 후퇴 명령만을 기다리고 있는 중이었다.

한보단도 알고 있었다. 그렇다고 항복할 생각은 조금도

없었다. 어떻게든 여길 빠져나가기만 하면 훗날을 기약할
수 있을 테니까.

그래서 물러나자고, 후퇴하자고, 혹은 도망치자고 외치려
는 순간 포임옥이 시야에 들어왔다.

그녀는 한위강의 우울하고 지친 얼굴을 안타까운 눈빛으
로 쳐다보며 걱정 어린 표정으로 괜찮으냐고 묻고 있었다.

'그의 옆에서 뭘 하고 있는 거냐.'

한보단의 가슴 속에서 질투심이 부글부글 끓어올랐다.

연인을 염려하는 듯한 포임옥의 태도와 그것을 당연하게
받아들이는 한위강의 태도까지.

한보단은 더 이상 참을 수 없었기에 복면을 찢어 버릴 듯
벗어 버리고 버럭 소리치며 한위강을 향해 몸을 날렸다.

"날 무시하는 것이냐!"

극한 분노와 살기가 담겨진 십여 개의 수영이 한위강과
포임옥을 뒤덮었다.

포임옥을 재빨리 옆으로 밀어내며 물러나는 한위강의 표
정은 분노와 안타까움, 슬픔이 뒤섞여 있었다. 짐작하고 있
었지만, 그래도 한보단이 아니길 바라던 마음이 산산이 부
서졌기 때문이었다.

한위강은 집요하게 이어져오는 한보단의 공격을 막으면
서 물었다.

"꼭 이랬어야만 했느냐?"

한보단은 대답하기 전에 한위강에게 떠밀려 물러나 있는 포임옥을 쳐다봤다.

그녀는 놀라거나 당황한 표정이 아니었다. 이미 그의 정체를 짐작하고 있었다는 의미일 것이다.

'결국 이렇게 되어 버린 건가.'

사실 한위강이 돌아왔을 때부터 우려했던 일이었다.

한보단은 더욱 깊은 배신감과 울분을 느꼈고, 그래서 더욱 매섭게 한위강을 공격하며 소리쳤다.

"혼자만 고고한 척하지 마라! 너도 혈우림의 주인이 되려고 소면호리를 죽이려 하지 않았냐! 나도 아버지의 뒤를 이을 자격이 있는데 넌 그걸 철저하게 무시했다!"

"네가 원한다고 했다면 그냥 주었을 것이다!"

"주었다고? 네가 뭔데! 네가 림주라도 된다는 거냐!"

"……."

"너도 나와 다르지 않다! 아닌 것처럼 말하지만, 너도 혈우림의 주인이 되고 싶었던 거다!"

한위강은 어지럽게 찔러 들어오는 한보단의 손을 쳐내며 뒷걸음쳤다.

힘에 밀린 것이 아니라, 정신적인 충격 때문이었다.

그는 한보단의 말을 부정할 수 없었다.

왜.

틀린 말이 아니었으니까.

진정 자리에 연연하지 않고 자유롭게 살고자 했다면 한보
단이 요구하기도 전에 자신이 먼저 림주가 되지 않겠다고
말을 했어야만 했다.

'난 그러지 않았다.'

지금껏 당연하다고 생각해왔다.

장남이고, 적자이기 때문에 부친의 뒤를 이어 림주가 되
는 게 당연하다고 여긴 것이다.

사실 가지 말라고 애원했던 포임옥의 말을 외면하고서 혈
우림을 떠나 사조 화임손을 찾으려 했던 것은 순수하게 가
르침을 받기 위한 것만은 아니었다.

그는 부친과 동등한 입장이 되고 싶었다.

부친처럼 사조에게 재능을 인정받고, 가르침을 받고, 무
공 경지를 높여서 아들이기 때문이 아니라 실력이 있기 때
문에 그의 뒤를 잇는 거라는 평가를 받고 싶었던 것이다.

'하지만……'

계속해서 뒷걸음치던 한위강은 다리에 힘을 주고 갈수록
매서워지고, 격해지는 한보단의 공격을 모두 받아치면서 흐
름을 끊어 버리고 뒤로 물러나게 만들었다.

그리고 확신에 찬 음성으로 말했다.

"너와 생사를 두고 싸워야만 얻을 수 있는 자리였다면 포
기했을 거다."

"……"

한보단의 눈동자가 흔들렸다.

하지만 곧 다시 눈에 힘을 주고, 분노와 살기 어린 고함을 내질렀다.

"이미 늦었다! 내 자리와 내 여자를 가지려고 하는 널 절대 용서할 수 없다!"

"이사형! 제발 그만하세요!"

보다 못한 포임옥이 간절하게 외쳤다.

한보단은 포임옥을 사납게 노려보았다.

"결국 날 떠나겠다는 거냐? 자신을 위해서 가차 없이 널 떠났던 놈을 못 잊어 예전으로 다시 돌아가겠다는 거냐?"

"우리 사이를 알고 있었나요?"

"당연히 알고 있었다! 서로를 쳐다보는 눈길이 그렇게 뜨거웠는데 모를 리가 없지! 하지만 그래도 널 가지고 싶었다! 널 좋아했으니까! 널 내 여자로 만들기 위해서 무엇이든 할 수 있었고, 그래서 네 옆을 지켰던 거다! 그런데 저 새끼가 돌아오자마자 날 배신하는구나!"

포임옥은 눈물을 흘리며 말했다.

"미안해요. 정말 미안해요."

한보단은 이를 악물었다.

그는 절망감과 분노를 동시에 느끼며 한순간에 냉정과 이성을 잃어버렸다.

"너도 똑같다! 너나 이놈이나 다 똑같아! 모두 다 죽여 버리겠다!"

한보단은 포임옥을 향해 몸을 날렸다.

포임옥은 물러나지 않았다. 그저 눈물을 흘리며 한보단을 바라보기만 할 뿐이었다. 자신을 죽이겠다고 하면 그냥 죽어주겠다는 듯이.

하지만 한위강은 그냥 보고만 있을 수 없었다. 그는 땅을 박차고 날아올라 한보단의 옆구리를 향해 손을 뻗었다.

펑!

"컥!"

한보단은 깊은 신음을 터트리며 땅을 나뒹굴었다.

그는 비틀거리며 일어났다. 입에서 핏물이 줄줄 흘러내렸다. 그럼에도 끝까지 일어나 괴성을 지르며 다시 포임옥을 향해 달려들었다.

한위강은 괴성을 지르며 미친 듯이 손을 내뻗는 한보단의 앞을 막아섰다. 너무 격렬하고, 집요해서 막고만 있을 수 없었다. 그래서 어쩔 수 없이 또다시 가슴을 손으로 격타했다.

쿠당탕!

몇 번이나 땅을 구른 한보단은 격한 기침을 하며 피를 토해냈다. 하지만 다시 일어났다. 조금 전보다 시간이 더 오래 걸렸지만 그는 끝까지 포기하지 않고 일어섰다.

허나, 그는 이미 온전한 몸 상태가 아니었다. 지친 상태에서 무리하게 공력을 운용했고, 내부에 강력한 충격을 두 번이나 받으면서 장기와 기혈은 엉망이 되어 버렸다. 한 걸음 한 걸음 내딛는 것 자체가 기적 같은 일이었다.

그럼에도 그는 걸었다. 걷고, 또 걸어서 포임옥을 막고 선 한위강의 앞까지 이르렀다.

그는 손을 뻗어 한위강의 어깨와 옷을 움켜쥐었다.

"주, 죽여 버리겠어⋯⋯."

목소리엔 힘이 없고, 몸은 엉망이어도 눈빛만은 달랐다.

한위강을 올려다보는 그의 눈동자는 결코 포기하지 않겠다는 독기로 가득 차 있었다.

한위강은 슬픈 표정으로 한보단을 내려다보다 눈을 질끈 감았다. 그리고 다시 눈을 뜨고 한보단의 어깨를 왼손으로 꽉 움켜잡으며 말했다.

"미안하다."

퍽.

오른손이 한보단의 가슴을 짧고 강렬하게 밀어친 순간 몸이 크게 출렁였다.

독기로 가득했던 눈동자는 한 번 반짝였다가 급격하게 힘을 잃었고, 입에서 흘러나온 핏물을 따라 그의 몸은 천천히 땅바닥으로 무너져갔다.

한위강은 주저앉으며 한보단의 몸이 완전히 쓰러지지 않도록 와락 끌어안았다.

그리고 심장이 멈춰진 순간부터 천천히 식어가는 어깨에

얼굴을 묻고 소리 없이 울기 시작했다.

*　　　*　　　*

반악은 죽은 한보단을 부여잡고 울고 있는 한위강을 기묘
한 시선으로 바라보았다.

'왜 울지?'

한위강의 슬픔과 눈물은 어떠한 감정에서 비롯된 것일까.

그는 옆으로 다가와 선 염서성에게 물었다.

"일공자는 왜 울고 있는 거냐?"

염서성은 참으로 괴상한 질문을 받았다는 표정으로 반악
을 쳐다보며 대답했다.

"형제가 죽었잖습니까."

"그가 죽였잖아."

"어쩔 수 없이 죽인 거잖아요."

"그렇지. 자신과 자신을 좋아하는 여자를 죽이겠다고 해
서 죽인 거지. 그런데 왜 우는 거지?"

염서성은 이런 괴상한 대화를 계속해야 하는 건가, 하고
내심 한숨을 쉬며 대답했다.

"형제잖아요."

결국 어떠한 의문을 떠올리더라도 해답은 하나밖에 없다
는 것인가?

형제란 그런 것인가?

"저들은 배다른 형제로 알고 있는데?"

"그래도 형제는 형제인 겁니다."

문득 시 하나가 떠올랐다.

> *두 아들은 배를 탔다네*
> *그림자 일렁이며 떠나갔다네*
> *내 그대들을 생각하면*
> *가여워 가슴 울렁이도다*
> *두 아들은 배를 탔다네*
> *두둥실 못 올 길로 가 버렸다네*
> *목이 메어 기릴 수도 없구나*
> *앞 다퉈 죽음의 마당으로 간 순결한 그대들을*

이복형제였으나 서로를 위해서 기꺼이 죽음을 선택할 만큼 친하고, 가까웠던 이들의 죽음을 안타까워하며 지어진 시였다.

허나, 고사의 이복형제는 원래부터 친하기라도 했지만, 한위강과 한보단은 뭐란 말인가.

마치 반악의 의문을 알고 있기라도 한다는 듯 염서성이 혼잣말처럼 중얼거렸다.

"저들 형제 사이는 뭐라고 할까, 아마도 애증이라고 해야겠죠."

사랑과 미움이라.

저들의 사이는 그렇게 정의 내릴 수 있는 것일까?

반악은 한보단이 왜 저리 무모하게 분노를 토하며 죽음에 이르렀는가, 하는 점을 생각해보았다.

누군가 말했었다.

두려움은 분노를, 분노는 증오를, 증오는 고통을 만든다고.

어쩌면 한보단은 한위강에 대한 두려움이 너무나 컸는지도 모를 일이었다.

그리고 한위강은······.

'모르겠군.'

반악은 해답을 떠올릴 수 없었다.

하지만 언젠가는 자신도 한위강의 슬픔과 눈물을 이해할 수 있기를 바랐다.

왜?

반악이란 한 인간으로서 성장하고 완성되어지고 싶었으니까.

*   *   *

'젠장, 젠장, 젠장!'

가까스로 살아남아 빠져나온 여섯 명의 야월당 수하들을 꼬리에 달고 온 힘을 다해 산 아래로 뛰어 내려가는 빙좌성의 마음은 혼란과 다급함, 그리고 막막함으로 가득 차 있었다.

　무엇보다 인내심을 중요시해야 할 살수로서 그래서는 안 되는 것이지만, 오죽 짜증나고 답답했으면 복면까지 벗어 버렸겠는가.

　'이제 어찌해야 한단 말인가.'

　한보단이 죽었다.

　아니, 죽었을 것이다. 한보단이 미친놈처럼 헛소리를 해대면서 한위강에게 들러붙는 걸 보고 이대로는 안 되겠다 싶어 도망쳤으니까.

　'바보 같은 놈. 무모한 짓을 해서 죽음을 자초하다니.'

　허나, 이미 죽었을 사람을 원망하고, 질책해보았자 무엇할까.

　이제는 자신과 야월당과 누이 빙미상의 안위를 모색해야만 할 때인 것이다.

　'정말 돌아 버리겠군.'

　림주의 자리를 넘긴다는 핑계를 만들어 한위강을 남가채로 보낼 때까지만 해도 더 그럴 수 없을 만큼 좋았다.

　금방이라도 혈우림을 손에 쥘 수 있을 것만 같았다. 그런데 순식간에 어그러지고 만 것이다.

'그놈들 때문이다.'

정확히는 반악 때문이었다.

'그 빌어먹을 놈들이 끼어든 순간부터 모든 게 엉망이 돼 버린 거야.'

그러고 보니 이렇게 도주한 것도 처음이 아니었다.

한위강을 암습할 때도 낭패를 당해 정신없이 도망쳐야만 하지 않았던가.

'염병, 그때도 그놈들의 방해가 있었지.'

악연이었다.

그리고 언제고 되갚아줄 원한을 맺은 것이기도 했다.

허나, 반악 등과의 일은 나중에 생각할 문제고, 지금은 어서 혈우림으로 돌아가 누이와 이 사태를 논의하는 게 우선이었다. 상황에 따라선 모든 걸 포기하고 혈우림으로부터 최대한 멀리 도망쳐야만 할지도 몰랐다.

'만약 그래야 한다면……'

오행궁으로 가는 게 어떨까?

이번 계획도 사궁주 육관명의 생각이었으니, 책임지고 보호해달라고 해도 무리한 요구가 아닐 것이다.

'아니면……'

혈우림과 강소를 삼분하고 있는 다른 두 정파문에 몸을 의탁하는 것도 나쁘지 않았다.

그들은 자신들을 이용해 혈우림을 공격할 명분이 생기는

것이고, 자신들은 그들을 등에 업고 혈우림을 손에 넣을 수 있는 기회를 얻을 수 있게 되니까.

'그래, 그거다. 일공자가 귀환하여 보단이의 문제를 걸고 핍박한다면 당해낼 방도가 없으니, 차라리 다른 두 문파의 힘을 빌리는 게 낫다고 누이를 설득해야겠어.'

빙좌성은 갑자기 기분이 좋아졌다.

오랜만에 자신이 생각해낸 훌륭한 계획을 누이에게 말하고, 최대한 빨리 다른 두 문파로 가서 그들을 설득해 일을 진행시켜야 한다는 기대감 어린 조급함이 더 빨리 달리라고 다그치고 있었다.

"말을 묶어둔 곳이 코앞이니, 서둘러라!"

살수들은 지쳐있었지만 이를 악물고 뛰었다.

빙좌성의 말대로 말을 묶어둔 곳까지는 얼마 남지 않았으니까.

그러나 정작 목적지에 도착하자 예상도 못한 상황이 그들을 기다리고 있었다.

"……!"

회색 복면인 세 명이 말을 묶어둔 곳에 서 있었다.

'젠장, 복면을 벗는 게 아니었는데.'

빙좌성은 깊은 후회와 경계심을 가지고 그들의 면모를 살폈다.

'뭐하는 놈들이지?'

누구냐고 물으면 대답해줄까, 하는 우습지도 않은 의문이 떠올랐다.

하지만 시도해서 손해볼 것은 없지 않은가.

"웬 놈들이냐?"

"아, 내가 복면을 하고 있어서 몰라본 모양이군요."

복면을 벗어 얼굴을 드러낸 육관명이 친근하게 미소를 지었다.

"아, 사궁주시구려."

빙좌성은 저도 모르게 안도의 한숨을 내쉬었다.

고작 세 명뿐이었지만, 방금 전까지 백 명에 이르는 숫자에도 불구하고 네 명에게 박살이 나 버린 상황을 겪었던지라 매우 긴장을 하고 있었던 것이다.

'마침 잘된 건가.'

이왕 육관명을 만나게 되었으니 그냥 그에게 도움을 청할까, 하는 생각을 해보았다.

하지만 곧 아니라는 결론을 내렸다. 그에게 도움을 청하면 결국 빙미상은 자신이 아니라, 육관명에게만 의지하려 할 테니까.

시간이 걸리더라도 혈우림을 포기하고 싶지 않은, 그리고 빙미상이 절대적으로 의지하는 조력자로서 혈우림을 쟁취하는 데 지대한 역할을 맡고 싶은 그로서는 육관명의 개입이 좋을 게 없는 것이다.

'그냥 일이 실패한 것만 이야기하자.'

"안타깝지만 사궁주의 계획은 실패했소이다. 보단이도 죽었소."

"그게 정말입니까?"

육관명은 깜짝 놀라며 안타까운 탄성을 터트렸다.

그리고 고개를 내저으며 이렇게 될 줄은 몰랐다고, 정말 참담함이 느껴지는 결과라고 한탄했다.

빙좌성은 얼른 돌아가고 싶은 마음뿐이었기에 육관명의 자책 어린 말들을 계속 듣고 있기가 짜증이 났다. 게다가 남가채의 산적들과 일공자 등이 쫓아올 수도 있어 쓸데없이 시간 낭비할 여유가 없었다.

"사궁주, 난 서둘러 장원으로 돌아가 누이에게 이 소식을 전해야 하니 이쯤에서 헤어지도록 합시다."

"그래야겠지요. 아, 그런데 긴히 할 말이 있는데……"

육관명은 잠시 주변을 살피고 야월당의 살수들까지 힐끔 쳐다보며 신중한 태도를 보이더니, 빙좌성에게 가까이 와보라고 눈짓을 보냈다.

빙좌성은 얼마나 중요한 이야기이기에 이러는가 싶어서 저도 모르게 육관명에게 다가가 상체를 앞으로 기울였다.

푹.

"……!"

빙좌성은 비수가 허파를 깊숙하게 파고드는 고통에 비명

조차 지르지 못했다.

뭔가 소리를 내야 한다는 생각을 했을 땐, 몸 상태가 의지를 따르지 못하고 입에서 피만 쏟아질 뿐이었다.

더구나 육관명이 어깨를 강하게 틀어잡고 있어서 마음대로 몸을 뺄 수도, 쓰러질 수도 없었다. 그래서 야월당 살수들은 잠시 동안 무슨 일이 생긴 건지 알아채지 못했다.

그들이 빙좌성의 신상에 문제가 생겼다는 걸 알았을 때는 숨어 있던 육관명의 수하들 십여 명이 이미 모습을 드러내 포위를 형성하며 칼을 휘둘러오는 절망적인 상황을 맞닥뜨리게 되고 말았다.

"악!"

"컥!"

잠깐 동안 무기 부딪치는 소리와 고통스런 비명이 난무하더니, 야월당의 살수들은 순수 실력에서 격차가 확연하다는 걸 증명하듯 순식간에 모두 전멸해 버렸다.

육관명의 수하들은 빙좌성과 살수들의 시신을 재빨리 땅에 묻어 버리고 명령을 기다렸다.

육관명은 수하들 중에서 믿을 수 있는 자들 세 명을 손으로 가리켰다.

"너희들은 지금 곧 혈우림으로 가서 빙미상을 죽이고 자살한 것처럼 꾸며두어라."

"존명."

세 명의 수하는 아무런 반문도 없이 곧바로 말을 타고 혈우림이 있는 방향으로 달려갔다.

'일단 이렇게 해두면 문제는 없겠지.'

육관명은 멀어지는 수하들을 바라보며 흡족한 미소를 지었다.

헌데, 그는 왜 빙좌성을 죽이고, 빙미상까지 제거하려는 것일까?

이유는 단순했다.

거룡방을 견제하는 데 혈우림보다 반룡복고당이 더 낫다고 판단한 것이다.

'그 반악이란 놈이 있는 반룡복고당이라면 충분히 기대할 만하지.'

육관명은 벽거길을 상대로도 전혀 밀리지 않고 오히려 압도하는 듯한 실력을 보여준 반악의 능력을 높이 평가하고 있었던 것이다.

그가 남궁세가의 후인이란 사실도 크나큰 장점이었다.

"돌아가자."

육관명과 수하들은 두 명을 제외하고 모두 말에 올랐다.

남은 두 명은 반악과 그 일행을 관찰하는 임무를 부여받았기 때문에 남는 것이다.

"감각이 남다른 놈이니 들키지 않도록 최대한 멀리서 지켜만 봐라."

"존명."

　두 수하는 머리를 깊이 숙이며 대답했고, 육관명과 다른 수하들은 서쪽을 향해 말을 몰아 갔다.

〈8권에서 계속〉

마법군주

인 칼리스타

발렌 판타지 장편소설

FANTASYSTORY & ADVENTURE

In Kallista

『리턴』, 『얼음군주』의 작가 발렌!
자유롭고 유쾌한 상상력이 돋보이는 판타지 장편소설.

미천한 하인에게 죽음과 함께 찾아온 영혼의 부활.
기적처럼 뒤바뀐 한 남자의 운명이 대륙의 역사를 새로 쓴다!

귀족의 폭정에 고통 받는 모든 이들을 구하기 위해
칼리스타 백작, 마침내 그의 의지가 세상을 변혁시킨다!

dream
books
드림북스

시니어 신무협 장편소설
ORIENTAL FANTASYSTORY & ADVENTURE

일보신권

문피아 골든 베스트 1위, 그 빛나는 영광!
시니어 신무협 장편소설.

천하를 놀라게 한 파격적인 소림무공,
그 비밀은 배고픔과 절제!

이제 무공도 근검절약의 시대,
최소한의 움직임으로 최대의 효과를 얻는다!

dream
books
드림북스